K.B052603

안전가옥
오리지널
1

조예은
장편
소설

뉴서울파크 / 젤리장수 ////// 대학살

차례 /

뉴서울파크 오픈
COMING SOON

경기도 평인시 신곡구 구촌읍 새길로 166

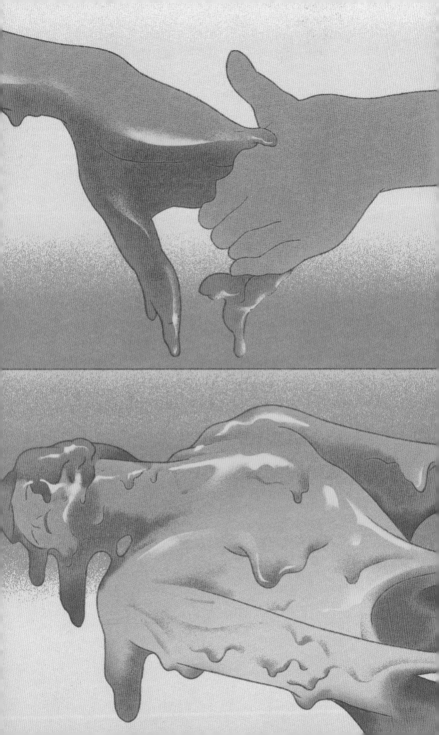

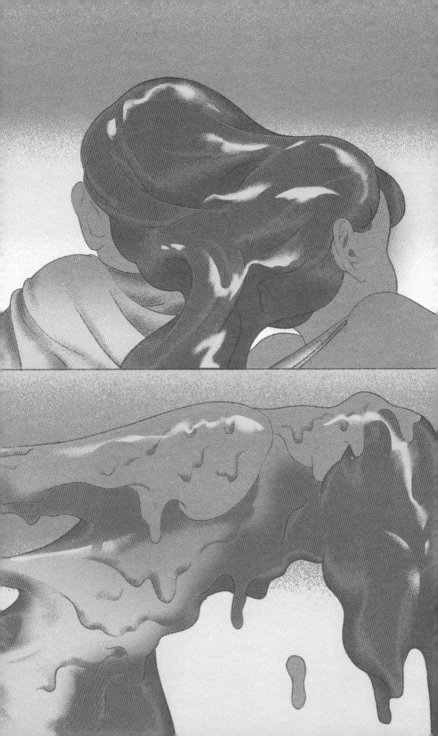

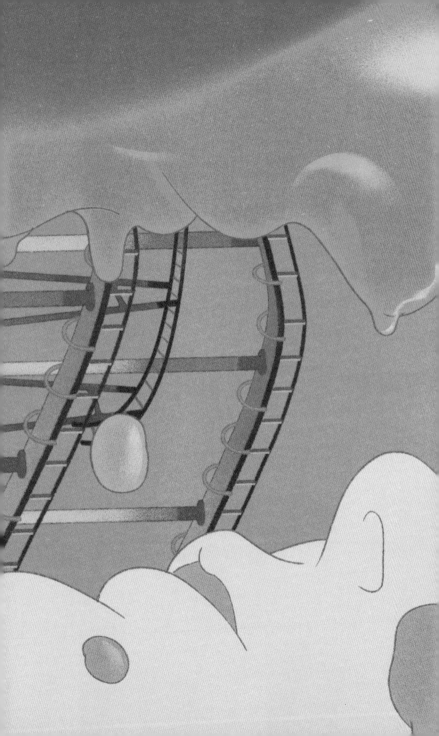

1

미아

유지는 하늘로 치솟는 놀이 기구의 끝을 응시했다. 비명 소리가 멀어졌다 가까워지기를 반복했다. 눈앞의 드롭타워는 뉴서울파크에서 제일 무섭기로 소문난 놀이 기구였다. 도넛 모양 구조물은 느리게 빙빙 돌며 저 꼭대기까지 올랐다가 순식간에 바닥으로 떨어진다. 탑승한 사람들은 안전바 하나에 모든 걸 의지한 채 스릴을 즐긴다. 유지는 그 아슬아슬한 감각이 무엇일지 궁금했다. 너무 무서우면 오히려 기분이 좋아진다는데.

어차피 자신은 느껴 보지 못할 기분이었다. 유지는 풀이 죽어 고개를 숙였다. 반 친구들에게 큰소리를 땅땅 치고 왔는데, 키가 1cm 부족해서 타지 못하게 될 줄은 몰랐다. 어쩔 수 없지. 유지는 결국 목표했던 다른 놀이 기구로 향하기 위해 언마와 아빠를 찾았다.

엄마와 아빠는 저 멀리 등나무 아래에 서 있었다. 마주 본 채 손부채질을 하며 소리를 질러 대는 게 또 시비가 붙은 듯했다. 둘은 사이가 좋지 않았다. 항상 서로에게 못된 말을 내뱉었고, 유지가 보기엔 별것도 아닌 일로 물건을 던지며 싸워 댔다. 드물게 조용한 날에는 어떤 대화도 나누지 않았다.

유지는 입을 삐죽 내밀었다. 놀이공원에 와서까지 저 모양이라니. 이 문제 많은 엄마와 아빠를 진정시킬 수 있는 건 세상에 딱 한 명뿐이다.

"엄마, 아빠! 다른 거 타러 갈래."

유지는 발랄한 목소리로 외쳤다. 목에 핏대를 세우던 둘은 그제야 굳은 얼굴을 풀고 유지를 향해 웃어 보였다. 유지는 뿌듯하게 미소 지으며 말했다.

"우리 엄마 아빠는 나 없이 어떻게 살려나 몰라. 누가 누구를 키우는지."

유지는 어른들 말투를 흉내 내며 고개를 가로저었다. 아빠를 흘겨보던 엄마가 다가와 유지의 손을 쥐었다. 남은 한 손은 아빠에게 들이밀었다. 한숨을 쉬던 아빠는 결국 유지의 손을 맞잡았다.

8월 중순의 놀이공원은 꼭 만두가 빼곡히 들어찬 찜통 같았다. 넓은 공간에 사람들이 가득했다. 동그란 유지의 이마에서 땀방울이 흘러내렸다. 엄마와 아빠도 마찬가지였다. 양손에 쥔 손이 땀으로 축축했다. 아빠는 손을 빼고 싶어 하는 눈치였지만 유지는 모르는 척했다. 양손의 습한 촉감이 불쾌한 건 자신도 마찬가지였으나 이 손을 놓는 순간 엄마와 아빠가 뿔뿔이 흩어져 버릴 것 같았다. 유지는 아빠를 잡은 손에 힘을 줬다. 한쪽 손에는 엄마를, 한쪽 손에는 아빠를, 우리 세 가족이서 함께. 유지의 머릿속에 더없이 완벽한 가족의 그림이 그려졌다.

유지의 시선이 어느 한 곳에 멈췄다. 메인 광장의 회전목마 앞에서 꿈곰이가 풍선을 나눠 주는 중이었다. 꿈곰이는 마스코트인 꿈냥이와 함께 뉴서울파크를 대표하는 캐릭터였다. 뉴서울파크를 지키는 수호 캐릭터이자, 아이들의 영원한 친구 꿈곰이. 유지는 텔레비전 광고를 통해 질리도록 들었던 꿈곰이의 테마곡을 흥얼거렸다.

유지는 꿈곰이가 좋았다. 반 아이들 중 몇몇은 꿈곰이가 해외의 다른 캐릭터를 이것저것 섞은 잡종이라고 욕했지만 상관없었다. 멍청해 보일 만큼 반짝이는 플라스틱 눈과 불룩 튀어나온 배를 보다 보면 기분이 좋아졌다. 어떤 이야기를 하더라도 선선히 고개를 끄덕여 줄 것 같았다.

"풍선 받고 싶니?"

엄마가 선뜻 물어 왔다. 유지는 고개를 끄덕였다.

"그럼 받아 와야지. 가서 풍선 주세요, 해 봐."

엄마의 손이 마치 기다렸다는 듯이 미끄러져 나갔다. 유지는 엄마를 돌아봤다. 엄마는 입꼬리를 올려 웃으며 부드럽게 유지를 밀었다. 아빠는 진즉 떨쳐 낸 손으로 손부채질을 했다. 유지는 순식간에 텅 비어 버린 자신의 양손을 바라봤다. 뭐라도 잡고 싶다. 땀에 젖어 축축한 손을 쥐었다 폈다 해 보았지만 허전함을 참을 수 없었다. 결국 꿈곰이 앞으로 다가가섰다. 그리고 풍선을 향해 손을 내미는 순간, 어디선가 나타난 한 무더기의 아이들에 의해 뒤로 밀려났다.

단체로 놀러 온 듯한 아이들은 벌떼처럼 끼어들어 풍선을 채 갔다. 마침내 유지의 차례가 돌아왔을 땐 더 이상 남아 있는 풍선이 없었다. 꿈곰이는 양손을 흔들며 어쩔 수 없다는 몸짓을 했다. 유지는 새침하게 뒤돌아섰다.

고작 이런 걸로 속상해할 수 없었다. 풍선을 못 받았다고 투정을 부리는 건 철없는 어린애들이나 하는 짓이었다. 자신은 아주 어른스러운 어린애였다. 애처럼 싸우는 엄마와 아빠를 조용히 만들 수 있는 어른. 유지는 꼿꼿하게 허리를 세우고 엄마와 아빠가 있는 쪽으로 돌아섰다. 둘은 그새를 틈타 또다시 말싸움을 벌였다. 사방에서 소음에 가까운 음악이 울려 퍼졌지만 엄마와 아빠가 싸우는 소리만은 이상하리만치 선명하게 유지의 귀에 닿았다.

"이 더위에 놀이공원이라니 미쳤지. 아무리 애가 가자고 했다고 진짜 와? 주말에라도 좀 쉬면 안 돼?"

"그럼 어떡해? 유지가 가고 싶다는걸. 당신은 뭐 애가 하고 싶다는 거 하나 제대로 해 준 적 있어?"

"내가 가고 싶어서 가자고 한 거 아닌데."

유지는 걸음을 멈추고 작게 중얼거렸다. 일주일 전이었나, 텔레비전을 보는데 뉴서울파크의 여름 한정 심야 패키지 광고가 흘러나왔다. 바닥에 앉아 빨래를 개던 엄마가 문득 혼잣말을 했다.

"저런 곳 가 본 지가 언젠지 까마득하네."

항상 집과 회사만 오가는 엄마의 생활은 유지의 눈에도 답답해 보였다. 약간 고민하던 유지는 엄마가 없는 틈을 타 은근슬쩍 아빠에게 물었다.

"아빠는 놀이공원 가 본 적 있어?"

"가 봤지. 젊었을 때. 그때 좋았는데."

항상 피곤하고 지루해 보이는 아빠의 눈이 잠시 동안 반짝였다. 놀이공원이 그렇게 좋았나? 그럼 다시 가면 되는데 왜 가지 않는 걸까. 놀이공원에 나이 제한이 있는 것도 아닌데 말이다. 유지는 자신이 엄마와 아빠를 도와야겠다고 생각했다. 엄마와 아빠가 둘 다 집에 있을 때를 골라 유지는 텔레비전 광고를 보며 발랄하게 말했다.

"나도 놀이공원 가고 싶다. 우리 반 다른 애들은 거의 다가 봤대."

그렇게 오게 된 것이다. 물론 가고 싶다는 말을 한 건 저였지만, 정말로 가고 싶었다기보다는 엄마와 아빠가 가고 싶어 하는 것 같아 대신 말을 꺼내 준 것뿐이다. 이렇게 오기 싫은 곳을 마지못해 왔다는 것처럼 말할 줄 몰랐다. 유지는 서운하면서도 짜증이 났다. 유지가 상상한 반응은 이런 게 아니었다. 널리고 널린 다른 가족들처럼 유치하지만 귀여운 놀이 기구를 타고, 달콤한 것들을 먹으며 시간을 보내면 엄마와 아빠도 한결 기분이 좋아질 줄 알았는데.

유지는 티격태격하는 부모님을 앞에 두고 방향을 틀었다. 평소에 딸이 얼마나 고생하는지도 모르면서 저렇게 싸우기만 하는 둘이 미웠다. 고개를 들자 옆으로 난 길목에 "다람쥐통 200m"라 적힌 안내 표지판이 눈에 띄었다. 뒤에서 들리는 다툼은 점점 소리를 키웠다. 유지는 애닯지 않은 깊은 한숨을 내쉬었다. 그리고 이내 화살표를 따라 길목으로 들어섰다.

뉴서울파크에서 첫 번째로 유명한 놀이 기구가 드롭타워라면, 두 번째는 다람쥐통이었다. 다람쥐통은 사실 그 자체로 무서운 기구는 아니었다. 그러나 나사가 어디 하나 빠진 것 같은 거친 회전과 몇 번의 안전사고가 일어났다는 근거 없는 소문 덕분에 공포의 놀이 기구로 유명세를 탔다. 다람쥐통이라면 분명 반 아이들에게 자랑할 수 있을 것이다. 이건 키 제한도 없었다. 유지는 듬성듬성 걸린 화살표를 따라 안쪽으로 향했다.

다람쥐통은 외진 곳에 있었다. 사람이 바글거리다 못해 미어터지는 메인 광장에 비해 이곳은 기묘하게 느껴질 만큼 사람이 없었다. 한참을 걷자 저 멀리 알록달록한 고깔 모양 지붕이 보였다. 여전히 사람은 보이지 않는다. 유지는 이상하다는 생각을 하며 기구 앞으로 다가갔다.

다람쥐통의 대기 울타리는 쇠사슬로 굳게 잠겨진 채였다. 쇠사슬 위로는 "수리 중" 팻말이 걸려 있었다.

"짜증 나."

유지는 울타리를 등지고 쪼그려 앉았다. 사람이 없는 데에는 이유가 있는 법인데, 뭐 하러 여기까지 온 것일까? 얻는 것 없이 왔던 길을 돌아갈 생각을 하니 까마득했다. 그렇다고 별다른 방도가 있는 것도 아니었다. 유지는 다시 일어섰다. 등에 멘 작은 배낭이 유난히 무겁게 느껴졌다. 결국 애꿎은 다람쥐통을 힘껏 노려본 뒤 메인 광장으로 돌아가기 위해 발길을 옮겼다.

이마와 등에서 땀이 비 오듯이 흘렀다. 살이 녹아내릴 듯한 더위였다. 학교와 학원에서는 매일 추울 정도로 에어컨을 틀어 대서 잘 몰랐는데 놀이공원에 와서야 이번 여름은 정말 덥다는 게 와닿았다. 더위 때문인지 짜증도 쉽게 솟았다.

타려고 별렀던 놀이 기구는 하나도 타지 못했고, 엄마와 아빠는 싸우기만 한다. 자신과 손잡는 것도 싫어하는 듯해 유지는 우울해졌다. 하지만 이번에도 어른스러운 자신이 이해해야 했다. 카페에 가서 스무디나 한 잔 마시자고 해야지. 그렇게 생각하며 걷는데 길목에서 낯선 목소리가 들려왔다.

"얘야."

유지는 뒤를 돌아봤다. 어디서 나타났는지 낡은 직원 복장의 아저씨가 자신에게 손짓하고 있었다. 유지는 고개를 갸우뚱했다. 정말 아무도 없었는데. 유지가 완전히 돌아서자 그는 다른 한 손에 젤리 봉지를 들고 느리게 흔들며 말했다.

"젤리 먹을래?"

그제야 이동식 가판대에 놓인 무수한 젤리 봉지들이 눈에 띄었다. 유지는 침을 삼켰다. 사실 아까부터 단 게 먹고 싶었다. 점심은 공원 내 음식점에서 맛없고 양 적은 어린이 세트로 때웠다. 지나가는 사람들이 든 츄러스와 솜사탕 따위가 눈에 들어왔지만 엄마에게 사 달라고 하지는 않았다. 단 걸 사 달라고 떼쓰는 건 어른스럽지 않은 어린애들이나 하는 짓이니까. 유지는 멀찍이서 답했다.

"단 거 안 사 먹어요."

그러자 아저씨는 미소를 지으며 말했다.

"사 먹지 않아도 된단다. 신제품이라 무료 시식 중이야. 먹을래?"

마음이 흔들렸다. 엄마와 아빠는 아직도 싸우고 있겠지. 어차피 공짜인데 그냥 받아도 되지 않을까. 유지는 아저씨 앞으로 다가갔다. 연두색 직원 모자를 깊게 눌러 쓴 아저씨의 얼굴은 아래서 올려다보는데도 어째서인지 잘 보이지 않았다. 꼭 얼굴에만 찰흙을 마구 문질러 뭉개 놓은 것 같다. 유지가 다가가자 아저씨는 젤리 봉지를 건네며 속삭이듯이 말했다.

"엄마와 아빠가 떨어지는 게 싫지?"

유지는 눈을 동그랗게 뜨고 되물었다.

"어떻게 아세요?"

"여기서도 네 부모가 싸우는 게 보이니까."

그 말에 황급히 뒤를 돌아봤다. 하지만 아무리 고개를 빼내어 봐도 엄마와 아빠가 있는 광장까지는 보이지 않았다. 아무래도 좀 이상한 아저씨 같았다. 아니면 메인 광장 근처에서 엄마와 아빠가 싸우는 걸 보았거나. 그렇다고 해도 자신에게 이런 말을 건네는 건, 역시 좀 이상하다.

빨리 돌아가야겠다고 생각하며 유지는 젤리 봉지를 건네받았다. 언뜻 닿은 손끝이 친구가 키우는 거북이의 피부처럼 차가웠다. 낯선 기분에 유지는 반사적으로 손을 쳐 냈다. 아저씨는 그에 신경 쓰지 않고 이를 드러내 웃으며 말했다.

"그 젤리를 나눠 먹으면 부모님이 절대 헤어지지 않을 거야"

유지는 젤리 봉지를 아무렇게나 구겨 쥐었다. 괜히 기분이 나빠져서 도망치듯이 뒤돌아 뛰었다. 찐득한 검은 웅덩이에 발을 담근 느낌이다. 아저씨의 유쾌한 웃음소리가 메아리처럼 따라붙었다.

다시 메인 광장으로 나오고서야, 유지는 아저씨의 주위가 이상하리만치 시원했다는 사실을 깨달았다. 그늘 하나 없는 땡볕 아래 서니 다시 송골송골 땀이 맺혀 왔다. 입맛이 사라져서 손에 쥔 젤리 봉지는 그냥 배낭에 집어넣었다.

시원한 음료를 마시고 싶었다. 유지는 엄마와 아빠를 찾아 주위를 두리번거렸다. 좀 전까지 등나무 아래서 싸우던 둘은 온데간데가 없었다. 시계탑을 올려다보았다. 다람쥐통에 들렀다 오기까지 걸린 시간은 고작 10분이었다. 자신을 두고 멀리 갈 만한 시간은 아니다. 유지는 광장 주변을 맴돌았다. 꿈곰이는 여전히 오르골 위의 발레리나처럼 노래에 맞춰 춤을 췄고, 회전목마는 지겨우리만큼 일정하게 돌아갔다. 다람쥐통이라고 쓰인 팻말도 그대로였고, 거대한 시계탑도 그대로다. 엄마와 아빠만 없었다. 사라졌다.

"엄마! 아빠!"

유지는 발길 닿는 대로 걸으며 외쳤다. 어느새 드롭타워 앞이었다. 사람들이 자신을 안쓰럽게 보는 듯했다. 날은 계속 더웠고, 목이 타들어 갈 것처럼 말랐다. 이제 그냥 집에 가고 싶었다. 집에서 시원한 얼음물을 들이키고 싶다. 유지는 분주히 옮기던 발을 멈췄다. 그리고 가만히 서서 생각했다. 엄마와 아빠는 분명 자신을 찾기 위해서 자리를 옮겼을 것이다. 그렇다면 어떻게 해야 그들이 자신을 쉽게 찾을 수 있을까. 고민하던 유지의 앞에 미아보호소라 적힌 팻말이 나타났다.

　미아보호소는 빨간색 버섯집이었다. 빨간 버섯은 독버섯이랬는데. 유지는 언젠가 책에서 보았던 내용을 떠올리며 안으로 들어섰다. 토끼 귀 머리띠를 한 직원이 다가와 이것저것을 물었다. 유지는 최대한 조리 있게 답했다.

　보호소 내부는 난장판이었다. 자신보다 어린 아이들, 혹은 나이가 많아 보이는 아이들도 울고 불며 난리를 피웠다. 어른스럽지 못하긴. 유지는 속으로 혀를 찼다. 묻는 말에 전부 답하자 직원은 미소를 지으며 말했다.

　"저기 친구들 옆에 앉아 있으면 곧 부모님이 데리러 오실 거예요."

　저 짐승에 가까워 보이는 아이들과 친구라는 이름 아래 묶이는 게 기분 나빴지만 유지는 티 내지 않았다. 고개를 끄덕이고 빈 의자로 가 앉았다. 곧 부모님이 데리러 오실 거예요. 곧, 곧이에요. 그 말을 되뇌었다. 엄마와 아빠는 한 시간이 지나도록 나타나지 않았다. 그리고 그곳에서 주아를 만났다.

　◦

　주아는 눈물이 많은 아이였다. 보호소에 들어선 순간부터 내리 한 시간을 훌쩍였다. 바로 옆에서 가만히 있기 멋쩍었던 유지는 배낭을 뒤져 물티슈를 건넸다. 주아는 큼지막한 눈을 깜빡이며 더 엉엉 울어 댔다. 그리고는 잘 알아들을 수도 없는 목소리로 중얼거렸다.

"엄마가 날 버린 게 분명해. 우리 집은 돈이 없는데 내가 비싼 인형을 사 달라고 졸랐거든."

"울지 마. 데리러 오실 거야."

"아니야, 안 올 거야. 엄마 미워."

주아는 머리에 꽂힌 소라 모양 핀을 빼내 바닥에 내던졌다. 보랏빛 핀이 통통 튀며 의자 아래로 들어갔다. 자기가 던졌으면서 떨어진 핀을 향한 시선에선 미련이 뚝뚝 떨어졌다.

주아는 핀을 주웠다가 던지고, 다시 줍기를 반복했다. 아무래도 많이 혼란스러운 것 같았다. 유지는 말없이 주아의 무릎에 묻은 먼지를 털어 주었다. 울면서 손에 쥔 물건을 이리저리 던지는 건 유지의 엄마도 종종 하는 행동이었다.

유지는 주아를 한참 동안 위로했다. 딱히 따스한 말을 해준 것은 아니었고, 울지 말라는 말과 함께 휴지를 건넸을 뿐이다. 그럼에도 주아는 유지가 퍽 친근하게 느껴졌는지 어깨를 완전히 기대어 왔다. 주아의 눈물은 마르지 않는 샘처럼 계속 흘렀다.

유지는 사람이 그렇게 서럽게 울 수 있다는 게 신기했다. 마음 한구석에는 철없는 어린애를 어른스러운 자신이 돌본다는 약간의 뿌듯함도 있었다. 불쌍한 아이를 도와주는 건 일찍 철든 아이가 늘 하는 일이니까. 엄마가 데리러 오면 이 이야기를 해야지. 그럼 칭찬해 주겠지? 유지는 어떻게 해야 자신의 고생을 어리광처럼 보이지 않게 전할 수 있을지 고민했다.

시간이 지나고, 보호소를 시끄럽게 하던 아이들은 각자의 부모님과 함께 떠났다. 빨간 버섯집이 조용해질수록 유지는 초조해졌다. 벌써 세 시간이 지났다. 문이 열릴 때마다 흠칫 놀라며 얼굴을 확인했지만 매번 모르는 사람들이었다. 주아 역시 지쳤는지 울음을 멈추고 둥근 눈만 깜빡였다.

직원이 조심스레 다가와 종이 한 장을 내밀었다. 이름, 나이, 다니는 학교, 주소 등등을 쓰는 칸이 있었다. 유지는 쓸 수 있는 만큼 빈칸을 채웠다. 집 주소는 'P아파트 2차'까지밖에 기억이 나지 않았다. 평소에는 잘만 외우고 다녔는데 이상한 일이다. 답답했다. 꼭 뇌를 끈끈한 물질로 옴짝달싹 못 하게, 붙잡아 둔 것 같다. 긴장해서 그런 걸까?

주아는 종이에 엄마의 이름만 적은 뒤 집 주소가 기억나지 않는다며 다시 훌쩍였다. 몇 번이나 방송이 나갔지만 엄마와 아빠가 문을 열고 들어오는 일은 없었다. 유지는 주아에게 속삭였다.

"우리 여기서 나가자. 직접 찾아봐야겠어."

주아가 코맹맹이 소리로 되물었다.

"찾을 수 있을까?"

"여기서 기다리고 있는 것보다는 낫지."

수아는 코를 크게 한 번 들이마시고는 고개를 끄덕였다.

둘은 눈치를 보다가 직원의 신경이 다른 일에 쏠린 틈에 잽싸게 몸을 숙이고 빠져나왔다. 밖으로 나오자 습한 열기가 다시 온몸을 뒤덮었다. 에어컨 바람에 차가워진 피부는 순식간에 달아올랐다. 주아는 계속 코를 훌쩍였다. 유지는 마지막 남은 물티슈를 건네며 물었다.

"엄마랑 헤어진 데가 어디야?"

"광장 근처 벤치."

"거기로 가 보자. 우리 엄마랑 아빠도 거기서 없어졌거든. 내 생각에는 둘이 싸우는 데 정신 팔려서 날 잊어버린 거 같아."

"널 잊어버려?"

"응. 종종 그래. 우리 엄마 아빠는 어린애 같아서 내가 챙겨 주지 않으면 안 돼."

"우리 엄마도 그냥 날 깜빡한 거면 좋겠다. 하지만 그럴 리 없는걸."

"그럴 수도 있지!"

유지는 주아를 쏘아봤다. 엄마가 자신을 깜빡할 리는 없다는 주아의 말에 괜히 짜증이 났다. 어쨌든 버림받은 주제에. 유지는 속으로 비죽거렸다. 주아가 물기 어린 눈을 깜빡이며 미안하다고 말했다. 뭐가 미안한지는 전혀 모르는 얼굴이었다.

"빨리 찾자. 해 지면 무섭잖아."

"응."

둘은 광장 주위를 샅샅이 뒤졌다. 가기 싫었던 다람쥐통 근처까지 가 봤지만 역시 아무도 없었다. 맥이 빠졌다. 보호소에서 나올 때까지만 하더라도 금방 찾을 수 있을 줄 알았는데. 유지의 얼굴이 어두워졌다. 그때 갑자기 주아가 좋은 생각이 났다는 듯이 물었다.

"근데 넌 뭐 타고 왔어?"

"나? 차 타고 왔지."

"나는 셔틀버스 타고 와서 소용없는데, 너는 차 타고 왔으니까 주차장에 가 보면 되지 않을까?"

주아가 얄미울 만큼 순진한 얼굴로 눈을 깜빡였다. 유지는 주아의 시선을 피했다. 사실 주차장 생각을 해 보지 않은 건 아니었다. 하지만 보나 마나 시간 낭비일 것이다. 주차장에 차가 없다는 건, 엄마 아빠가 자신을 두고 떠났다는 말이나 마찬가지니까. 그럴 리가 없지 않은가. 유지는 찝찝한 기분을 뒤로한 채 고개를 내저었다. 그리고 잠시 숨을 고른 뒤 말했다.

"주차장 가 볼 필요 없어. 당연히 공원 안에 계시다니깐."

"하지만."

"한 번 나가면 다시 못 들어오잖아. 너는 내가 너 버리고 먼저 갔으면 좋겠어?"

"그건 아닌데."

유지는 주아의 손목을 잡아끌었다. 주아는 종이 인형처럼 쉽게 따라왔다. 둘은 다시 한 번 놀이공원 곳곳을 맴돌았다.

주아는 더 이상 주차장 이야기를 하지 않았다.

어느새 저녁에 가까운 오후였다. 더위는 좀 가셨지만 배가 고파 왔다. 지친 유지와 주아는 나란히 벤치에 앉았다. 가만히 앉아서 보니 놀이공원의 다른 사람들은 전부 즐거워 보였다. 자신들만 이런 생고생을 하는 것 같아 억울했다. 그때 유지의 눈에 낯익은 얼굴이 들어왔다. 자신에게 젤리를 준 아저씨였다. 그는 회전목마 앞에서 어떤 커플에게 젤리를 건네는 중이었다. 그의 탁한 목소리가 소음을 뚫고 유지의 귀까지 닿았다.

"사귄 지 얼마나 됐어? 이 젤리 나눠 먹으면 절대 안 헤어지는데."

남자는 별 반응 없이 미소 지었고, 여자는 꺄르르 웃었다. 유지는 문득 아저씨에게 받았던 젤리를 떠올렸다.

'뭐야. 그냥 다 하는 소리였잖아.'

기대도 안 했건만, 어째서인지 힘이 빠졌다. 부실한 점심을 먹은 이후로는 아무것도 먹지 않고 분주하게 돌아다닌 탓에 배에서는 꼬르륵거리는 소리가 난리를 쳤다. 상황은 주아도 비슷해 보였다. 유지는 결국 배낭에서 구겨진 젤리 봉지를 꺼내 가장자리를 뜯었다. 달콤하고 시큼한 냄새가 올라왔다.

"이거라도 먹어."

"젤리야? 나 젤리 엄청 좋아해."

주아는 유지가 먼저 먹기도 전에 봉투 안으로 손을 집어

넣어 젤리를 한 움큼 꺼냈다. 투명한 설탕 알갱이가 우수수 떨어졌다. 젤리는 딸기 맛이 날 것 같은 연한 핑크색이었다. 주아는 손에 담긴 젤리 중 두어 개를 집어 입으로 가져가는 듯하더니 코로 먼저 냄새를 맡았다.

"이거 되게 특이한 향이 나."

"그래?"

유지 역시 젤리를 꺼내기 위해 봉투 안으로 손을 넣었다. 한 움큼 집어 고개를 드는데 낯선 여자가 눈에 들어왔다. 푸른색 원피스를 입은 여자가 성급한 걸음걸이로 이쪽을 향했다. 여자가 외쳤다.

"주아야?"

유지는 행동을 멈추고 점차 큰 보폭으로 다가오는 여자를 뚫어져라 바라봤다. 주아는 여전히 아무것도 모른 채 젤리를 요리조리 살피며 발을 흔들었다. 순식간에 코앞으로 다가온 여자는 고개를 푹 숙인 주아 앞에 섰다. 유지는 여자의 옆얼굴을 바라봤다. 눈가가 잔뜩 운 주아 못지않게 붉었다. 어이없을 만큼 둘은 비슷한 생김새였다. 머리 위로 기다란 그림자가 지자 주아는 그제야 고개를 들었다. 주아의 얼굴이 오래 불은 물만두처럼 일그러졌다. 여자를 마주한 주아는 곧 보호소에서와는 비교도 안 될 정도로 자지러지게 울기 시작했다.

"엄마! 엄마 미워!"

여자는 그런 주아를 와락 껴안았다. 주아의 헝클어진 뒤통수를 마구 쓰다듬으며 미안하다는 말을 연발했다. 유지는 젤리를 먹으려던 것도 잊고 그 광경을 가만히 응시했다. 할머니가 주말마다 챙겨 보던 주말 드라마의 한 장면 같았다. 무슨 얼굴을 해야 할지 알 수가 없었다. 하지만 그다지 축하해 주고 싶지는 않았다. 유지는 천천히 주위를 훑었다. 엄마와 아빠는 어디에도 없었다.

유지는 자리에서 일어섰다. 바닥에는 주아의 손에서 떨어진 젤리들이 곳곳에 널브러져 있었다. 갈 곳을 잃은 자신의 손과, 멍청하게 놓인 젤리 봉지를 바라봤다. 신경질이 나서 내용물이 남은 젤리 봉지를 거칠게 구겼다.

가까운 곳에서 가느다란 울음이 유지의 귓가를 파고들었다. 유지는 고개를 두리번거렸다. 앉았던 벤치 아래에서 고양이 한 마리가 튀어나와 자신을 빤히 주시했다. 검고 하얀 무늬가 익숙하다 했더니 뉴서울파크의 마스코트인 꿈냥이였다. 이 놀이공원에서 꿈냥이를 만나면 그날은 행운이 따른다던데, 지금 상황은 행운과는 도무지 거리가 멀었다. 아니면 엄마를 찾은 주아에게만 해당되는 행운이거나.

"행운은 무슨 행운이야."

고양이의 노란 두 눈이 반짝였다. 유지의 마음 깊은 곳에서 뭐라 지칭하기 힘든 감정이 부글부글 끓었다. 유지는 바닥에 떨어진 젤리를 주워 고양이를 향해 던졌다. 당연히도 고양이는 젤리를 받아먹지 않았다. 유지는 고양이를 노려봤다. 주아를 노려본다면 스스로가 너무 보잘것없는 사람이 될 것 같았다.

고양이는 유지의 발치까지 다가왔다. 유지는 신경질적으로 발을 굴렀다. 고양이는 아랑곳하지 않고 주위를 맴돌았다. 주아와 주아 엄마의 눈물겨운 상봉은 여전히 진행 중이었다. 유지는 구겨진 젤리 봉지를 다시 배낭에 욱여넣었다.

주아의 엄마는 주아와 유지를 근처의 카페로 데려갔다. 유지가 부모님과 점심을 먹은 카페였다. 알록달록하니 실내는 예뻤지만 가격에 비해 음식 양이 적고 맛이 없는 곳이었다. 주아의 엄마가 아이스크림과 스무디를 주문하고 돌아와 앉았다. 정면으로 보이는 눈과 입매가 주아와 무서울 정도로 닮았다. 둘이 마주 앉은 모습을 보자 유지는 속이 뒤틀리는 것 같았다. 아까부터 자신의 의지를 벗어난 감정들이 내부에서 소용돌이쳤다. 도저히 웃을 수가 없어서 유지는 테이블 모서리만 물끄러미 응시했다.

"엄마 화장실 좀 다녀올게. 이거 먹고 있어."

"싫어. 나도 같이 가."

한바탕 울고 난 주아는 부쩍 유치하게 굴었다. 엄마가 일어서자 함께 몸을 일으키더니 결국 화장실까지 따라 나갔다. 꼭 어미 새를 따라하는 아기 새 같았다. 유지는 자신의 앞에 놓인 아이스크림만 플라스틱 스푼으로 깨작대었다.

평소 좋아하던 딸기 맛인데 아무 맛도 나지 않았다. 맞은 편의 에어컨 때문인지 가슴 안쪽이 허했다. 유지는 고개를 숙이고 무릎에 올려 둔 배낭을 만지작거렸다. 지퍼를 열었더니 구겨 넣은 젤리 봉지가 반짝였다. 젤리를 받을 때 아저씨가 했던 말이 떠올랐다.

"절대 헤어지지 않을 거다."

도대체 어떻게? 마법의 젤리라도 되는 건가? 하지만 좀 전의 커플을 대하는 태도로 봐서는 그냥 상술일 가능성이 컸다. 유지는 구겨진 젤리 봉지를 테이블 위에 올려놓았다. 그냥 그런 불량 식품에 가까워 보였다. 결국 입구를 벌리고 봉지 안으로 손을 집어넣었다. 더위에 설탕이 녹아 내부는 끈적거렸다. 제일 먼저 닿은 젤리를 하나 꺼낸 유지는 슬쩍 주위를 둘러보았다. 카페의 어느 누구도 자신에게 신경 쓰고 있지 않았다.

유지는 주아의 자리에 놓인 스무디를 제 쪽으로 끌어당겼다. 그리고 손에 집어 든 젤리를 퐁당 빠뜨렸다. 딸기로 만든 스무디는 불투명했고, 젤리와 색도 비슷했다. 슬쩍 하나를 집어넣는다 해도 티 나지 않을 것이다. 그리고 컵의 바닥에 가라앉은 생과일 덩어리들과 함께 주아는 젤리를 씹어 삼키겠지. 만약 먹지 않으면, 그냥 마는 거고.

가라앉을 줄 알았던 젤리는 가벼운 무게 때문인지 스무

디 표면 위로 동동 떴다. 마침 화장실 문이 열리고 주아가 먼저 모습을 드러냈다. 마음이 급해진 유지는 젤리를 가라앉히기 위해 빨대로 음료를 휘휘 저었다. 그때였다. 젤리가 액체처럼 넓게 퍼지더니, 마법처럼 스무디에 스르르 녹아들었다.

'어떻게 된 거지?'

유지는 빨대를 든 채로 굳었다. 어느새 돌아온 주아의 엄마는 그런 유지를 보고 친절한 목소리로 말했다.

"스무디 먹고 싶니? 주문해 줄까?"

"아뇨, 괜찮아요."

유지는 빨대를 던지듯이 내려놓았다. 그리고 이미 반쯤 녹은 아이스크림을 급히 입으로 털어 넣었다. 아무 맛도 느껴지지 않았다. 심장이 크게 뛰었다. 자리에 앉은 주아의 엄마는 목이 말랐던 듯 유지가 휘저은 스무디를 죽 들이마셨다. 주아가 자신도 먹고 싶다며 손을 내밀었다. 결국 반 이상 스무디를 비운 것은 주아였다. 유지는 두근거리는 마음으로 둘이 스무디를 비우는 장면을 말없이 지켜봤다.

"유지라고 했지? 집 주소는 어디였는지 기억 안 나고?"

"P아파트 2차 405호인데…"

"무슨 동이었는지는 기억 안 나니? 부모님이랑은 언제 헤어졌어?"

주아의 엄마는 핸드폰으로 위치 검색까지 해 가며 유지의 집 주소를 추리했다. 그러다 해가 지기 시작할 때쯤 자리에서 일어섰다.

"너희들이 보호소에서 나오는 바람에 부모님이랑 길이 엇갈렸을 수도 있어. 한 바퀴만 돌아보고 경찰서로 가자."

유지는 고개를 끄덕였다. 놀이공원은 노을빛 아래에서 오묘한 색을 띠었다. 아마도 야간 퍼레이드를 기다리고 있을 사람들은 낮보다 한결 차분해 보였다. 고장 난 로봇처럼 끊임없이 춤을 추던 꿈꼼이도 어디로 갔는지 보이지 않았다. 유지는 초조한 마음으로 주아와 주아의 엄마를 주시했다. 아직 큰 변화는커녕 작은 조짐조차 눈에 띄지 않았다.

주아는 엄마의 곁에서 한시도 떨어지지 않으려 했다. 유별나게 구는 건 주아의 엄마도 마찬가지였다. 주아를 옆에 끼고는 시도 때도 없이 얼굴을 만지거나 껴안았다. 유지는 이해가 가지 않았다. 유지가 보기에 주아는 자신에 비하면 한없이 부족한 애였다. 혼자서 할 줄 아는 일이라고는 울기 말고 아무것도 없었다. 아직 철도 들지 않았고 멍청했다.

그런데 왜, 주아의 엄마는 그런 부족한 주아를 한없이 사랑스럽다는 눈으로 바라보는 걸까. 유지는 엄마와 아빠로부터 저렇게 무한한 애정이 담긴 시선을 받아 본 적이 없다. 기억하기로는 단 한 번도 없었다. 유지는 주머니에 집어넣은 손을 꽉 힘주어 쥐었다. 그리고 입술 안쪽을 깨물었다. 비릿한 맛이 났고 따끔했지만 덕분에 눈시울이 뜨끈해지는 건 막을 수 있었다.

해가 산등성이의 끝자락에 걸리도록 둘에게는 이렇다 할 변화가 없었다. 역시 그냥 상술이었구나. 유지는 길게 한숨을 내쉬었다. 어떤 극적인 변화를 기대하지는 않았으나 허무해지는 건 어쩔 수 없었다. 약간의 안도감과 실망스러움이 뒤섞인 채로 찾아왔다.

유지는 길게 늘어지는 그림자를 따라 바닥 타일 무늬를 보며 걸었다. 갑자기 앞서 가던 주아와 주아의 엄마가 걸음을 멈췄다. 유지는 고개를 들고 앞을 바라봤다. 좀 전까지만 해도 발랄하게 걷던 주아가 갑자기 목을 움켜쥐며 바닥으로 쓰러졌다.

"주아야, 왜 그래?"

주아의 얼굴이 점점 붉어졌다. 숨소리가 심상치 않았다. 목구멍에 가시가 걸린 것처럼 거칠었다. 주아의 엄마는 주저앉은 채로 주아의 등을 두드렸다. 급히 핸드폰을 꺼내는 손이 덜덜 떨렸다. 유지는 침을 삼켰다. 심장이 쿵쿵대기 시작했다.

"커억."

갑자기 주아가 뭔가 토해 내는 듯한 소리를 냈다. 비스듬히 누운 주아의 입에서 투명한 분홍색 점액질이 울컥이며 흘러나왔다. 주아 엄마의 손에서 핸드폰이 굴러떨어졌다. 이성을 잃은 주아 엄마는 지나가는 사람들을 붙잡고 도와달라고 외치기 시작했다. 갈 길을 가던 사람들이 하나둘씩 멈춰 섰다.

행인 하나가 놀이공원 직원을 불러왔다. 상황을 파악한 직원이 서둘러 119로 연락을 취했다.

바닥에 널브러진 주아가 엄마를 향해 양팔을 내밀었다. 주아의 엄마는 주아를 들어 올려 등에 업었다. 그리고 아이를 위로하듯이 흔들며 작게 중얼거렸다.

"괜찮아, 괜찮아."

그 말은 주아 엄마가 스스로에게 건네는 말 같기도 했다. 좀 진정이 되었는지 주아는 더 이상 몸부림치지 않았다. 엄마에게 겹쳐진 주아의 등이 크게 오르락내리락거렸다. 아이의 얇은 반팔 옷이 땀으로 축 젖어 있었다.

순간 이상한 기분이 들었다. 유지는 주아의 등을 자세히 바라봤다. 물기를 머금은 천에 묘한 윤기가 돌았다. 젖었다기보다는 물엿처럼 끈적한 것에 달라붙은 것 같았다. 목덜미에 오소소 소름이 돋았다. 갑자기 어디선가 나는 강렬한 단내가 코를 찔렀다. 유지는 코를 틀어막았다. 익숙하고도 지독한 향이었다. 시큼하고, 코 안쪽이 싸하고, 재채기가 나올 정도로 아주 달콤한 냄새.

코를 막았음에도 안쪽이 간질거려서 유지는 두어 번 재채기를 내뱉었다. 이상한 향을 맡은 건 유지뿐만이 아니었는지 곳곳에서 재채기 소리가 들려왔다. 유지는 크게 숨을 들이마시다가 냄새의 정체를 알아챘다. 분명 배낭 속의 젤리와 같은 향이었다.

"119 연락이 안 되는데, 혹시 지금 핸드폰 되는 분 계세요?"

진즉 119를 불렀어야 할 직원이 다급한 얼굴로 손을 들고 외쳤다. 상황을 지켜보던 사람들은 하나둘 핸드폰을 꺼내 손가락을 움직였다. 사람들의 얼굴이 이상해져 갔다. 웅성거림은 점차 커졌다. 유지는 지금 무슨 일이 벌어지는지 따라갈 수가 없었다. 핸드폰을 꺼낸 사람들이 너도나도 네트워크 신호를 받기 위해 팔을 높이 쳐들었다. 허나 누구 하나 신호를 받은 이는 없었다.

"이거 왜 이러지?"

핸드폰들은 곧 까만 화면만을 내보인 채로 먹통이 되었다. 곳곳에서 불안 섞인 물음이 터져 나왔다. 유지는 사람들 틈에서 언뜻 젤리 아저씨를 본 것 같다고 느꼈으나, 눈을 비볐다가 다시 떴을 땐 비슷한 사람도 찾을 수 없었다.

주위는 갈수록 소란스러워졌다. 사람들이 쓰러진 주아의 모습보다 핸드폰이 터지지 않는다는 사실에 더한 혼란을 겪는 사이에 유지는 굳은 얼굴로 주아와 주아의 엄마를 주시했다. 주아는 잠이라도 들었는지 제 엄마의 어깨에 완전히 얼굴을 파묻고 있었다. 주아 엄마는 아이의 손을 꼭 쥐고는 크게 숨을 내쉬었다. 좀 진정이 된 듯 주아 엄마가 주위를 두리번거리며 유지를 찾았다.

사람들 사이에 선 유지와 주아 엄마의 눈길이 맞닿았다.

유지는 자신에게 다가오는 주아 엄마를 바라봤다. 그녀의 어깨에 고개를 파묻은 주아는 좀처럼 움직일 기미를 보이지 않았다.

"너도 많이 놀랐지? 아무래도 아줌마가 경찰서까지 같이 못 가 줄 거 같아. 저기 직원 분한테 가 보자."

주아 엄마가 하는 이야기는 유지의 귀에 하나도 들어오지 않았다. 유지는 눈을 깜빡이는 것도 잊은 채 돌처럼 굳어 힘겹게 말하는 그녀의 얼굴을 바라봤다. 안색이 이상했다. 좀 전까지만 해도 백지장처럼 하얬는데, 지금은 터질 것 같은 붉은색이었다. 유지는 지금 이 순간이 꿈이 아니라는 걸 인지하고서야 두 눈을 깜빡였다. 기이하게 달아오른 안색은 점점 더 짙어졌다. 쓰러지기 직전의 주아 같았다. 유지는 천천히 뒷걸음질쳤다.

"왜, 왜 그러니?"

아줌마가 공포에 질린 얼굴로 뒷걸음질 치는 유지를 이상하다는 듯이 바라봤다. 가만히 서 있던 그녀의 몸이 갑자기 크게 경련했다.

"욱, 우욱."

그녀의 입에서 검붉은 핏물이 후두둑 쏟아졌다. 핏물 사이에는 소화가 되다 만 것처럼 보이는 분홍색 점액질이 군데군데 섞여 있었다. 주위를 둘러싼 사람들이 동시에 비명을 질렀다. 주아의 엄마는 양손으로 자신의 입을 틀어막았다. 내부에서 다른 생명체가 튀어나오기라도 할 것처럼 그녀의 몸이 두어 번 크게 흔들렸다. 그와 동시에 등에 업힌 주아가 무어라 소리를 질러 댔다.

"어아, 모이 노아내어."

"뭐라고? 주아야, 뭐라고?"

엄마가 몇 번이나 되묻는데도 주아는 똑바로 답하지 못했다. 혀가 녹아내린 것처럼 발음이 뭉개졌다. 주위가 소란스러운 와중에 유지의 얼굴은 하얗게 질려 갔다. 유지는 주아가 뭐라고 외쳤는지 알아들을 수 있었다.

엄마, 몸이 녹아내려. 분명 주아는 몸이 녹아내린다 외쳤다.

구급대원이 오지 않는다. 모든 핸드폰은 먹통이다. 곳곳에서 달콤한 냄새가 진동했다. 이상한 일이 벌어지고 있다. 유지는 사람들 틈바구니에 못 박힌 듯이 서서, 벌어지는 일들을 두 눈과 머리에 담았다. 무의식적으로 꽉 쥔 주먹이 배낭의 어깨끈 끄트머리를 잡았다. 절대 떨어지지 않아, 아저씨의 목소리가 다시 한 번 머릿속에 울렸다. 그건 어떤 깨달음 같기도 했다. 유지는 이후로 벌어질 일을 알 수 있을 것 같은 예감에 휩싸였다.

"일단 애를 눕히죠. 그쪽도 안색이 안 좋아요, 응급처치를 합시다."

지켜보던 무리에서 한 명이 다가와 말했다. 의료계에 종사하는 사람인 듯 제법 단호하게 처치 방법을 제시했다. 허나 그가 말을 끝마치기도 전에 주아 엄마는 행인의 옷자락을 붙잡고 늘어졌다. 얼굴은 핑크색에 가까웠고, 입가에는 핏자국과 정체 모를 분홍색 점액질이 선연했다. 그녀의 입에서 울음에 가까운 목소리가 새어나왔다.

"주아가 안 떼져요…."

그제야 유지는, 유지를 포함한 주위 사람들은 그 기묘한 위화감의 정체를 눈치챘다. 주아의 엄마는 한 손으로는 자신의 입을, 다른 한 손으로는 행인을 잡고 있었다. 등에 업은 주아를 받칠 손이 없는데 주아는 계속 등에 붙어 있다. 아주 안정적으로. 유지는 눈을 크게 떴다. 엄마의 목을 감싼 주아의 작은 팔뚝이 캐러멜 시럽처럼 끈적하게 흘러내리기 시작했다.

언젠가 엄마와 디저트 카페에서 먹었던 프렌치토스트가 떠올랐다. 시럽을 흠뻑 머금은 빵을 포크로 찍으면 울컥하고 끈적한 시럽과 과일 잼이 흘러내렸다. 유지는 눈을 깜빡였다. 지금 자신이 보고 있는 게 과연 현실일까? 아니면 꿈일까? 주아의 팔이, 다리가, 어깨와 머리가 기억 속의 시럽처럼 녹아 흘렀다.

끈적하게 변한 주아는 곧 자신을 받치는 엄마의 몸까지 뒤덮기 시작했다. 둘은 어떻게 해도 떨어지지 않을 것 같았다.

여름 내내 한 번도 꺼내지 않은 유리병 속 캐러멜처럼 말이다. 그리고 그쯤 주아 엄마의 몸에도 기이한 변화가 일었다. 피부에 매끈한 광이 돌며 무릎이 풀썩 꺾였다. 관절이 없어진 것처럼 제대로 서질 못했다.

유지는 누가 발목을 붙들기라도 한 것처럼 움직일 수가 없었다. 서로 엉겨 붙어 하나가 된 주아와 아줌마를 바라봤다. 행인이 비명을 지르며 아줌마의 손을 팔뚝에서 떼어내자 손가락들이 입에서 녹은 젤리처럼 주우욱 늘어졌다. 아줌마가 비명을 질렀다. 사람들이 소리를 지르며 뿔뿔이 흩어졌다. 멀리 롤러코스터에서 들려오던 비명소리가 귓전에서 울려 퍼졌다.

주아의 엄마가 주아를 떼어내려 할수록 둘은 더욱더 서로를 옭아맸다. 둘은 하나가 되어 쓰러졌다. 그리고는 모든 걸 포기한 듯이 함께 녹기 시작했다. 얼굴과 어깨가, 팔과 팔이, 다리와 손이 하나가 되어 어그러졌다. 천천히 녹아내리는 덩어리들 사이로 한때 주아의 얼굴이었던 부분이 꿈틀거렸다. 그 둥근 덩어리는 주위를 돌아보는 것처럼 차분히 회전했다. 방황하던 주아의 머리가, 그중에서도 아직 녹지 않은 하얗고 섬뜩한 안구가 유지를 향했다.

주아의 머리는 눈을 느리게 깜빡이고는 이내 고꾸라졌다. 이제 그 자리에 남은 것은 끈끈한 분홍색 젤리와 옷가지뿐이었다. 주아 엄마의 푸른색 원피스는 분홍 점액질에 섞여 파란색도 분홍색도 아닌 오묘한 색을 띠었다.

주위에는 아무도 남지 않았다. 유지는 꼼짝도 않는 다리를 가까스로 움직였다. 한 걸음, 두 걸음, 뒷걸음질 쳤다. 한때 애틋한 모녀였던 젤리 덩어리는 몸에 지녔던 사물만 남기고 넓게 퍼져 흘렀다.

"그 젤리 때문이야…"

주아의 마지막 시선이 뇌리에서 사라지질 않았다. 그 애가 자신을 원망하는 것 같다. 아니, 확신한다. 주아는 모든 걸 알고 있는 거야. 유지는 젤리 덩어리를 등진 채 눈을 질끈 감고 달리기 시작했다. 발을 내딛을 때마다 닿는 바닥이 믿기 싫을 만큼 질퍽였다.

주아는 내가 스무디에 젤리를 넣는 걸 봤을까? 전부 알고 있는 걸까? 그럴 리가 없지만 그럴 수도 있을 것 같다. 숨이 차서 도저히 뛸 수 없을 때까지 뛰었다. 정신을 차렸을 땐 화장실 앞이었다. 유지는 배낭에서 젤리 봉지를 꺼내 안으로 들어갔다. 손이 미끄러져 배낭이 지저분한 화장실 바닥에 떨어졌지만 신경 쓰지 않았다.

"이딴 건 다 버려야 해."

급히 중얼거리는데 발에 끈적한 덩어리가 채였다. 유지는 아래를 내려다보았다. 또다시 투명한 분홍빛의 젤리 덩어리였다. 녹아 버린 모녀가 자신을 쫓아왔다고 생각했다. 유지는 비명을 지르며 그대로 화장실 바닥에 주저앉았다. 철퍽, 화장실 물기가 섞인 젤리 웅덩이에 엉덩이가 축축해졌다.

자세히 보니 그것은 주아와 주아 엄마가 아니었다. 희미하지만 남녀의 형상을 띄었다. 아직 녹는 중이었고, 커플처럼 보였다. 서로 꼭 껴안고 있었다. 아니, 껴안았다기엔 한쪽에서 밀어내려고 안간힘을 쓰다 들러붙어 버린 모습이었다. 이목구비가 무너져 내린 남자와는 다르게 아직 상태가 양호한 여자의 얼굴은 아주 평온하고 행복해 보였다.

그런 여자의 얼굴이 이상하리만치 익숙했다. 기억을 더듬어 보니 아저씨에게서 젤리를 받은 커플이었다. 유지는 꽉 움켜쥐었던 젤리 봉지를 멀리 집어 던졌다. 긴 타원형의 젤리들이 화장실 바닥으로 통통 튀며 떨어졌다. 유지는 엉덩이 걸음으로 뒷걸음질 치면서 비명을 질렀다. 귀가 먹먹했다. 이상하게도 자신의 입에서 나는 소리가 들려오지 않았다. 더욱 크게 소리를 질렀지만 마찬가지였다. 일어서서 화장실을 뛰쳐나왔다. 곧 자신의 비명이 들리지 않는 이유를 알았다. 놀이공원의 모두가 비명을 지르고 있었다.

눈앞에 젤리로 변해 가는 사람과 이미 젤리가 되어 녹아 버린 사람이 마구잡이로 엉겨 붙어 나뒹구는 광경이 펼쳐졌다. 유지는 멍하니 섰다. 그 모습은 뭐랄까, 꼭 놀이공원에서 준비한 퍼레이드 같았다. 코를 찌르는 단내에 구토감이 일었다. 머리가 어지러웠다. 그 와중에 유지는 부모님을 떠올렸다. 엄마와 아빠는 어디에 있을까. 이 놀이공원 어딘가에서 이미 젤리가 되었을까?

알록달록한 보도블록을 분홍색 젤리들이 점령해 갔다. 유지는 녹아 가는 사람들을 보며 생각했다. 이 놀이공원은 사실 아주 거대한 생명체의 미니어처 장난감 같은 게 아닐까. 곱게 두고 구경하던 장난감에 그들은 질려 버린 것이다. 그래서 용도를 바꾸고 안에 끈적한 무언가를 채워 넣는 건 아닐까. 잼이 가득 찬 유리병 안에 혼자만 멀뚱멀뚱 서 있는 듯했다. 스노우볼에 붙박인 모형들처럼.

어디선가의 덩어리에서 흐른 점액질이 유지의 발치까지 닿았다. 유지는 이제는 사람의 형체가 남지 않은 그것을 몇 번이고 발로 찼다. 바짓단에 젤리들이 잘게 튀었다.

혼란스러운 머릿속에 오직 한 가지 생각만이 선명하게 떠올랐다. 이 이상한 놀이공원에서 엄마와 아빠를 찾아야 했다. 엄마 아빠도 날 찾다가 젤리 인간이 되어서… 거기까지 상상한 유지는 고개를 저었다. 이 잼통 같은 놀이공원에서 나가기만 한다면 악몽에서도 탈출할 수 있을 것이다. 자신은 아주 어른스럽고 완벽한 아이니까 찾을 수 있다. 엄마와 아빠는 자신이 챙겨야 한다. 그때였다. 낯설지만 들어 본 적 있는 탁한 목소리가 유지의 생각을 가로막았다. 유지는 정면을 바라봤다.

"네 엄마와 아빠가 여기 있을 것 같니?"

젤리를 건넨 아저씨였다. 그는 불쑥 솟아난 것처럼 갑자기 유지의 앞에 나타났다. 분명 얼굴을 마주 보고 있음에도 그의 얼굴 형태를 알아볼 수가 없었다. 유지는 두 눈을 비볐다. 마찬가지였다. 여전히 그의 얼굴은 어둠에 잠겨 있고, 목소리는 동굴같이 음습했으며 이목구비는 뭉개져 있다. 유지는 뒷걸음질 쳤다. 방금 자신이 발로 찬 젤리 덩어리가 철벅, 튀었다. 아직 완전히 녹지 못한 뼛조각이 잘게 밟혔다. 아저씨가 어디 달려 있는지 모를 입을 열었다. 검은 구멍이 뻐끔거렸다. 목소리는 유지의 머릿속에서 들려왔다.

"그들은 여기 없다. 그럼 어디에 있을까?"

"아냐."

주차장에 가 보자, 가서 차가 있는지 보자. 이번엔 주아가 귀에 대고 속삭였다. 유지는 양 귀를 틀어막았다.

"네 집에 있단다. 너 따위는 잊고 잠들었을 거야."

"그럴 리 없어!"

남자가 입을 귀까지 길게 찢어 벌리며 웃었다. 그의 뭉뚱그려진 얼굴 중 그 기괴한 웃음만이 선명했다.

"못 믿겠니?"

아저씨가 손을 뻗으며 물었다. 유지는 다가오는 검은 손끝을 바라봤다. 몸을 움직일 수가 없었다.

"그렇다면 집에 데려다 주마."

주차장에 가는 거야, 넌 버림받은 거야, 난 녹았지만 엄마와 함께지. 하지만 넌 아니야. 넌 혼자야. 주아가 노래하듯이 속삭였다. 그리고 유지는 정신을 잃었다.

2

생존자

뉴서울파크의 대표 캐릭터인 꿈곰이는 짧은 갈색 털을 가졌다. 까만 두 눈에는 항상 별이 반짝였다. 곰치고는 넓적한 귀와 길쭉하게 튀어나온 주둥이 탓에 종종 쥐로 오해하는 이들도 있었다. 개장 초기에는 해외 유명 놀이공원의 캐릭터를 모방한 것 아니냐는 시비도 있었으나, 어쨌든 나름의 뻔뻔한 전략으로 꿈곰이는 뉴서울파크의 대표 캐릭터로 자리 잡았다. 그리고 입장과 동시에 메인 광장에서 가장 먼저 접할 수 있는 즐거움의 아이콘이 되었다.

꿈곰이는 속없어 보일 만큼 해맑은 얼굴로 아이들에게 풍선을 나눠 주는 일을 했다. 아이들이 춤을 추라면 춤을 추었고, 사진을 찍어 달라면 포즈를 취했다. 그런 꿈곰이를 만만하게 보고 짓궂게 구는 아이들도 있었다. 집에서 가져왔는지 가게에서 산 것인지는 모르겠지만 장난감 칼로 어깻죽지를 사정 없이 가격한 눈앞의 꼬맹이가 그랬다.

꼬맹이는 흔들리는 탈을 부여잡는 꿈곰이를 보며 키득거 렸다. 곧 멀리서 츄러스를 든 부모가 다가왔고, 꼬맹이는 꿈곰 이가 건넨 풍선은 진즉 어딘가로 날려 보낸 채 입가에 설탕 가 루를 묻히며 사라졌다. 꿈곰이는 그 자리에 가만히 섰다. 원래 는 빙글빙글 도는 안무를 해야 할 타이밍이지만 빙글빙글 도 는 것은 머리뿐, 손끝 하나 움직이고 싶지 않았다.

"시발…"

작게 욕설을 내뱉는 꿈곰이의 얼굴은 여전히 해맑았다. 해 맑을 수밖에 없었다. 그게 곰의 일이니까.

아침 10시부터 오후 3시까지 꿈곰이로 살아야 하는 사준 은 약간 돌아간 머리 탈을 제자리에 맞췄다. 꼬맹이의 타격이 물리적으로 아픈 것은 아니었다. 이런 건 아주 흔한 일이다. 저 나이대의 아이들은 늘 짓궂고, 자신은 더한 장난도 많이 겪었 다. 그러나 오늘 같이 더운 날에는 없던 화도 치솟기 마련이다. 심지어 인형 탈 내부에 고여 있는 습기와 쉰내가 더해져서 체 감 불쾌지수가 이루 말할 수 없을 정도였다.

그런 상황에서 키득거리는 아이의 웃음소리까지 들리자 사준은 아주 날카로운 칼이, 불로 달궈 낸 진짜 칼이 자신의 안쪽을 지지는 것 같다는 느낌이 들었다.

한 바퀴를 돈 뉴서울파크의 테마곡이 다시 처음으로 돌아갔다. 사준도 본래 있어야 할 자리로 돌아갔다. 그리고 아무렇지도 않은 것처럼 다시 안무를 시작했다. 양팔을 벌리고, 한 발씩 번갈아 뛰다가 빙글빙글 돌았다. 저 멀리 아이들이 짐승 떼처럼 몰려오는 것이 보였다. 곧 사준의 입에서 음울한 흥얼거림이 새어 나왔다. 꿈곰이 머리에 귀를 바짝 가져다 대지 않는다면 알아듣기 힘들 정도의 작은 소리였다.

"이번에 들어올 월급이 180, 여기에 추가 퍼레이드를 뛰었으니 야간 수당을 더하고, 거기서 통신비 10 식비 20 빼고, 생활비를 25라고 치면 남는 돈은 대략 ○○ 정도. 계좌에 있는 돈에 그걸 합치면 ○○○, 매달 최소 이만큼 적금 넣는다 치면 1년이면 얼마지. 서울에 집을 구하려면 얼마가 더 있어야…"

사준은 끊임없이 계산했다. 마음의 안정을 가져다주는 그만의 테마곡이었다. 암산이 잘 되지 않는 것을 핑계로 들어오는 돈은 반올림의 반올림을 해서 올리고, 나가는 금액은 반올림의 반올림으로 내렸다. 가상의 금액으로 암산에 암산을 거듭하자 제법 마음에 드는 결과가 도출되었다. 사준은 그 금액을 되뇌며 뉴서울파크의 테마곡에 맞춰 몸을 흔들었다. 어느새 주위를 둘러싼 아이들이 풍선을 달라고 작은 손들을 내밀었다. 짧은 털을 가진 꿈곰이는 해맑게 웃었다.

о

사준은 초조하게 남은 식권의 장수를 셌다. 남은 식권은 열 장 남짓인데 아직 월말까지는 한참이 남았다. 한 달에 식비로 제공되는 식권은 고작 30장이었다. 사람이 하루에 한 끼만 먹고 사는 것도 아니고, 세 끼를 전부 챙기기엔 더없이 부족한 장수이다. 지방에서 올라와 기숙사에서 출퇴근하는 직원에게 적어도 세 끼 식사 정도는 제공해야 하는 것 아닌가. 아무리 학생들이 경험 삼아 즐기려고 지원하는 비율이 높은 일자리라지만, 그게 생계인 사람도 분명히 있는데.

다음 주부터는 돈을 주고 밥을 사 먹어야 할지도 모른다. 사준은 결국 야식을 불러 먹자는 동기들의 제안을 물리치고 자신의 방으로 향했다. 뙤약볕에 몇 시간을 서서 일한 탓에 전신이 욱신거렸다. 문을 열기 위해 팔을 들기조차 힘들어서, 베고 누울 물건만 있다면 서서라도 잠들 수 있을 것 같았다. 빨리 씻고 자야지, 그렇게 중얼거리며 사준은 방 조명을 켰다. 푸르스름한 형광등 불빛과 함께 엉망진창인 방의 상태가 눈에 들어왔다.

순식간에 머리끝까지 짜증이 치솟았다. 분명 이번 주말에 청소를 했음에도 내부는 발 디딜 틈 없이 지저분했다. 곰팡이 냄새와 땀 냄새가 섞인 퀴퀴한 냄새가 맴돌았고, 바닥에는 빨지 않은 옷가지들이 아무렇게나 널브러진 채였다. 그뿐인가. 사준을 제일 짜증 나게 하는 것은 따로 있었다. 바로 바닥을

딛을 때마다 까슬하게 밟히는 작은 가루들. 각종 사탕과 젤리에서 떨어진 설탕 알갱이였다. 현관에서 시작된 설탕 가루의 향연은 룸메이트의 침대까지 궤도처럼 이어졌다. 실눈을 뜨고 보자 침대 시트 위까지 흰 가루들이 반짝였다. 사준은 신경질적으로 다가가 구겨진 이불을 들췄다. 아니나 다를까, 대용량 젤리 봉지가 침대 위에서 나뒹굴었다.

금방이라도 사준을 집어삼킬 기세였던 졸음이 썰물처럼 가셨다. 사준은 수납함 안에서 쓰레기봉투를 꺼내 바닥에 걸리는 것들을 닥치는 대로 집어넣었다. 좋게 이야기하는 것도 한두 번이다. 룸메이트인 영두는 당최 사람 말을 들으려고 하질 않았다. 공동생활이니 최소한의 예의는 지키자고 그렇게 이야기했건만 그는 사준 앞에서만 고개를 끄덕일 뿐, 돌아서면 그대로였다. 본래는 충분히 쾌적해야 할 2인실이 그 때문에 항상 쓰레기 천지였고, 영두가 곳곳에 흘려 댄 설탕 가루나 군것질 거리 탓에 벌레가 들끓었다. 누워 있을 때 개미가 입으로 들어온 적도 있었다. 사준은 영두와 대화하는 것을 포기했다.

그렇다고 방을 더럽게만 둘 수도 없는 일이었다. 바닥에 걸리는 걸 모조리 봉투에 쑤셔 넣은 사준이 허리를 일으키며 룸메이트의 침대 앞으로 다가갔다. 구석에 영두가 애지중지하는 노트북이 푸르스름한 빛을 내고 있었다. 아마 그가 매일 밤을 새워 가며 활동하는 커뮤니티가 띄워져 있을 것이다. 영두가 생기를 띨 땐 온라인 세상 안에서 자신이 얼마나 잘 나가는지 이야기할 때, 딱 그 순간뿐이었다. 허나 그가 무슨 커뮤니티에서 활동하는지는 사준에게 전혀 관심 사항이 아니었고, 영두가 흥분해서 열변을 토할 때마다 사준은 조용히 이어폰을 귀에 꽂았다. 보나마나 음담패설이 멋있는 줄 아는 한심한 인간들의 19금 커뮤니티거나, 만화 캐릭터를 실제 사람처럼 애지중지하는 음습한 형태의 마니아 사이트일 거라고 혼자 추측할 뿐이었다.

영두의 노트북 화면 속 기괴한 고대 판화 이미지 아래로 패스워드를 입력하는 창이 반짝였다. 판화에는 악마처럼 보이는 형상 아래에 거대한 솥을 두고 둥글게 춤을 추는 인간들이 그려져 있었다. 펄펄 끓는 솥 안에는 인간의 손목이 삐죽 튀어나와 반짝였다. 기분 나쁘다. 사준은 미간을 찌푸리고 이내 고개를 돌렸다.

그는 곧장 책상 아래에서 미니 청소기를 꺼내 바닥의 설탕 가루들을 빨아들이기 시작했다. 영두는 밥이라도 먹으러 간 건지 사준이 청소를 하는 내내 코빼기도 보이지 않았다. 있어 봤자 도움이 되지는 않을 테지만, 그렇다고 혼자 청소를 하는 게 억울하지 않을 리는 없었다.

영두의 개인 책상 아래를 밀다가 저린 허리를 두드리는데 이상한 것이 눈에 띄었다. 얼마나 많이 만졌는지 모서리가 닳아 버린 종이 상자였다. 외관은 꼭 선물용 과자 상자처럼 생겼다. 사준은 무심결에 손을 가져갔다. 상자는 매끄럽게 열렸다.

눅눅한 종이 냄새와 함께 달큰한 향이 풍겨 왔다.

"이게 뭐지?"

누리끼리하게 빛이 바랜 종이엔 알 수 없는 문양과 그림인지 글자인지 구별도 되지 않는 기호들이 빼곡했다. 몇 장을 넘겨 봐도 마찬가지였다. 어떤 용도인지 감도 잡히지 않았으나, 보면 볼수록 기분 나빠지는 종이였다.

뒤에서 방문이 열리는 소리가 났다. 사준은 고개를 돌려 현관을 바라봤다. 영두가 김이 모락모락 나는 컵라면을 들고 서 있었다. 그의 퀭한 두 눈이 사준의 손을 향했다. 정확히는 사준의 손에 들린 종이를. 사준은 열었던 상자를 서둘러 닫으며 인사했다.

"어, 형 왔어?"

"남의 물건을 왜 멋대로 만져?"

영두의 날 선 고함이 사준의 귀를 할퀴었다. 붉게 충혈된 두 눈은 앙심을 가지고 사준을 노려봤다. 사준은 어이가 없었다. 어질러 놓은 방을 힘들게 치운 게 누군데, 고작 상자 좀 열어 봤다고 이렇게 화를 내다니 말이나 되는 상황인가. 사준은 일부러 상자를 들고 거칠게 흔들었다. 얄팍한 상자는 금방이라도 사라질 것처럼 가벼웠다.

"이게 뭐길래?"

"만지지 마!"

영두가 덤비듯이 달려들었다. 비쩍 마른 몸 어디에서 그런 힘이 나오는지 모를 일이었다. 영두의 길게 자란 손톱이 사준의 팔뚝을 할퀴었다. 따끔한 통증이 전해졌다. 순식간에 상자를 빼앗은 영두는 물건을 자신의 품에 소중히 안고 사준을 쏘아봤다. 사준은 어이없다는 얼굴로 영두의 어깨 너머와 자신의 팔뚝에 난 상처를 번갈아 바라봤다. 바닥에 엎질러진 컵라면에서 모락모락 연기가 피어올랐다. 치밀어 오른 짜증이 한계치를 넘어 몸을 무기력하게 만들었다. 사준은 손가락으로 엉망이 된 바닥을 가리키며 말했다.

"됐고, 저거나 치워요."

영두에게서는 대답이 없었다. 말을 말자, 작게 뇌까린 사준은 자신의 침대로 올라갔다. 곧 영두가 미적거리며 바닥을 치우는 소리가 났다. 사준은 이불을 뒤집어썼다. 시간이 지나고, 방 불이 완전히 꺼지고 나서야 사준은 머리끝까지 올려 쓴 이불을 내렸다.

몸은 피곤한데 잠은 쉽게 오지 않았다. 이번에는 아래에서 들려오는 격렬한 타자 소리가 사준의 신경을 긁었다. 한 번 의식하고 나니 도저히 무시하고 잠들 수가 없었다. 영두는 항상 이 모양이었다. 밤이면 밤마다 저 놈의 타자 소리로 사람 신경을 건드렸다. 손가락과 자판 사이의 타격음이 사준의 고막을 두드렸다. 사준은 다시 이불을 뒤집어썼다. 숨 쉬기는 답답했으나 거슬리는 소리는 그나마 멀어졌다. 그는 조용히 자신만의 주문을 외웠다.

"지금 계좌에 있는 돈이 얼마더라. 이번에 들어올 월급이 180이니까 야간 수당을 더하고 거기서 통신비 10, 식비 20 빼고. 식비가 20이라니. 역시 식권이 너무 적어. 생활비를 30이라고 치면 남는 돈은 대략 ○○ 정도. 계좌에 있는 돈에 그걸 합치면 ○○○○는 되려나. 그리고 남은 식권이 다섯 장, 하루에 한 장씩 쓰면 5일 식비는…"

이윽고 마음에 안정이 찾아왔다. 자고 일어나면 깨질 안정이지만 그래서 더욱 소중했다. 침대 밑의 자판 소리도 이 순간만은 그의 평화를 건들지 못했다. 사준은 몸에 긴장을 풀고 눈을 감았다.

영두는 어쩌다가 저런 인간이 되었을까. 도대체 밤마다 노트북으로 무엇을 하는 걸까. 영두 같은 인간도 온라인상에서는 유명인이 될 수 있는 걸까. 그렇다면 온라인에 믿을 만한 이야기는 당최 얼마나 적단 말인가. 배려 없는 룸메이트에 대한 스트레스를 한심한 인간에 대한 동정심으로 지긋이 눌러 보았으나, 애초에 그렇게 누를 수 있는 스트레스라면 이 지경까지 오지도 않았을 것이다.

잠에 빠지기 직전, 사준은 입사 초기에 들었던 소문 하나를 떠올렸다. 영두에게 해괴한 강박증이 있다는 소문이었다.

◉

사준이 2인실을 쓰게 된 건 순전히 그 소문 덕이었다. 영두와 같은 방을 쓰려고 지원하는 사람이 몇 개월째 아무도 없었기 때문이다. 자리를 놀릴 수 없어서 곤란해하는 매니저를 보고 사준은 선뜻 지원했다. 기숙사는 2인실 외에는 전부 4인실이다. 한 방에서 여럿과 부대끼는 생활은 이제 그만하고 싶었다. 매니저는 좋아했고, 영두의 입사 동기들은 어째서인지 우려의 눈빛을 보냈다. 그리고 사준이 문제의 소문을 알게 된 건 모든 짐을 옮긴 후였다.

입사 회식 때 매니저가 해 준 이야기였다. 늘 지원자가 넘치는 어트랙션 파트와는 달리 기념품샵 MD 자리에는 항상 사람이 부족했다. 돈이 오고 가는 곳이라 힘든 손님도 많았고, 놀이공원 일자리를 찾아온 사람 중 대부분은 놀이공원 밖에서도 얼마든지 구할 수 있는 판매직을 원하지 않았다. 그런 자리에 선뜻 지원한 영두를 매니저는 별 고민 없이 받아들였다.

그런데 영두가 일을 시작하고부터 이상한 일이 벌어졌다. 기념품샵에서는 투명한 아크릴 통에 넣은 젤리를 조금씩 꺼내어 팔았는데, 회전률이 상당히 느린 제품이었다. 그게 전보다 두 배 가까이 빠르게 동나는 것이었다. 그에 비해 매출은 그대로였다. 누군가 젤리를 빼돌리고 있다는 뜻이었다. 허나 당시에는 누구도 딱히 심각하게 여기지 않았다. 돈이 사라지지도 않았고, 고작 젤리였으니까.

이상한 일은 그뿐만이 아니었다. 직원들 사이에서 기숙사 건물이 저주받았다는 소문이 돌았다. 밤에 화장실을 가다가 헛것을 보거나 이상한 소리를 들었다는 직원들이 속출했다. 아무리 여름이라지만 유난히 벌레가 들끓었고, 비가 오는 날이면 무언가 썩는 냄새가 진동했다. 자다 보면 개미들이 살을 기어오르는 일이 예사였고 하루 종일 에어컨을 틀어도 습기가 가시지 않았다. 그해 가장 더웠던 여름날, 결국 놀이공원 측에서 방역 업체를 불렀다.

"이 문은 뭡니까?"

건물의 상태를 점검하던 방역 업체 직원이 3층 복도 끝 창고를 가리키며 물었다. 예전에 퇴사한 직원들이 두고 간 물건이나 분실물 따위를 보관하던 곳으로, 아무도 쓰지 않아 방치된 창고였다. 업자는 문가에 코를 가져다 대고 킁킁이더니 아무래도 이곳이 수상하다고 말했다.

"벌레들이 갑자기 많아졌다는 건 그거죠, 집을 지었다는 거죠. 왜, 그런 이야기 있지 않습니까. 갑자기 집에 벌이 많아졌는데 리모델링하려고 벽을 부숴 보니 안에 벌집이 있었다. 도대체 시멘트 안에 어떻게 집을 지었는지 모르겠다. 그런 거 말예요. 어쨌든 벌레가 점령한 구역이 분명 이 건물 어딘가에 있을 거란 말입니다."

그 창고의 열쇠는 없었다. 매니저가 관리실에 물었지만 잃어버린 지 오래라는 답만이 돌아왔다. 결국 창고를 제외하고 남은 곳들을 샅샅이 조사했으나 벌레를 꾈 만한 그 무엇도 발견하지 못했다. 남은 것은 창고뿐이었다. 결국 그들은 열쇠 업자를 불러서 문을 열었다. 문고리를 통째로 따 내서 문을 여는 순간, 그 자리에 있던 모두가 코를 틀어막았다.

매니저는 당시에 맡았던 냄새를 떠올리며 '달콤한 썩은 내'라고 표현했다. 숨을 쉬기가 두려울 정도로 코를 찌르는 퀴퀴한 냄새 사이에 아주 달콤한 과일 향이 맴돌았다면서. 사준은 상상이 가지 않았다. 썩는 냄새면 썩는 냄새지, 달콤하게 썩는 냄새는 뭐야. 어쨌든 그 냄새의 원인은 간단했다. 기념품 샵에서 사라진 무수한 젤리들.

창고 안 곳곳에 상당한 양의 젤리가 쌓여 있었다고 한다. 여름의 열기로 한증막처럼 후끈해진 창고 안에서 어마어마한 양의 젤리들이 하나로 뭉쳐 녹아내렸다. 첩첩이 쌓이고 멋대로 엉긴 덩어리들은 꼭 기괴한 조형물처럼 느껴질 정도였다고. 그 모습을 떠올린 것인지 매니저가 얼굴을 한껏 구기며 말했다.

"그건 분홍색 끈끈이 지옥이었어. 개미들의 끈끈이 지옥."

진지한 얼굴에 비해 한없이 없어 보이는 표현이라고 사준은 생각했다.

방역을 진행하는 와중에도 개미들은 끝없이 모여들었다. 달콤한 냄새를 따라온 벌레들은 끈적한 덩어리에 붙잡혀 돌아가지 못하고 유명을 달리했다. 분홍색 덩어리 곳곳에 벌레들의 흔적이 검은 곰팡이처럼 포진했다.

매니저는 그 길로 영두를 찾아갔다. 증거는 충분했다. 전날 먼저 퇴근하는 척하고 그에게 뒷정리를 맡겼는데, 젤리가 확연히 줄어든 정황이 잡혔기 때문이다. 매니저는 룸메이트가 퇴사하는 바람에 영두 혼자 쓰게 된 2인실 문을 부술 듯이 두드렸다. 한참이 지나서야 영두는 문을 열었다. 무슨 일이냐고 묻지도 않는 영두를 밀치고 매니저는 방 안으로 들어섰다.

벽엔 정체 모를 붉은 액체로 그린 문양이 가득했다. 그중에서도 바닥에 큼지막하게 그려진 별 문양의 각 모서리에는 우습게도 젤리들이 놓여 있었다. 별 모양 젤리, 콩 모양 젤리, 상어 모양 젤리, 계란 프라이 젤리… 그 와중에 영두는 미친 사람처럼 같은 말을 중얼거렸다고 한다.

"책이 필요해, 책이 없어서 실패한 거야. 책만 있으면…"

"이것들 정체가 뭐야?"

매니저는 헛웃음을 내뱉으며 영두에게 물었다. 영두는 무슨 그런 당연한 걸 묻냐는 얼굴로 답했다.

"젤리잖아요."

그해 여름, 폭염 때문에 인형 탈 알바생 한 명이 사망했다. 영두는 용케 잘리지 않고 지금 사준이 일하는 캐릭터 부서로 옮겨 갔다. 당시에는 중간 계열사가 끼지 않고 놀이공원이 직속으로 직원들을 관리했기에 가능한 일이었다.

사준은 그 소문을 처음 들었을 때만 하더라도 대수롭지 않게 생각했다. 사람에게 위해를 가한 것도 아니고 젤리에 미친 인간이 젤리로 이상한 짓을 했다, 그 정도였다. 사준에게는 조금이라도 인구밀도가 적은 방에서 자신만의 공간을 확보하는 것이 더 중요했다. 이 지긋지긋한 산골 기숙사에서 나가 서울의 번듯한 방 한 칸을 얻기 위해서라면, 그런 소문 정도는 가볍게 무시할 수 있었다.

◉

다음 날 사준은 식권을 가지고 기숙사 지하의 식당으로 향했다. 하루 종일 두꺼운 인형 탈을 쓰고 폭염 안에서 몸을 흔들려면 아침은 필수였다. 식당 구석에서 꾸역꾸역 밥을 욱여넣는데 그의 맞은편에 누군가가 다가와 앉았다.

"형, 오랜만이에요."

가끔 대화를 나누고 지내는 입사 동기였다. 사준은 가라앉은 목소리로 인사했다.

"안녕."

"요즘 인형 탈 파트 죽을 맛이죠?"

동기가 문득 주위를 살피며 물었다. 그리고는 우리도 요즘 죽겠어요. 날도 더운데 사람은 왜 이렇게 많은지. 하고 자신이 맡은 어트랙션 파트에 관한 불만을 늘어놓았다. 사준은 조용히 맞장구를 치며 식사를 계속했다.

하루하루 절박하게 버티는 사준과 달리 대부분의 동기들은 방학 사이에 용돈 벌이나 하려고, 여행 자금을 벌려고, 혹은 놀이공원에서 일하는 게 재미있어 보여서 일을 시작하는 경우가 많았다. 그들 입에서 아무렇지도 않게 나오는 가벼운 일상을 들을 때마다 사준은 명치 안쪽이 쿡쿡 쑤셨다. 누구 하나 잘못한 사람은 없는데도 괜히 그들이 꼴 보기 싫어지는 것이다.

맞은편에 앉은 동기도 마찬가지였다. 이번 방학 끝나면 유럽 한 바퀴 돌려고요. 부모님이 지원해 준다면서 그냥 다녀오랬는데, 이 나이 먹고 미안해서 그럴 수가 있어야죠. 본인은 기억도 못 할 테지만 입사 초기에 오티에서 했던 말들을 사준은 똑똑히 기억했다.

하지만 그를 얄밉게 생각하는 건 열등감으로 똘똘 뭉친 자신뿐, 그는 모두와 사이가 좋았다. 활발하고 항상 웃는 상이어서 누구나 그를 좋아했고, 그는 놀이공원 안의 모든 소식을 꿰고 있는 정보통이기도 했다. 그런 동기의 입에서 뜻밖의 소식이 튀어나왔다.

"맞다 형, 영두 선배랑 같은 방 쓰죠. 저 어제 대박인 거 들었잖아요. 그 사람 인사부장 조카래요. 그래서 이상한 짓 했어도 안 잘리고 버티는 거라는데? 역시 사람은 빽이 있어야 되나 봐요. 빽 없는 사람 서러워서 살겠나."

사준은 젓가락질을 멈추고 동기를 멍하니 바라봤다.

"그걸 어떻게 알아?"

"뭐, 저도 들은 거라. 면접 볼 때 있던 안경 쓴 뚱뚱한 아저씨 있죠, 그 사람 조카라던데? 그 말 듣고 보니까 좀 닮은 거 같기도 하고. 어, 가영아 여기!"

동기가 친구들을 발견하고 손을 흔들었다. 점차 주위로 그의 친구들이 모여들었다. 이것저것 조잘조잘 말을 걸던 동기는 사람이 많아지자 더 이상 사준에게 신경을 쓰지 않았다. 괜히 멋쩍어진 사준은 빠르게 배를 채운 뒤 자리에서 일어섰다. 동기가 좀 이따가 봐요, 라며 손을 흔들었지만 사준은 답하지 않았다. 어차피 일할 동안은 마주칠 일도 없었다.

사준은 평소처럼 꿈곰이 코스튬을 갖춰 입고 풍선을 쥐었다. 아직 이른 시간임에도 주말이라 그런지 사람이 많았다. 저 멀리 엄마 손을 잡은 아이가 쭈뼛거리며 다가왔다. 놀이공원에 온 아이치고는 그다지 즐거워 보이지 않는 얼굴이었다. 사준은 풍선을 내밀었다. 망설이던 아이가 다가와 손을 뻗는 순간 갑자기 한 무리의 아이들이 난입했다.

아이들은 너 나 할 것 없이 꿈곰이의 꼬리와 바지를 건들며 풍선을 채 갔다. 분주하게 대응하다가 정신을 차렸을 땐 남은 풍선이 하나도 없었다. 쭈뼛거리던 아이는 여전히 앞에 서 있었다. 사준이 양손을 털며 미안하다는 몸짓을 하자 아이는 입을 불퉁하게 내밀고 저 멀리 사라졌다.

우울한 아이의 표정이 마음에 걸렸으나, 사준이 일일이 신경 쓸 일은 아니었다. 그는 그렇지 않아도 동기에게 들은 이야기 때문에 기분이 싱숭생숭했다. 그야말로 뒤통수를 얻어맞은 기분이었다. 그리고 자신이 왜 이렇게까지 충격을 받았는지, 스스로도 잘 이해할 수 없었다.

사람들은 계속해서 몰려왔다. 땀이 비 오듯 쏟아졌다. 차라리 너무 바빠서 아무 생각도 들지 않으면 좋으련만, 머리는 사준의 바람대로 따라 주지 않았다. 정신없이 노래에 맞춰 몸을 흔들고 춤을 추는 와중에도 동기에게 들은 이야기가 계속 맴돌았다.

영두가 인사부장의 조카라니. 전에 들었던 기괴한 소문에 비하면 오히려 별거 아닌 소문이다. 놀이공원 인사부장이 뭐 대단한 위치도 아니고 친인척이면 알바 자리 정도는 소개할 수 있지. 그런데 자신은 왜 이렇게도 마음이 불편한 것일까. 생각하면 생각할수록 가슴 속에서 뜨거운 무언가가 울컥였다.

"이번에 들어올 월급이 180+α, 거기서 통신비 9.5 식비 19 빼고, 생활비를 25라고 치면 남는 돈은 대략 ○○ 정도. 계좌에 있는 돈이랑 합치면 ○○○. 매달 최소 그만큼 적금 넣는다 치고, 서울에 집을 구하려면…"

그는 평소 습관대로 작게 주문을 읊었다. 평소보다 높게 반올림을 하고, 있지도 않은 휴가 비용까지 합쳐 계산했는데도 마음은 쉽게 가라앉지 않았다. 그의 머릿속에서 영두는 더 이상 답도 미래도 없는 히키코모리가 아닌, 삼촌의 권력을 등에 업은 막무가내 도련님이 되었다.

억울했다. 누구는 이렇게 한여름에 털북숭이 옷을 뒤집어쓰고 일해도 방 한 칸 얻을까 말까인데, 누구는 대충 살아도 빽이 있다는 이유로 속이 편하다니. 걷잡을 수 없는 분노가 뻗쳤다. 마음 같아서는 꿈곰이 머리를 벗어 던지고 몰려드는 아이들에게 욕설을 날리고 싶었으나, 그 욕망은 알량한 이성을 이기지 못했다. 그는 다시 작게 자신만의 주문을 흥얼거렸다. 그렇게라도 하지 않으면 정말로 미칠 것 같았다.

몰려든 아이들이 물러나고, 한숨 돌릴 때였다. 사준은 계속 꼬리에 꼬리를 무는 영두에 관한 생각을 멈추기 위해 주위로 관심을 돌렸다. 평소와 다름없이 활기찬 놀이공원이었다. 꿈과 즐거움이 가득한 뉴서울파크. 그는 늘 이 공간이 작위적이라고 생각했다. 즐거움의 아이콘인 꿈곰이 안에 들어 있는 인간이 고작 자신이라는 점부터가 그랬다. 그런 사준의 시선이 회전목마 뒤쪽에서 젤리를 파는 한 크루 앞에 멈췄다.

"저런 직원이 있었나?"

분명 촌스러운 연두색의 직원 복장을 입고 있었으나 사준은 처음 보는 크루였다. 대행사를 통해 들어온 계약직인가? 크루는 사람 좋은 미소를 지으며 지나가는 사람들에게 젤리를 나눠 주었다. 무료 젤리라는 말에 어른 아이 가릴 것 없이 다가와 젤리 봉지를 받아 갔다. 손바닥만 한 봉지에 포장된 분홍색 젤리는 생전 처음 보는 브랜드 제품이었다.

"신상품 홍보인가."

혼자 중얼거리던 사준은 이내 고개를 돌렸다. 종종 대행사에서 홍보 인력이 들어오기는 했다. 뉴서울파크 테마곡은 다시 한 바퀴를 돌아 시작 부분으로 돌아왔다. 사준이 춤을 추기 시작하자 아이들이 몰려들었다. 꿈꿈이는 그 자리에서 빙글빙글 돌았다. 현기증이 났다.

어느새 시계탑의 바늘은 오후 3시를 가리켰다. 곧 영두와 교대할 시간이다. 사준은 계속 몰려드는 사람들 틈새로 시계탑을 흘긋거렸다. 보통은 2시 50분쯤 미리 도착하는 게 교대 직원 사이의 예의였다. 그러나 오늘 영두는 3시가 다 되도록 나타나질 않았다.

피곤함에 지쳐 가라앉았던 짜증이 다시 고개를 쳐들었다. 인사부장 조카라고 이렇게 막 나가는 건가? 교대 직원이 제때 나타나지 않아서 추가로 근무해야 하는 10분, 20분의 시간은 누구도 돈으로 환산해 주지 않는다.

시계탑의 분침은 순식간에 두 칸이나 자리를 옮겨 갔다. 사준은 움직이던 몸을 멈추고 인형 탈을 벗었다. 땀에 절고 붉게 달아오른 맨 얼굴이 드러났다. 풍선을 받기 위해 다가오던 아이 하나가 흠칫 놀라며 뒷걸음질 쳤다. 아이는 뒤돌아서 제 부모에게로 뛰어갔다.

모든 게, 놀이공원의 모든 것이 짜증 났다. 다 없어져라. 다 사라져라. 그렇게 생각하며 사준은 신경질적으로 걸었다. 옆구리에 꿈곰이 머리를 끼고 잔뜩 화난 표정으로 뒤뚱뒤뚱 걷는 사준을 사람들이 이상하게 바라봤다. 어쩌라고, 뭐 어쩌라고, 사준은 속으로 계속 중얼거렸다.

빨리 이 우스꽝스러운 옷을 벗어 던지고 영두를 찾아가 따져야 했다. 네가 인사부장 조카면 다야? 그래서 모든 게 쉽냐? 멱살을 틀어쥐고 쏘아붙일 것이다. 사준은 이 억울함이 문득 동기들을 향한 질투와 닮았다는 것을 깨달았다. 자신이 고작 영두 같은 인간에게 이런 감정을 느낀다는 사실이 더없이 서러워졌다.

잔뜩 흥분한 채 앞만 보고 직진하는 사준이 바닥에 튀어나온 보도블록을 발견할 수 있을 리가 없었다. 물론 꿈곰이의 불룩 튀어나온 배 때문이기도 했다. 졸지에 그는 바닥으로 무너지듯이 엎어졌다. 주위에서 안쓰러워하는 탄식과 함께, 어떤 악의도 없이 해맑게 비웃는 아이들의 웃음소리가 들려왔다. 사준은 일어나고 싶지 않았다. 그냥 이대로 녹아 없어졌으면.

간신히 고개를 들고 팔을 세웠을 때 누군가가 도움의 손길을 내밀었다. 익숙한 연두색 크루복이 시야에 들어왔다. 사람들에게 젤리를 나눠 주던 낯선 크루였다. 남자의 얼굴은 정면으로 마주했음에도 모자에 가려 잘 보이지 않았다. 남자의 등 뒤로 비치는 강한 햇살이 그의 얼굴에 진한 그늘을 만들었다. 사준은 자신 앞에 내밀어진 손을 바라봤다. 평소라면 고맙다는 말과 함께 맞잡았을지도 모른다. 하지만 오늘은 그럴 수가 없었다. 아니, 싫었다. 아이들의 웃음소리는 물론 하다못해 길고양이의 울음소리까지 자신을 비웃는 것처럼 느껴졌다. 눈앞의 남자 역시 모자 아래의 얼굴은 자신을 한껏 비웃고 있을지도 몰랐다.

사준은 눈앞의 손길을 무시하고 스스로 일어섰다. 사방으로 불룩 튀어나온 꿈곰이의 몸을 일으키느라 한참을 버둥거려야 했다. 도움을 무시하고 지나가려는 사준에게 남자는 젤리 봉지를 내밀었다. 사람들에게 나눠 주던 젤리였다. 젤리라면 이제 지긋지긋하다. 영두에 관한 소문과, 기숙사 방의 지저분한 모습이 떠오르면서 구역질이 날 것 같았다. 사준은 남자가 내민 젤리를 바닥으로 쳐 내며 싸늘히 말했다.

"그쪽 앞길이나 잘 챙겨요. 대행사 단기직 주제에."

젤리 봉지가 바닥으로 떨어졌다. 남자는 표정의 변화 없이 사준을 지긋이 응시했다. 기분이 더없이 더러워졌다. 사준은 남자의 어깨를 과격하게 밀치고 앞으로 나아갔다. 뒤에서 끈질긴 남자의 시선이 느껴졌지만 그는 신경 쓰지 않았다. 남자는 무시당한 게 기분 나쁘지도 않은지, 곧 발랄한 목소리로 외쳤다.

"젤리 드셔 보세요! 어디에도 없는 신상 젤리!"

◦

"선배, 지금이 몇 시야?"

거칠게 방문을 두드리자 안에서 인기척이 났다.

"설마 이 시간까지 자고 있던 거야?"

사준은 경악했다. 문이 열리면서 나타난 영두의 모습은 출근을 준비한 꼴이 전혀 아니었다. 설마설마했지만 이렇게까지 막 나갈 줄은 몰랐다. 이제 자신도 한계였다. 사준은 그동안 쌓아 왔던 말들을 쏟아 내기 위해 숨을 크게 들이마셨다. 그러나 그가 분노를 드러내기도 전에, 영두는 평소와는 다른 고양된 목소리로 사준의 말을 가로챘다.

"그게 중요한 게 아니야."

너무 화가 나면 웃음이 나온다더니. 사준은 코웃음을 치며 반문했다.

"일이 안 중요하면 도대체 뭐가,"

"사준아, 나 좀 도와줘. 나랑 어디 좀 가자."

영두가 사준의 말을 자르고 말했다. 사준은 어이가 없었다. 근무 시간에 가긴 어디를 간단 말인가. 이것도 인사부장이라는 빽이 있어서 할 수 있는 말일까? 이젠 헛웃음이 났다. 웃기는 소리 하지 말라며 쏘아붙이는데 그가 주머니에서 뭔가를 주섬주섬 꺼냈다. 꼬깃하게 접은 5만 원권들이었다. 영두는 그 돈을 사준의 주머니에 집어넣으며 말했다.

"이거 한 50만 원쯤 될걸. 너도 알잖아, 나 친구 없는 거.

진짜 급한 일이라 그래. 내가 어떤 사람을 좀 만나야 하는데 그 사람이 무슨 짓을 할지도 몰라. 그래서 네가 같이 가 줬으면 좋겠어. 별일 없을 거야. 그냥 가서 상황이 어떤지만 봐 주면 돼. 근무는 걱정 마. 내가 다 처리할게. 일단은 50만 원이지만 월급 들어오면 더 줄게. 진짜야."

사준은 떨떠름하게 주머니에 꽂힌 노란 돈뭉치를 바라봤다. 50만 원이라는 액수를 듣는 순간, 영두를 향한 터질 듯한 분노가 순식간에 차분히 가라앉았다.

이 관계에서 우위에 있는 건 자신이다. 그는 팔짱을 끼고 삐딱하게 선 채 영두를 내려다봤다. 영두가 자신을 놀리는 것 같진 않았다. 평소보다 더 번들거리는 눈빛이 어딘가 기이하게 느껴졌다. 사준은 빠르게 머리를 굴렸다. 속으로 외우는 주문에 기분 좋은 숫자가 더해졌다.

'50만 원이면 노가다를 적어도 사흘 이상은 뛰어야 벌 수 있는 금액이지. 그럼 계좌에 든 돈에 +50. 50이면 서울의 쾌적한 원룸 한 달 월세… 아니, 보증금에 합쳐야지. 거기에 월급이 들어오면 +α.'

사준은 뜻밖의 횡재에 빙긋 미소 지었다. 이미 근무 시간이 끝난 그로서는 전혀 아쉬운 이야기가 아니었다. 꿈꿈이의 결근에 대해 매니저가 추궁하면 모르는 일이라며 영두에게 떠맡기면 된다. 그는 약간 설레기까지 했다. 사준은 주머니에서 돈뭉치를 꺼내 장수를 세며 미소를 삼키고 물었다. 5만 원권은 정확히 열 장이었다.

"같이 따라가기만 하면 돼요?"

영두는 빠르게 고개를 끄덕였다. 행여 사준의 마음이 바뀔까 서두르는 모양새였다. 무슨 일이기에 영두가 이렇게까지 나오는 건지 의심스러웠으나 사준에게는 당장 눈앞의 구체적인 금액이 더 선명하게 다가왔다. 그는 혹시나 하는 마음으로 되물었다.

"무슨 위험한 일 아니에요? 아, 찝찝한데."

"진짜 별거 아니야. 넌 나설 필요도 없어. 그냥 어디 숨어서 내가 그 사람 만나는 모습을 핸드폰으로 찍기만 하면 돼. 아, 혹시 돈이 부족해?"

영두는 서둘러 옷장을 뒤지더니 만 원짜리를 몇 장 더 찾아내 사준에게 쥐여 줬다. 사준은 이번엔 표정을 숨기지도 않고 다시 물었다.

"월급 들어오면 얼마나 더 줄 건데요?"

"3분의 1."

"그 말 지켜요."

영두가 고장 난 인형처럼 고개를 끄덕였다. 사준은 만족하여 돈을 주머니에 곱게 접어 넣었다. 추가로 받은 만 원짜리는 총 네 장이었다. '+4'라는 계산이 사준의 주문에 더해졌다.

사준이 영두를 따라 향한 곳은 산과 맞닿은 놀이공원 외

곽의 부지였다. 본래는 놀이공원과 이어진 워터파크를 만들려고 했으나, 어떤 부동산 문제가 얽혀 그냥 방치하는 곳이라 들었다. 거대한 슬레이트로 일반인의 출입을 막았고, 유일한 입구는 마름모형 창살이 쳐진 문이었다. 문에는 관계자 외 출입금지라고 적힌 붉은 팻말이 걸려 있었다. 영두는 어떻게 구했는지 모를 열쇠로 자물쇠를 땄다. 그리고는 태연하게 발을 옮겼다.

잡초가 무성한 길을 지나자 거대한 공터와 작은 폐건물 하나가 나타났다. 공터에는 고장 난 놀이 기구의 부품과 각종 공사 자재들이 아무렇게나 널브러져 있었다. 개중에는 꿈곰이 머리를 본뜬 범퍼카도 있었는데, 과하게 반짝이는 눈빛과 그에 비해 녹이 슨 몸체가 기괴하게 느껴졌다. 아무래도 개장 초기에 사용했던 놀이 기구의 버려진 조각들인 듯했다.

사준은 영두의 요구대로 핸드폰 카메라를 동영상 버전으로 돌린 뒤 건물의 안쪽에 숨었다. 길게 늘어진 덩굴과 천막에 가려져 밖에서는 사준의 모습이 보이지 않을 터였다. 영두는 건물에서 약간 떨어진 곳에 섰다. 장애물처럼 포진된 부서진 간판과 부품들 사이에 선 영두의 모습은 어딘가 위태로워 보였다. 사준은 마른침을 삼켰다. 긴장되는 마음을 억누르기 위해 작게 주문을 되뇌었다.

"월급+54+α, +54+α… 시간당 노동으로 따지면 얼마야…"

그의 입가에 잔잔한 미소가 떠올랐다. 별일 없을 것이다.

오늘은 운이 좋은 날이다. 사준은 기분 좋게 주문을 흥얼거렸다. 와중에 영두가 인사부장의 조카라는 소문이 은근히 열등감을 부추겼으나, 자존심이 밥 먹여 주는 건 아니니까.

부지와 산 사이의 비좁은 길을 가르고 차가 한 대 도착했다. 이 휑한 공터와 도저히 어울리지 않는 고급 외제 차였다. 사준은 눈을 크게 떴다. 그제야 영두가 만나기로 한 인물이 누구인지에 대한 궁금증이 고개를 들었다. 허나 초조해할 필요는 없었다. 이 자리에서 가만히 핸드폰이나 들고 기다리면 저절로 알게 될 터였다.

외제 차에서 내린 사람은 머리부터 발끝까지 단정히 정돈된 중년의 여자였다. 짧은 머리와 검회색 정장이 그녀의 분위기를 한층 고급스럽게 만들었다. 옷 자체가 화려하진 않았으나 여자가 착용한 모든 것이 고가의 제품이라는 사실은 명품에 관해 무지한 사준도 알 수 있었다.

도대체 영두는 어떻게 저런 사람과 알게 된 걸까. 인사부장 조카라는 위치가 그렇게 대단한가? 사준은 의문을 가지고 조용히 촬영을 계속했다. 차에서 내린 여자는 영두에게 다가갔다. 걸음에 거침이 없었다. 여자와 마주 선 영두는 평소보다 훨씬 더 초라해 보였다.

팔짱을 낀 여자가 영두의 전신을 훑었다. 상대를 한없이 작아지게 만드는 시선이었다. 영두와 몇 마디 대화를 주고받은 여자의 입꼬리가 삐죽 올라갔다. 말소리가 정확히 들리지는 않았지만, 보나마나 영두의 초라한 꼴을 비웃는 내용이었을 것이다. 사준은 마치 자신이 스캔당한 것처럼 부끄러워졌다. 기숙사에서부터 묘하게 흥분한 상태였던 영두는 여자의 말에 거칠게 반응했다. 얼굴을 일그러뜨리며 여자의 양 어깨를 밀쳐 버린 것이다. 그러나 바싹 마른 지푸라기처럼 힘이라곤 없는 손길이었다.

여자는 뒤로 약간 밀리기만 했을 뿐, 별다른 반응 없이 영두의 손이 닿은 어깨를 털었다. 더러운 것이 닿아 기분이 나쁘단 얼굴이었다. 여자의 어깨에 걸쳐져 있던 양복 재킷이 바닥으로 풀썩 떨어졌다. 여자는 미간을 구겼으나 재킷 따위는 아무것도 아니라는 듯이 줍지조차 않았다.

상황이 이상하게 흘러간 건 그때부터였다. 여자가 알아듣기 힘든 말을 중얼거렸고, 아까부터 주먹 쥔 손을 떨던 영두가 소리를 내질렀다. 이번에는 사준에게도 들릴 만큼 큰 목소리였다.

"책을 내놔! 그 책이 있어야 사바스를 완성할 수 있어!"

이성을 잃은 영두가 여자에게 달려들어 목을 조르기 시작했다.

사준은 입을 틀어막았다. 찰나에 무수한 생각들이 휘몰아쳤다. 어떻게 해야 하지? 영두를 말려야 하나? 하지만 그러다가 귀찮은 일에 휘말리면? 여자는 한눈에 봐도 가진 게 많아 보였다. 여자가 영두와 자신을 싸잡아 고소할지도 모르는 일이었다. 사준은 핸드폰 화면을 보며 초조하게 눈알을 굴렸다. 망할, 그깟 '+54+α' 때문에 범죄에 휘말릴 순 없는 노릇이었다.

사준이 망설이는 사이 여자는 차 보닛까지 밀려났다. 반쯤 누운 여자가 제 목을 조르는 영두의 손목을 움켜쥔 채 버둥거렸다. 영두는 제정신이 아니었다. 정말 저러다 여자를 죽일지도 모른다. 사준은 결국 영두를 말리기로 결심했다. 떨리는 손으로 덩굴을 걷어 내고 창밖으로 모습을 드러내기 직전, 영두의 비명이 들려왔다.

여자가 재킷 안쪽에서 꺼내 든 주사기를 넓게 휘둘렀다. 영두의 메마른 팔뚝에 주삿바늘이 깊이 박혀 들었다. 여자의 엄지손가락이 피스톤을 끝까지 밀어 넣었다. 사준은 창밖에 다리 하나를 내놓은 채로 굳었다. 영두의 손이 여자의 목에서 떨어져 나갔다.

영두는 욕설을 지껄이며 뒷걸음질 쳤다. 차에 몸을 기댄 여자가 목을 부여잡고 거칠게 기침했다. 그와 동시에 사준도 깊은 한숨을 내쉬었다. 순간 살인 사건에 얽힐 뻔했다고 생각하니 아찔하다. 사준은 움찔거리는 몸을 진정시키며 건물 안쪽에서 조용히 주문을 외웠다. 그래도 초조함이 가시지 않아 손톱을 물어뜯었다. 그러자 자연스러운 의문 하나가 고개를 들었다.

'주사기 안에 있던 약물은 뭐지?'

크게 휘청이던 영두가 팔에 꽂힌 채 덜렁이는 주사기를 뽑아 집어 던졌다. 그 과정에서 비실한 몸이 바닥의 장애물을 피하지 못하고 뒤로 넘어졌다. 기침을 가라앉힌 여자는 살벌한 얼굴로 상체를 일으켜 세웠다. 그녀는 영두에게로 천천히 다가갔다. 바닥에 주저앉은 영두가 괴성을 뱉으며 몸을 뒤로 물렸다.

사준은 다시 고민했다. 영두와 여자 둘 다 제정신이 아닌 것 같았다. 안 좋은 일에 휘말리기 전에 말려야 한다. 돈 좀 벌어 보려다가 빨간 줄 그어지는 건 사양이다. 마음을 굳힌 사준은 카메라를 쥔 채 덩굴을 걷고 모습을 드러내며 외쳤다.

"둘 다 그만해! 다들 미쳤어?"

창틀을 넘어 건물 밖으로 빠져나오자 영두와 여자의 시선이 동시에 꽂혀 들었다. 등골이 서늘해졌다. 그 순간 영두의 두 눈이 기묘하게 반짝였다. 벌떡 일어선 영두가 여자를 밀쳤다. 그리고 사준을 향해 뛰기 시작했다.

영두는 금방이라도 쓰러질 것처럼 크게 휘청이며 다가왔다. 그가 눈을 부릅뜨고 입을 크게 벌린 채 웃었다. 벌어진 입에서 잔뜩 갈라진 목소리가 튀어나왔다.

"다, 다 찍었지?"

사준은 저도 모르게 뒷걸음질 쳤다. 무슨 일이 벌어지는지 알 수가 없다. 그는 충실히 작동하는 핸드폰만을 생명줄처

럼 꼭 쥔 채 정면을 바라봤다. 카메라 렌즈는 사준이 보는 것
과 같은 장면을 향했다. 영두가 길게 뻗은 손끝이 사준의 코끝
에 닿은 순간이었다. 퍽, 수박이 터지는 소리가 났다.

영두는 맥없이 고꾸라졌다. 흙먼지가 뒤섞인 바닥에 영두
의 머리에서 흘러나온 피가 넓게 퍼져 나갔다.

여자가 휘두른 건 그러니까, 지팡이 모양 막대 사탕이었
다. 빨간색과 흰색 줄이 아기자기하게 번갈아 휘감긴 다디단
사탕. 사준은 저 사탕이 어디서 나타났을까 생각했다. 크기는
실제 지팡이만큼 커다랬고, 하얀 부분 곳곳엔 검붉은 녹이 슬
어 있었다. 아마 어떤 놀이 기구의 부품으로 쓰인 듯했다. 설탕
으로 만든 사탕일 리는 없었다. 그렇다면 영두의 머리가 저렇
게 일그러지지 않았을 테니까.

그녀는 쓰러진 영두를 차갑게 내려다봤다. 길가에 떨어진
돌멩이를 보더라도 저보다 차가울 순 없을 거다. 지팡이 사탕
의 구부러지는 곡선으로 검붉은 액체가 고였다. 여자는 너무
나 태연해 보였다. 그녀는 표정 변화 하나 없이 다시 지팡이를
들어 올렸다. 마치 골프채를 휘두르듯이 산뜻하게. 그리고 움
직이지 않는 영두의 머리를 향해 한 번, 두 번, 세 번, 연달아
풀스윙을 날렸다.

알록달록한 지팡이가 눈앞에서 흔들릴 때마다 핏물이 튀
었다. 사준은 숨을 쉬는 것도 잊은 채 그 장면을 바라봤다. 오
래전에 꾼 악몽처럼 비현실적이었다. 쨍강, 단단한 철골이 시멘

트 바닥에 부딪치는 소리가 귓속을 비집고 들어왔다.

여자는 마치 귀찮은 일을 해치운 것 같은 후련한 얼굴로 스트레칭하듯이 손목을 털었다. 바닥에 누운 영두는 더 이상 움직이지 않았다. 아래 누운 게 과연 영두인지, 아니면 사람 흉내를 낸 더미인지조차 확신할 수가 없었다.

망연하게 시체를 응시하던 사준은 느리게 고개를 들었다. 무표정의 여자가 자신을 직시했다. 피가 튄 머리를 쓸어 넘기던 여자가 앞으로 다가오자 전신에 힘이 빠져나갔다. 지지대를 잃은 핸드폰이 곧 바닥으로 미끄러졌다.

여자의 시선이 떨어진 핸드폰에 닿았다. 사준은 눈을 질끈 감았다. 가늠되지 않는 시간이 흘렀다. 1분, 5분, 어쩌면 한 시간이 넘는 시간일 수도 있었다.

"영상이 마음에 듭니다."

여자의 목소리였다. 방금 살인을 한 사람이라고는 믿기지 않을 만큼 차분했으며, 어렴풋한 웃음기마저 서려 있었다. 사준은 감았던 눈을 천천히 떴다. 여자는 사준의 바로 정면에 서서 동영상을 들여다봤다. 사준은 마른침을 삼켰다. 영상이 끝나자 여자는 핸드폰을 든 채로 말했다.

"제가 사겠습니다."

그 말과 함께 여자가 명함을 내밀었다. 하얗고 빳빳한 종이에는 '광난클린'이라는 회사명과 그 아래 '대표 유현경'이라는 이름이 정갈히 적혀 있었다. 사준이 눈을 깜빡이자 여자는 싱긋 미소를 지은 채 말했다.

"우리 회사 들어 봤죠?"

사준은 천천히 고개를 끄덕였다. 들어 본 적 있다. 국내에서 나름 큰 규모에 속하는 청소 용품 판매 및 청소 용역 업체였다. 이제 보니 여자의 얼굴도 방송에서 종종 본 것 같았다. 여자는 주저앉은 사준에게 눈을 맞췄다. 핏방울이 점점이 튄 얼굴을 마주하자 정신이 아득해졌다.

사준의 머리는 생각하는 걸 멈췄다. 벌어진 일과 이제 곧 벌어질 일을 어떻게 판단해야 할지 도저히 감이 서지 않았다. 여자는 사준에게 간단한 답을 제시했다.

"복잡할 것 없어요. 사례는 충분히 하겠습니다."

사례, 사례라는 단어에 굳었던 사준의 머리가 기름칠이라도 한 듯이 돌아가기 시작했다. 사례라고 하면 분명 금전적인 것일 테고, 이 정도 부와 명예를 가진 이가 베푸는 사례란 분명 영두의 알량한 54만 원과는 비교도 안 될 금액일 테지.

'계좌에 있는 금액+54+α 그리고 α, α, α…'

사준은 익숙한 주문을 떠올렸다. 고장 난 계산기처럼 머릿속 0의 개수는 커졌다 작아지기를 반복했다. 어쩌면 자신이 계속해서 중얼거렸던 마법의 주문이 순식간에 보잘것없는 액수로 추락할 정도의 어마어마한 금액일지도 몰랐다.

사준은 순간 뇌리에 스치는 설렘을 감출 수가 없었다. 얼굴에 묻은 피를 닦을 생각도 하지 않는 사이코패스를 눈앞에 두고 하는 생각치고는 이 세상의 어떤 도리에서, 혹은 기준에서 벗어났다는 생각이 들었지만 시발, 그런 게 다 무슨 소용인가. 자신은 어쩌다가 끌려왔을 뿐이다. 이 황당한 고래 싸움에 휘말려 든 불쌍한 새우 새끼일 뿐이다. 그러니 여자가 제시하는 사례를 받는 건 합당하다. 뇌 한구석에서 긍정적인 호르몬이 발산되었다. 사실 그건 긍정이라기보다는 편협한 합리화에 가까웠지만.

사준의 손은 더 이상 떨리지 않았다. 멍했던 동공 역시 초점을 되찾았다. 사준은 고개를 들어 여자를 마주 봤다. 여자는 광고에서 나오는 얼굴처럼 싱긋 웃었다. 사준은 고개를 끄덕였다.

사준은 영두의 시체를 유 사장의 차 트렁크에 실었다. 시퍼렇게 뜬 두 눈이 보기 껄끄러워 눈을 감겨 주었다.

유 사장이 트렁크 구석에서 락스를 꺼내 피가 흐른 바닥에 뿌렸다. 피와 락스가 섞여 들면서 검붉은 색이 묘하게 변색되었다. 지팡이 사탕을 주워 드는 유 사장을 보며 사준은 흠칫 몸을 떨었다. 눈이 마주쳤지만 여자는 코웃음조차 치지 않았다.

현장을 정리한 후 유 사장은 운전석에 올라탔다. 사준도 그녀를 따라 조수석에 앉았다. 고급 외제 차는 비좁은 산길을 유연하게 달렸다. 사준은 운전하는 유 사장을 흘긋 바라봤다.

그녀의 입꼬리에 감출 수 없는 미소가 걸려 있었다.

영두를 죽인 게 그렇게 기분 좋은 일이었을까. 자신이 그 둘의 관계에 대해서 아무것도 모른다는 걸 깨달았으나 물어볼 용기는 없었다. 알고 싶지도 않았다. 감당하지 못할 정보보다는 손에 직접 쥘 수 있는 +α가 더 중요했다. 두 사람이 탄 차는 말없이 산길을 달렸다. 멀리서 놀이 기구를 타는 이들의 비명소리가 메아리처럼 들려왔다. 우거진 나무들을 앞에 두고 차가 멈췄다. 자동차로는 더 이상 깊이 들어갈 수 없었다. 유 사장이 말했다.

"사유지라 들어오는 이들은 없을 겁니다."

사준은 시체를 업고 한참을 더 올라가서 땅을 파기 시작했다. 땀이 쏟아졌다. 주위에서는 나뭇잎들이 스치는 소리밖에 들리지 않았다. 간간히 놀이공원의 비명소리만 바람을 타고 울려 퍼졌다. 사준이 구덩이를 파는 동안 유 사장은 멀찍이 서서 태블릿 PC를 뒤적였다. 마치 시체 같은 건 제 알 바 아니라는 듯한 태도였다. 한참 동안 화면을 들여다보던 그녀가 갑자기 폭소를 터뜨렸다. 섬뜩한 웃음이었다. 사준은 조용히 할 일을 계속했다. 손끝 하나 까딱하지 않는 유 사장이 얄미웠으나, 괜한 말로 그녀의 심기를 거스르고 싶지 않았다. 자신은 영두처럼 멍청한 인간이 아니었다.

유 사장이 만족할 만큼 땅을 파고 난 뒤에야 사준은 영두의 시체를 구덩이 안으로 던져 넣었다. 기이한 각도로 꺾인 머리통을 보자 몸에 오한이 들었다. 분명히 감겨 주었던 영두의 두 눈이 부릅뜨여 있었다. 사준은 불쾌한 기분을 뒤로하고 영두의 얼굴을 향해 흙을 뿌렸다.

천천히 다가온 유 사장이 락스로 깨끗이 닦은 지팡이 사탕을 구덩이 안으로 던졌다. 알록달록한 철근은 묵직한 소리를 내며 영두의 가슴팍으로 떨어졌다. 충격으로 흔들리는 영두의 몸은 사준의 눈에 꼭 살아서 경련하는 사람 같았다. 볼일을 끝낸 유 사장이 구덩이를 향해 턱짓했고, 사준은 다시 삽을 들어 올렸다. 온몸의 근육들이 뻐근했다. 이 피곤함과 통증이야말로 지금의 상황이 꿈이 아니란 증거였다. 영두의 죽음도, 등 뒤의 사이코패스도, 곧 받게 될 사례도 전부 현실이었다.

그는 서둘러 구덩이에 흙을 다시 채우기 시작했다. 파낼 때보다는 훨씬 수월했다. 부릅뜬 영두의 두 눈이 계속 맴돌아 머리가 아팠다. 사준은 익숙한 숫자와 음정을 흥얼거렸다.

"이번에 들어올 월급이 180, 추가 퍼레이드 뛴 거 합하고 거기서 통신비 10에 식비 20을 빼고. 생활비를 30이라고 치면 남는 돈은 대략 ○○ 정도. 계좌에 있는 돈에 그걸 합치면 ○○○, 그리고 오늘 번 돈+54+α, +α, +α…"

그의 입에서 흘러나오는 금액들은 각종 지출과 알량한 수입들을 거쳐 점차 커져 갔다. 사준의 얼굴이 흥분으로 뒤덮였다. 영두의 부릅뜬 두 눈 따위는 이제 그의 머리에 존재하지 않았다.

외제 차는 왔던 길을 돌아 내려갔다. 사준은 초조하게 손끝을 만지작거렸다. 점점 가까워지는 놀이공원의 음악 소리에 범죄, 살인, 공범과 같은 현실적인 단어들이 하나둘씩 떠올랐다. 그와 동시에 영두가 인사부장의 조카라는 소문이 머리를 스쳤다. 사준은 결국 조심스레 입을 열었다.

"누가 신고하면 어쩌죠, 제가 제일 먼저 의심받을 텐데…."

차가 급정거를 했다. 앞으로 강하게 쏠린 몸이 힘겹게 중심을 되찾았다. 유 사장은 처음 나타났을 때처럼 깔끔해진 모습으로 사준을 응시했다. 그녀는 이제 누가 보더라도 살인과는 거리가 먼 능력 있는 CEO였다. 유 사장은 신입 사원에게 아주 기본적인 업무를 가르치는 상사처럼 친절히, 그리고 또 박또박하게 말했다.

"시체가 발견되지 않으면 살인은 없습니다. 그런 면에서 운이 좋았죠. 우리가 땅에 묻은 인간은 주위에 어떤 친인척도 없으니까요. 그쪽이 걱정할 건 없습니다."

당황한 사준이 되물었다.

"놀이공원 인사부장 조카라던데요, 그래서 사고를 쳐도 안 잘리고 붙어 있는 거라고…"

유 사장은 안 봐도 뻔하다는 얼굴을 한 채 코웃음 쳤다. 그리고 가방에서 태블릿 PC를 꺼내 건넸다.

"헛소문이네요. 고작 인형 탈 알바라면서 뭐 얼마나 빽이 필요한가?"

사준은 눈앞의 화면을 바라봤다. 영두의 각종 인적 사항과 특징들이 상세히 적혀 있었다. 여자의 말대로 그에게는 연락할 만한 가족이 한 명도 없었다. 이루 말할 수 없는 허무함이 사준을 감쌌다. 자신이 영두에게 가졌던 그 모든 감정들이, 악의와 열등감으로 똘똘 뭉친 감정들이 이렇게 부질없는 것이었다니. 그제야 자신이 한 명의 인간을 땅에 묻었다는 사실이 실감 났다. 아, 내가 무슨 짓을 저지른 거지? 사준은 흙투성이인 양손을 바라봤다. 헛웃음이 새어 나왔다.

"하하…."

차는 다시 울퉁불퉁한 길을 달렸다. 유 사장은 황홀한 얼굴로 중얼거렸다. 사랑을 고백하는 사람처럼 조심스러웠으나 강한 확신을 담은 목소리였다.

"역시 그분은 저의 편에 있어요."

사준은 창밖을 바라봤다. 하늘이 붉게 물들고 있었다. 사준과 현경, 둘은 각기 다른 형태의 웃음을 띠고 놀이공원으로 돌아갔다.

◉

사준은 떨리는 손으로 유 사장이 내민 봉투를 받아 들었다. 봉투는 한 손에 다 쥐기 힘들 정도로 두꺼웠다. 손안에 묵직한 덩어리감이 느껴지는 순간 그의 심신에 묘한 안정이 찾아들었다. 유 사장은 예의상 발언인지, 아니면 진심의 표현인지 모를 유혹적인 말을 덧붙였다.

"부족하면 또 연락하세요."

인자한 미소를 짓는 그녀의 얼굴에 핏자국이 겹쳐 보였다. 사준은 돈뭉치를 품에 꼭 안았다. 방금 보았던 붉은 잔상은, 그리고 좀 전까지 벌어진 일은 진짜가 아니다. 환상이다. 하지만 손가락 끝으로 느껴지는 이 묵직하고 반질반질한 감각은 진짜다. 그는 봉투를 약간 벌려 내용물을 바라봤다. 5만 원권의 노란 빛깔을 보자 다시 심장이 뛰기 시작했다. 사준은 유 사장을 향해 고개를 푹 숙였다. 그리고 도망치듯이 차에서 내려 전속력으로 뛰었다.

"계좌에 있는 돈이 얼마더라… 이번에 들어올 돈… 지금 이 안에 있는 금액은… "

어디선가 달큰한 냄새가 풍겨 왔다. 그는 달리는 내내 자신만의 주문을 되뇌었다. 헐떡이는 숨소리와 다급한 발소리에 맞춰 읊는 주문은 꼭 나긋한 노랫소리 같았다.

기숙사로 돌아온 사준은 서둘러 돈을 숨겼다. 마침 눈에 띈 영두의 상자를 뒤집어 털고 안에 돈을 집어넣었다. 원래 담겨 있던 기분 나쁜 종이들은 죄다 쓰레기통에 처넣었다. 흙이 묻은 옷을 갈아입은 뒤 대충 정리를 끝내니 오후 8시가 가까워지고 있었다. 사준은 오늘이 주말이어서 야간 퍼레이드가 열린다는 것을 기억해 냈다.

○

사준은 다시 뛰었다. 퍼레이드는 8시 정각에 시작한다. 적어도 10분 전에는 모든 준비를 마치고 퍼레이드 대기 줄에 서야 했다. 지금 시각은 7시 50분. 사준은 급히 준비실 문을 열고 들어가 꿈곰이의 몸통 안으로 몸을 집어넣었다.

옆구리에 인형 탈을 끼고 밖으로 나가려는데 이상하게도 발이 잘 떼어지지 않았다. 사준은 아래를 바라봤다. 조명이 나갔는지 아무것도 보이지 않았다. 허리를 숙이고 한쪽 발을 들어 올리자 정체 모를 덩어리가 갓 오븐에서 나온 피자 치즈처럼 길게 늘어져 엉겼다.

더 이상 지체할 시간이 없었다. 곧 퍼레이드가 시작될 것이다. 초조해진 사준은 발을 이리저리 흔들었다. 갖은 노력 끝에 간신히 점액질로부터 벗어난 사준은 곧장 밖으로 뛰쳐나갔다. 퍼레이드가 시작되는 메인 광장이 나타났다. 자신이 매일 춤을 추며 풍선을 나눠 주는 곳이기도 했다.

사준은 옆구리에 끼웠던 꿈곰이 머리를 자신의 머리에 썼다. 간신히 눈구멍을 맞추자 활짝 벌어진 꿈곰이의 입 안쪽으로 사준의 눈이 드러났다. 그 상태로 고개를 천천히 돌렸다. 퍼레이드 대기 줄은 없었다. 시계탑을 바라봤다. 8시 3분. 예정된 시간에서 3분이나 지났다. 퍼레이드 음악은 나오지 않았다. 그제야 사준은 주위가 이상하리만치 조용하다는 것을 깨달았다. 퍼레이드 음악뿐만 아니라 어떤 웃음소리도, 고함 소리도, 비명도 들려오지 않았다. 사준은 그 자리에 가만히 섰다.

그는 꿈곰이의 머리를 붙잡아 당겼다. 인형 탈을 벗자 탁 트인 공기와 함께 달짝지근한 냄새가 코를 찔렀다. 사준은 눈앞에 펼쳐진 광경을 바라봤다. 분홍색 끈끈이 지옥, 매니저가 과장된 표정을 지으며 말했던 그 단어가 사준의 머리를 스쳐 지나갔다. 그는 소리 내서 말했다.

"분홍색 끈끈이 지옥."

낮게 잠긴 목소리가 들려왔다. 청각을 잃은 건 아니었다. 주변 사위가 너무나 고요해서 그는 두려워졌다. 분홍색 끈끈이 지옥, 그렇게 말하는 순간 가로등에 맺혀 있던 분홍색 점액질이 툭 떨어졌다. 정확히 꿈곰이의 불룩 튀어나온 뱃살 위로.

그 말 그대로였다. 놀이공원은 거대한 젤리의 바다에 잠긴 모습이었다. 정체불명의 분홍색 젤리들이 꿈과 환상의 공간을 뒤덮었다. 출발 지점에서 멈춘 롤러코스터에도, 흔들리지 않는 바이킹에도 누가 퍼다 담은 것처럼 젤리들이 가득했다. 사준은 곳곳에 흩뿌려진 옷가지와 가방들, 각양각색의 신발과 버려진 물건을 바라봤다. 남아 있는 것은 젤리와 사물뿐, 그 어디에도 사람은 없었다. 사준은 펼쳐진 광경을 말없이 마주했다. 그것 말고는 할 수 있는 일이 없었다.

3

마스코트 캣

나는 아주 오랜 세월을 살았다. 나를 처음 주워다 키운 인간은 죽었고, 그의 딸은 어디론가 떠나갔다. 인간과 살던 집은 폐허가 된 후로도 오랜 시간을 버텼으나 결국 거대한 기계에 의해 무너졌다. 나만 홀로 그 자리에 남았다.

무너진 집의 잔해 위로 시멘트가 부어졌다. 많은 인간과 기계들이 오가며 건물을 지었다. 나는 늙은 인간과 산책하던 길목, 늙은 인간이 좋아하던 언덕의 풍경, 가끔 몰래 빠져나와 거리의 친구들을 만나던 아지트, 그 모든 것들이 한순간에 사라지는 광경을 똑똑히 눈에 담았다. 그다지 슬프지는 않았다. 나는 이후로도 오랜 시간을 살 것이고, 새로 지어지는 건물들 역시 언젠가는 무너질 것을 알았으니까. 인간들은 오래된 걸 부수고 다시 만들기를 반복한다. 아마 언젠가는 이 세상마저 그렇게 허물어 버릴지도 모른다.

변화는 거듭되었고 안타깝던 마음은 마모되어 사라졌다. 나는 애착을 가지는 방법을 잊어버렸다. 아주 오랜 시간을 살려면 잊는 것에 익숙해져야 했다.

내가 새로 쌓는 시간만큼 이전의 기억들은 밀려나고, 떠올리고 싶지만 떠올릴 수 없는 것들은 매일 같이 늘어났다. 그들을 붙잡아 줄 단서 역시 영원하지 않았다. 이렇게 점차 모든 순간들이 멀어진다고 생각하면 어쩔 도리 없이 공허했다. 나를 이루었던 기억이 사라지면 나는 결국 무엇이 되나.

인간들은 다를까? 그들은 찰나를 기억할 수 있을까? 쓸모 있는 기계들을 많이 만들어 내니 기억의 조각을 보관하는 일쯤은 저들에게 쉬울 수도 있겠다. 허나 그렇다면, 어떻게 그 많은 상처들을 안고 살아가는 걸까?

종종 늙은 여자를 버리고 떠나간 그의 딸을 떠올린다. 딸은 어렸을 때 나를 많이 귀찮게 했다. 씻기 싫은데 씻기고, 눈앞에서 강아지풀을 흔들고, 머리나 배를 마구 간지럽혔다. 기억이란 건 신기하다. 체에 거르듯이 회상에 회상을 거듭하다 보면 결국 잠시 돌아가고 싶은 그런 순간들만 남았다.

그 아이는 지금 어디서 무얼 하고 있을까. 어린 시절에 키웠던 턱시도 고양이 한 마리를 기억하고 있을까, 아니면 집을 나가는 순간 전부 잊어버렸을까. 나는 차라리 후자이길 바란다. 지나간 시간에 붙잡혀 사는 것은 무척 외로운 일이다. 나는 그 애가 외롭기를 바라지는 않는다.

나는 아주 오랜 세월을 살았다. 그리고 그 오랜 세월 동안 늙은 노인과, 그의 딸과 함께 살았던 공간에 머물렀다. 이제 붉은 벽돌집은 존재하지 않는다. 그 자리에는 뉴서울파크라는 이름의 촌스럽고 화려한 유원지가 생겨났다. 나는 뉴서울파크에 산다. 왜 이곳을 떠나지 않았을까. 스스로도 모를 일이다. 나는 뭘 기다리고 있는 걸까? 모든 게 너무 까마득해서, 나는 갈수록 흐릿해진다.

개장 초기에는 놀이공원의 뒷산과 창고 같은 곳에서 숨어 지냈다. 인간들에게 모습을 드러내 봐야 좋을 게 하나도 없었다. 쉽게 다가와서 쉽게 떠나는 이들은 없느니만 못했으니까. 차라리 혼자인 게 좋았다. 하지만 사람들이 오가기 시작하자 의도치 않게 여러 번 모습을 들켜 버렸고, 인간들은 나를 가만히 놔두지 않았다.

나에게는 꿈냥이라는 이름이 붙었다. 전혀 마음에 들지 않는 이름이었다. 꿈냥이라니, 이 공원에서 항상 분주히 엉덩이를 흔드는 털북숭이의 이름이 바로 꿈곰이다. 그런 놈과 동급으로 취급되는 것 같아 불쾌하기 짝이 없었다. 나는 나를 꿈냥이라고 부르는 이들이 주는 간식은 입에도 대지 않았다.

뉴서울파크에서의 하루는 평화롭다. 이곳에는 항상 사람들이 넘쳐나고, 시끄러운 음악과 달콤한 냄새가 흐른다. 먹을 것 걱정도 없었다. 공원에 오는 사람마다 나에게 먹이를 건네지 못해 안달이었다. 나는 그중 먹고 싶은 것만 골라서 먹었다. 개인적으로 참치와 연어를 좋아한다. 덕분에 늙은 인간과 살 때와는 비교도 되지 않을 정도로 살이 쪄 버렸다.

여름에는 시원한 건물 아무 데나 들어가 쉬었고, 겨울에도 마찬가지로 따뜻한 건물 내부에서 몸을 녹였다. 어떤 건물에 들어가더라도 나를 위한 포근한 쿠션과 먹을 게 준비되어 있었다.

그날은 좀 이상한 날이었다. 오랜 날을 살았지만 그렇게 이상한 날은 본 적이 없다. 늙은 인간의 죽음도, 허무하게 무너지는 벽돌집도 어렵지 않게 수긍할 수 있었으나 그날은 도대체가, 아주 오래 산 나 역시 이해할 수 없는 날이었다.

그날은 유난히 더웠고, 그럼에도 건물 안으로 들어가고 싶다는 생각은 들지 않았다. 그래서 그냥 가만히 앉아 지나가는 사람들을 관찰했다. 그러던 중 어떤 광경이 눈에 들어왔다. 항상 멍청한 얼굴로 춤추는 털북숭이가 탈을 벗고 안쪽의 모습을 드러낸 것이다. 나는 눈을 가늘게 뜨고 그 이상한 광경을 바라봤다. 광장의 한가운데서 그는 땀을 뻘뻘 흘리며 욕설을 내뱉었다. 순간 내 눈과 귀를 의심했다. 털북숭이 안쪽의 모습을 보이는 건 일종의 금기나 마찬가지였다. 보이지 않는 어떤 부분에 균열이 일었다. 뭔가 어긋나고 있었다.

다음은 냄새였다. 뉴서울파크에는 항상 달콤한 냄새가 진동하지만 이날의 냄새는 종류가 좀 달랐다. 음, 어떻게 설명해야 할까. 평소의 단내가 미지근하고 옅었다면 이날은 무겁고 텁텁했다. 낮잠을 잘 수 없을 정도였다. 낮잠을 잘 수 없다는 건 굉장히 심각한 문제였다. 자리를 몇 번이나 옮겼음에도 끔찍한 답답함이 나를 짓눌렀다.

결국 나는 나무 그늘의 벤치 아래로 자리를 옮겼다. 시야에 네 개의 짤막한 다리가 들어왔다. 인간 아이 둘이 대화를 나누는 중이었다. 나는 가만히 목소리에 귀를 기울였다. 한 아이는 울보였고, 다른 아이는 어린애치고 과하게 어른스러웠다.

둘 다 아무래도 부모를 잃어버린 것 같았다. 놀이공원엔 미아가 되는 아이들이 많았다. 주위에 도와주는 사람이 없으면 나는 그런 아이들을 미아보호소라는 이름의 버섯집으로 안내해 주곤 했다. 귀찮았지만 이번에도 그럴 생각으로 몸을 일으켰다. 그때 멀리서 푸른색 옷자락이 흔들리며 다가왔다. 급하게 달려온 성인 여자는 울보 아이를 와락 껴안고 울었다.

도와줘야 하나, 말아야 하나. 나는 빼꼼 고개를 내밀어 어른스러운 아이의 얼굴을 바라봤다. 어른스러운 아이는 이번에도 아이답지 않은 표정을 지은 채 작은 주먹을 꽉 움켜쥐고 있었다. 그 얼굴은 뭐랄까, 노인의 딸이 집을 나갈 때의 표정과 비슷했다.

나는 슬쩍 모습을 드러냈다. 아이가 차라리 화를 냈으면 했다. 화라는 것은 감정을 드러내는 거니까. 계속 쌓고 쌓다 보면 쌓아 둔 무게만큼 외로워진다.

나는 여자와 손을 잡고 걷는 울보와, 외로이 한 발짝 떨어져 걷는 다른 아이를 쫓았다. 울보 아이의 머리에 달린 뭔가가 빛을 받아 반짝였다. 저것을 본 적이 있다. 늙은 인간이 아끼던 장식품이자, 집을 나간 딸이 유일하게 챙겨 간 물건이었다. 작은 탄식이 튀어나왔지만 별다른 감흥은 일지 않았다. 기억이 남는다고 당시에 느낀 애틋함까지 남는 건 아니다. 마음은 기억보다도 더 가벼워서 훨씬 빠르게 날아가 버린다. 그 시절의 기억 역시 아직 선명할 뿐, 더 오랜 시간이 흐르면 어차피 사라질 것들이었다.

푸른색 원피스를 입은 곱슬머리의 여자는 눈이 퀭하고 붉었다. 머리에 핀을 꽂은 아이 역시 마찬가지였다. 둘을 번갈아 바라봤다. 늙은 인간의 딸이 어떤 얼굴이었는지 떠올리고 싶었지만 너무 오래된 일이라 잘 기억나지 않았다. 그들은 카페로 들어갔다. 나는 카페의 테라스 난간에 앉아 그들을 바라봤다.

울보 아이는 더 이상 울지 않았다. 어른스러웠던 아이는 이제 그냥 아이 같았다. 새삼 더위에 쉬지도 않고 남을 염려하는 자신이 어이없어 나는 길게 하품했다. 어차피 이 순간 역시 지워질 텐데 괜한 고생을 사서 한다 싶었다. 그때 머리 위로 기다란 그림자가 졌다. 고개를 들자 낯익은 유니폼을 입은 남자가 보였다. 놀이공원 곳곳에서 젤리를 나눠 주는 남자였다. 별다른 특징은 없었지만 눈이 마주칠 때마다 묘하게 불쾌한 인간이었다. 남자가 내 등을 쓰다듬었다. 기분이 좋지 않았고, 동시에 그가 인간이 아니란 것을 본능적으로 알아챘다. 남자가 웃음기를 띠고 혼잣말을 하듯이 속삭였다.

"너는 이곳에서 오랜 시간을 살았구나."

세상의 가장 깊은 곳에서 기어 나온 듯한 탁한 음성이었다. 전신의 털이 곤두섰다. 그를 향해 발톱을 세우고 하악질을 했다. 모자를 눌러쓴 남자는 미소 지은 채 읊조렸다.

"곧 재미있는 일이 벌어질 거야."

남자는 사라졌다. 다시 카페를 바라보았을 때 어른스러운 아이는 울보 아이의 음료에 젤리를 퐁당 빠뜨리고 있었다. 젤리는 보석처럼 반짝이며 녹아내렸다. 어떤 예감이 들었다. 오래 살아온 동물이 받는 예감은 보통 틀리지 않는다.

인간들이 녹아내렸다. 그들이 허물던 모든 것처럼 허무하게 녹아 사라졌다. 뉴서울파크엔 내 발바닥 같은 분홍색 젤리 덩어리만이 남았다. 내가 발을 내딛을 때마다 새로운 발자국이 생겨났다. 나는 아무도 없는 뉴서울파크를 홀로 맴돌았다.

생겨났다 사라지고 다시 생겨나는 나의 흔적들을 보면서. 이
제 다시 나는 혼자 남았다. 내가 아주 오랫동안 살았고, 앞으
로도 그럴 것이기 때문이다.

　젤리들 위로 먼지가 쌓일 만큼의 시간이 흘렀다. 나는 더
이상 음악도 들려오지 않고, 털북숭이가 춤을 추지 않고, 밥
을 주는 이도 없는 놀이공원의 한복판에서 발을 뗐다. 이곳에
남을지, 남지 않는다면 어디로 가야 할지조차 확실치 않았다.

　그때였다. 뒤에서 어떤 목소리가 들려왔다.

4

오늘부터 1일

D-DAY

다애는 이 순간이 꿈만 같았다. 흥겨운 노랫소리와 알록달록한 기구들, 아이들에게 풍선을 나눠 주는 꿈꼼이와 웃음을 잃지 않는 그의 친구들, 잘 가꿔진 꽃밭, 맛있고 달콤한 냄새. 그리고 무엇보다 자신의 옆에 선 재윤. 모든 게 완벽했다. 역대 최고의 폭염이라는 날씨까지도 좋았다. 무엇이든지 애매한 것보단 최고인 게 좋다.

해가 이글거리는 만큼 하늘은 맑았고, 푸른 나무들은 싱그러웠다. 다애는 지금의 감정과 기억이 죽을 때까지 바래지 않으면 좋겠다고 생각했다. 그리고 재윤도 자신과 같은 마음이길. 그녀는 고개를 돌려 재윤의 옆모습을 바라봤다. 재윤의 시선은 자신이 아닌 다른 곳을 향하고 있었다. 깍지 낀 그의 손을 꽉 움켜쥐었다. 재윤이 돌아봤다. 다애는 일부러 과장된 목소리로 말했다.

"나 놀이공원 처음 와 봐. 너무 즐겁다."

그녀의 말에 재윤이 미소 지었다. 반사적으로 당긴 입꼬리와는 다르게 눈매가 딱딱하게 굳어 있었고, 붉게 달아오른 얼굴에서는 연이어 땀방울이 흘러내렸다. 그의 얼굴에 내린 그늘을 모른 척하기 위해 다애는 고개를 돌렸다. 손은 놓지 않았다. 적어도 오늘은 절대 놓을 생각이 없었다. 맞잡은 손 안쪽이 축축하게 젖어 들어갔다.

다애는 계속 미끄러지는 재윤의 손을 매번 붙잡았다. 재윤의 입에서 흘러나온 작은 한숨은 그녀의 귀에 가닿지 못하고 흩어졌다. 아니다. 어쩌면 충분히 닿았을 수도 있지. 하지만 그건 다애에게 어떤 영향도 끼치지 못했다.

주변을 둘러보는 다애의 눈에 흥미로운 것이 비쳤다. 파라솔이 꽂힌 조그마한 가판대 앞에서 크루복을 입은 남자가 젤리를 나눠 주고 있었다. 다애가 재윤을 잡아끌었다.

"저기 가 보자."

"그래."

재윤은 대충 고개를 끄덕였다. 다가오는 커플을 눈치챈 남자가 가판대의 물건을 집어 들고 외쳤다.

"신상 젤리입니다! 모두 드셔 보고 가세요. 이 세상 어디에도 없는 맛!"

처음 보는 브랜드였다. 봉지는 손바닥만 한 크기였고, 중앙의 투명한 부분으로 보이는 내용물이 제법 먹음직스러워 보였다. 분명 상큼한 과일 향과 함께 인공적인 단맛이 날 것이다. 잘게 범벅되어 있는 흰색 가루에서는 시큼한 맛이 나겠지. 다애는 남자가 건네는 젤리를 선뜻 넘겨받았다. 남자는 재윤과 다애를 흐뭇하게 바라보며 호들갑을 떨었다.

"예쁜 커플이네. 이 젤리 먹으면 절대로 안 헤어져요. 마법의 젤리라니깐. 평생 꼭 붙어 살아. 진짜야."

"정말요? 자기야, 이 아저씨 얘기 들었어? 엄청 웃기다."

다애는 과할 만큼 크게 웃으며 재윤을 바라봤다. 재윤은 대충 고개를 끄덕이기만 할 뿐 별 반응이 없었다. 다애는 남자가 건넨 젤리를 가방에 집어넣었다.

"그럼 많이 파세요."

둘은 젤리 가판대를 지나 다시 걸었다. 뉴서울파크에서 제일 무섭다는 놀이 기구도 탔고, 유령의 집도 통과했다. 힘에 부칠 때쯤엔 카페 테라스에 앉아 츄러스와 아이스크림을 나눠 먹었다.

오늘의 재윤은 이상했다. 평소라면 이것 하자, 저건 하지 말자. 말이 많았을 텐데 다애가 하자는 그대로 움직였다. 공기가 반쯤 빠진 풍선 인형 같았다.

한 입 남은 아이스크림이 물처럼 녹아내리고 나서야 둘은 자리에서 일어났다. 한참을 걷다 보니 회전목마 앞이었다. 둘 사이에 침묵이 이어졌다. 이 불편하고도 묘한 분위기를 깨기 위해 다애는 가방을 뒤적거렸다. 낮에 받은 젤리 봉지가 손에 잡혔다. 그녀는 봉지를 뒤집어 보며 말했다.

"자기야, 젤리 먹어 볼래? 근데 이거 어디 브랜드지? 처음 보는 곳이야. 유명한 곳은 아닌 것 같은데."

"다애야."

재윤이 가라앉은 목소리로 이름을 불렀다. 좋지 않은 느낌이 들었다.

"응?"

"우리 헤어지자."

다애의 눈동자가 검게 가라앉았다. 둘은 말없이 서로를 마주 보고 섰다. 노을이 지면서 주황빛으로 물들던 놀이공원에 색색의 조명이 들어왔다. 음악이 흐르는 회전목마가 빙글빙글 돌았다.

D-1000+α

다애라는 이름을 지어 준 사람은 할아버지였다. 많은 다, 사랑 애. 사랑을 많이 베푸는 사람이 되라는 의미였다. 할아버지에 대한 기억은 별로 없다. 내가 아주 어렸을 때 돌아가셨다. 유일한 기억이라곤 고목처럼 비쩍 마른 팔을 흔들며 다애야, 부르는 목소리가 무섭다는 것뿐이었다. 나는 단 한 번도 할아

110

버지의 부름에 답한 적이 없었다.

어쨌든 난 내 이름이 마음에 들었다. 사랑은 좋은 것이고, 좋은 건 많을수록 좋으니까. 그러나 이름은 이름일 뿐. 거쳐 온 삶은 남들과 다르지 않았다. 딱히 특출하게 자애로운 성격은 갖지 못했다. 적당히 이기적으로 굴었고, 무심함을 가장한 외면도 자주 했다. 고등학생 때부터 몇 명의 남자 친구를 사귀기는 했지만 연인이라고 특별할 것도 없었다.

사춘기에는 스스로가 너무 감정이 부족한 사람인가 싶어 꽤 고민했다. 그러나 소외감, 열등감, 슬픔, 힘듦, 기분이 좋고 나쁘고와 같은 감정들을 느끼는 데 문제가 있는 건 아니었다. 나는 단지 관계에 열정적이지 않았다. 친구들과도, 부모님과도 나쁘지 않은 사이를 유지했지만 딱 그 정도였다. 언젠가는 다들 멀어질 것임을 나는 어렴풋이 유추할 수 있었다.

와중에 종종 의문이 들었다. 내 이름 안의 그 많은 사랑들은 다 어디로 갔을까? 언젠가는 할아버지의 바람처럼, 나는 많은 사랑을 베푸는 인간이 될 수 있을까?

D-500

내가 재윤을 만난 건 노량진 고시촌에서였다. 사대를 나온 나는 임용 고시를 준비 중이었고, 재윤은 9급 공무원 준비생이었다. 우리는 같은 건물의 다른 층에서 살았다. 오래된 빌라를 개조해 만든 고시원에서는 성별에 따라 다른 층을 썼는데, 부엌과 세탁실만은 공용으로 사용했다.

　같은 건물에서 오고 가다 보면 익숙해지는 얼굴이 있기 마련이었다. 게다가 노량진 고시원에 머무는 이들은 다들 비슷한 목적으로 비슷한 학원에 다녔기에 동네에서 본 얼굴을 학원에서 마주치는 경우도 적지 않았다. 재윤과 내가 그랬다. 서로 얼굴은 알지만 딱히 계기가 없어 인사를 나누기엔 어색한 사이. 어느 날 부엌에서 늦은 밥을 해 먹는데 재윤이 말을 걸었다.

　"밥 같이 먹을까요?"

　목소리가 좋다고 생각했다. 낮게 치는 파도가 귓가를 덮치는 듯했다. 우스운 말이지만, 어째서인지 그날 꿈에 할아버지가 나왔다. 할아버지의 얼굴 같은 건 잊은 지 오래였으나, 낯익은 실루엣과 감으로 알 수 있었다. 할아버지는 더 이상 고목나무 같지 않은 단단할 팔을 뻗으며 내 이름을 불렀다.

　"다애야."

　꿈속의 나는 처음으로 할아버지의 말에 답했다. 무섭지 않았다. 눈을 떴을 때 남은 건 전신에 솟아난 소름과 묘한 이질감이었다.

　재윤과는 한번 말을 튼 뒤 순식간에 가까워졌다. 그는 나보다 훨씬 활발했고, 사람을 편하게 해 주는 재주가 있었다. 우리는 종종 서로의 반찬을 한 테이블에 두고 나눠 먹었다. 이후로 몇 번의 대화를 더 나누다가 우리가 같은 건물의 다른 학원에 다닌다는 사실을 알았다.

다음 날 자습 시간이었다. 재윤이 줄 게 있다며 메시지를 보냈다. 모의고사 성적이 나오는 날보다도 더 심장이 떨렸다. 학원의 비상계단에서 그가 불쑥 내민 건 내가 늘 마시는 비타민 음료였다. 졸음을 물리치기 위해 습관처럼 달고 사는 음료인데 그날은 한없이 특별하게 느껴졌다. 살면서 이런 사소한 선물을 받은 일이 처음도 아니건만 유난히 그랬다. 난생처음 느껴 보는 감각이었다.

D-440

나는 별 굴곡 없는 삶을 살았다. 그건 딸이 평탄하고 안정적인 삶을 살길 바랐던 부모님의 노력과 요구에 내가 잘 따랐기 때문이다. 교사라는 직업 역시 그러한 노력 중 하나였다. 임용 고시 준비는 힘들었지만 한 번도 크게 실패한 적 없는 나에게 있어서 그건 고지가 보이는 언덕이나 다름없었다. 실패한 적이 없는 삶. 날 때부터 천재였다거나, 집안이 탄탄대로였다거나 하는 이야기가 아니었다. 진심으로 뭔가를 열망한 적이 없다는 이야기였다.

엄마는 가끔 할아버지의 이야기를 했다. 좋은 내용은 아니었다. 젊었을 적 그가 도박으로 잃은 돈이 한두 푼이 아니었고, 그 돈을 아꼈으면 지금쯤 강남에 집이 한 채다, 하는 식의 부질없는 푸념이었다. 그러나 내 안에 박힌 이야기는 좀 다른 부분이었다. 나는 도박의 원리를 가슴에 새겼다. 적은 돈을 걸면 적은 돈을 잃고, 큰돈을 걸면 큰돈을 잃는다. 적은 돈을 걸어서 큰돈을 버는 경우는 극히 드물다.

나는 내가 삶의 문제들에 아주 소심하게 배팅한다고 생각했다. 커다란 것을 걸 만한 용기가 없어서 늘 작은 기대만을 걸었다. 행여나 잃더라도 아무렇지 않을 정도의 아주 알량한 바람만을 말이다. 그건 엄마가 나에게 바라는 삶이었고, 내가 바라는 바이기도 했다. 그런데 재윤을 만나고부터 그 고요한 표면이 요동치기 시작했다.

재윤은 내 고시원 생활에 유일한 활력이 되어 주었다. 우리는 밥시간마다 건물 비상구에서 만났다. 함께 밖에서 밥을 먹고 재윤은 9급 공시반을 위한 6층으로, 난 임용 고시반을 위한 7층으로 향했다. 학원 수업이 끝나면 함께 고시원으로 돌아갔다. 가끔은 일부러 먼 길을 돌아가기도 했다.

건물 밖으로 나오자 와 닿는 찬 공기가 유난히 상쾌했다. 누가 먼저 말하지 않았는데도 우리는 원래 들어가야 하는 골목을 지나 동네를 한 바퀴 돌았다. 시시콜콜한 이야기가 이어졌다. 그러고도 헤어지기가 아쉬워 편의점에 들렀다. 맥주 두 캔과 과자 한 봉지를 사서 나와 왔던 길을 돌아갔다.

지대가 높은 고시원 옥상에서는 노량진의 야경이 내려다

보였다. 다닥다닥하게 붙은 불빛들과 술 취한 자들의 고함 소리, 그리고 길고양이의 울음소리가 어우러졌다. 우리는 추리닝 차림으로 나란히 앉아 캔 맥주를 마셨다. 뒤이어 찾아온 침묵은 어색하지 않았다. 난 몸을 붙여 오는 재윤을 보며 할아버지가 붙여 준 내 이름에 대해 생각했다. 그리고 그가 걸었을 판돈에 대해서도 생각했다. 감당할 수 없는 걸 걸어 버린 기분이었다. 우리는 그리 아름답진 않은 야경을 보며 키스했다.

D-400

고시원의 낡은 침대는 우리가 나란히 앉으면 가득 차 버릴 만큼 작았다. 우리는 당최 언제 적 물건인지 모를, 뒤통수가 불룩 튀어나온 손바닥만 한 작은 텔레비전을 바라봤다. 노이즈가 심한 화면에서 놀이공원의 특가 광고가 흘러나왔다. 곰인지 쥐인지 모를 캐릭터가 폭죽을 쏘자 알록달록한 불꽃들이 밤하늘에 'NEW-서울파크 특가 오픈'이라는 글자를 수놓았다. 난 무심코 중얼거렸다.

"예쁘다. 나 아주 어릴 때 말고는 놀이공원에 가 본 적이 없어."

내 말에 재윤은 눈을 맞추며 말했다.

"나랑 가자."

"정말? 언제?"

"우리 둘 다 붙고."

살짝 올라간 재윤의 입꼬리를 만지고 싶다는 생각이 들었다. 광고는 빠르게 넘어갔지만 내 머릿속에는 계속해서 폭죽이 터졌다.

보면 볼수록 의미 없이 느껴지는 시험 자료들을 보고 돌아와 침대에 몸을 누일 때면 그 요란한 폭죽은 더욱 크고 화려해졌다. 심장을 떨리게 하는 놀이 기구들, 유치하지만 귀여운 인형 탈, 달콤한 사탕과 젤리, 발랄한 음악과 퍼레이드. 그곳에 가기 위해 나는 매일 밤낮을 달렸다.

D-370

나는 재윤과 함께 더 많은 것을 누리고 싶었다. 놀이공원 광고를 기점으로 그 욕망은 급격히 증폭했다. 목표를 이루기 위해서는 이 지긋지긋한 고시촌에서 탈출해야 했다. 물론 우리 둘이 함께여야 했다. 한동안 회의감 때문에 소홀했던 공부에 힘을 쏟았다. 재윤도 분명 나와 같은 마음일 것이라 믿었다.

잠을 깰 겸 인스턴트 커피를 마시며 학원 복도를 거닐 때였다. 옆 반 강사가 한 학생에게 따져 묻는 소리가 들려왔다.

"성적이 왜 이래? 너 연애하냐?"

학생은 고개를 푹 숙인 채 말이 없었다. 난 무심결에 웃음을 흘렸다. 그리고 복도 게시판의 모의고사 등수 제일 꼭대기에 오른 내 이름을 바라봤다. 당당히 걸린 이름을 보고 있노라면 나 같은 게 교사가 되어도 괜찮나 싶었지만, 세상 모든 사람들이 엄청난 책임감을 가지고 직업을 선택하지는 않을 터였다. 나는 마음을 다잡았다.

그날 오후에 학원 담임이 갑자기 교무실로 나를 호출했다. 그가 내민 건 주말 야간 특강 신청서였다.

"얼마간 주춤하더니, 성적이 확 올랐더라. 이번에 붙자."

'그럼 재윤을 볼 시간이 줄어드는데.'

약간 고민했으나 결국 신청서에 사인을 했다. 하루빨리 붙어서 이 지긋지긋한 노량진을 나가는 건 나도 바라는 바였으니까. 두 개의 마시멜로를 위해서라면 당장 눈앞의 젤리를 참는 일 정도는 감수해야 했다.

교무실에서 나오자 복도 창밖으로 도시의 풍경이 내려다보였다. 나는 익숙한 뒷모습을 발견했다. 낯선 여자와 함께 편의점으로 들어가는 사람은 분명 재윤이었다. 잠시 뒤 둘은 나란히 가게를 나왔다. 낯선 여자의 손에는 비타민 음료가 들려 있었다.

그해 11월에 나는 임용 고시 1차에 붙었다. 그런데 왜 기쁘지 않은 걸까?

D−270

재윤은 추가로 열린 10월 시험에서 떨어졌다. 그래도 그는 웃으며 나를 축하해 줬다.

"내가 더 열심히 해서 빨리 붙을게."

재윤은 그렇게 말했다. 나는 믿었다. 믿는 게 죄는 아니잖아?

재윤이 화장실에 간 사이에 난 그의 핸드폰을 집어 들었다. 비밀번호는 알고 있다. 좀 전에 알림음을 듣고 액정을 확인한 재윤의 얼굴이 뭔가 미심쩍었다. 비밀번호를 입력하자마자 화면에 뜨는 것은 낯선 여자 이름으로 온 메시지였다.

「누구랑 마셔? 거기로 갈까?」

난 입가에 미소를 유지한 채 메시지를 삭제했다.

D-200

나는 무사히 2차 면접을 통과했다. 최종 합격 통지서가 나왔지만 1차에서 떨어진 사람을 앞에 두고 파티를 할 수도 없는 노릇이었다. 2년째 9급 시험에 떨어진 재윤은 패배감이 상당한 듯 보였다. 재윤은 힘없이 축하한다는 말을 내뱉었다. 나는 기쁘지 않았다. 머릿속에서 수없이 상상하던 최종 합격은 이런 느낌이 아니었다. 분명히 아니었는데. 나는 어떤 맛도 느끼지 못하고 퍽퍽한 질감의 고기를 씹었다.

우리는 일찍 헤어졌다. 재윤은 학원으로 돌아가서 자습을 해야 한다고 말했다. 나는 고개를 끄덕였다.

D-150

내가 발령을 받은 후로 우리가 만나는 날은 점점 줄어들었다. 나는 각종 연수와 학교 일로 바빴다. 담임까지 맡는 바람에 더욱 정신이 없었다. 아직 다듬어지는 과정의 아이들은 너무 날것이었고, 나는 감당하기 벅찼다. 그렇다고 책임감이 생기지도 않았다. 함께 발령받은 신입 교사들이 반 아이들이 얼마나 귀여운 문제아들인지 이야기할 때면 나는 할 말을 잃었다. 감상이 없으니 이야기할 것도 없었다. 아이들이 사고를 치거나, 자그마한 선물을 가져오거나 하더라도 내 반응은 늘 같았다. 곧 아이들도 나에게서 관심을 지웠다. 그 나이대 아이들은 날것인 만큼 감이 좋다.

내 몸은 긴 시간 학교에 머물렀지만 아이들에게 신경 쓸 틈이 없었다. 재윤을 떠올리면 불안했다. 좋지 않은 패로 큰 판돈을 걸었을 때의 느낌이 이럴까. 게임판에서 나가면 그만이겠지만, 나가고 싶을 때 나갈 수 있다면 그게 도박이겠는가. 그러던 어느 날 새벽이었다. 술에 취한 재윤이 전화를 걸었다.

"다애야, 나 안 버릴 거지?"

재윤이 울면서 말했다. 전화를 끊은 뒤 나는 오랜만에 아주 크게 웃었다. 세상에서 제일 쓸데없는 걱정을 하는 그가 견딜 수 없을 정도로 사랑스러웠다. 고시원 텔레비전과는 비교가 되지 않는 신형 LED 텔레비전에서 새벽 뉴스가 흘러나왔다.

'공시생 학원 건물 옥상에서 자살'

모자이크가 되어 있었지만 화면에 비치는 현장이 어디인

지는 그 동네에 살았던 사람이라면 충분히 알아볼 수 있었다. 분명 우리가 다녔던 학원 건물이었다. 안타까운 헤드라인은 3분이 채 지나지 않아 다음 사건에 밀려 사라졌다. 나는 뉴스가 끝날 때까지 푸르스름한 화면을 응시했다. 재윤이 더, 더 약해졌으면 좋겠다.

D-120

우리는 다시 행복해졌다. 나는 어떻게든 시간을 내서 일주일에 두 번은 노량진에 갔다. 오랜 수험 생활에 지친 재윤은 갈수록 초췌해지고 날카로워졌다. 그는 나를 밀어내는 듯하다가도 조금만 멀어지면 어린애처럼 한없이 기대어 왔다. 나는 재윤에게 맛있는 걸 먹이고, 좋은 옷을 사 줬다. 처음에 망설이던 그는 갈수록 거침없는 손길로 선물을 받아들었다. 그리고 동전을 넣으면 말하는 기계처럼 다디단 말들을 늘어놓았다.

"정말 사랑해."

진부하지만 누군가에겐 전부인 그런 말들을.

D-110

신입 교사들의 티타임에서 교장과 교감의 욕은 빼놓을 수 없는 필수 코스였다. 만만하고 어린 신입에게 자신의 일을 떠맡기려는 꼰대는 어디든지 있기 마련이다. 대화의 흐름은 항상 비슷했다. 직장 상사의 뒷담 다음에는 자연스럽게 각자의 연애사로 넘어갔다. 덕분에 교사들은 그리 친하지 않더라도 서로의 연애사를 꿰뚫고 있었는데, 그중에서도 내 맞은편에 앉은 음악 교사는 좀 유난이었다.

"다애 쌤은 너무 사랑이 많아. 이름 때문인가?"

"이름에 사랑 애 자가 들어가면 미친놈들이 많이 꼬인대."

"공시생 남친은 잊어. 다애 쌤 좋다는 괜찮은 사람 많은데 대체 왜?"

음악 교사가 운을 떼자 기다렸다는 듯이 다른 교사들도 맞장구를 치기 시작했다. 나는 대꾸하지 않고 살짝 미소를 지었다. 같은 지역 교육청 소속인 이상 비슷한 동네에서 돌고 돌며 계속 볼 사람들인데 괜한 말을 했다간 나중에 고생하기 십상이었다. 이런 순간마다 내 안에서 알 수 없는 회의감이 차올랐다. 언제까지 이렇게 참고, 억누르고, 애매한 웃음으로 모든 걸 무마하며 살아야 할지를 생각하면 물에 빠진 것처럼 답답해졌다. 나는 무구해 보이는 웃음 뒤로 그들을 향해 악담을 퍼부었다. 내 사랑을 이해하지 못하는 인간들. 아무것도 모르는 이들이 우리의 사이에 대해 함부로 말한다.

'난 너희들과 달라. 우리는 달라.'

내 이름은 한순간의 가십으로 저들 입에서 소비되곤 했다. 내 소중한 뭔가가 더럽혀지는 기분을 나는 항상 그놈의 미소, 지긋지긋한 미소로 참았다. 그들이 하는 말 중 맞는 것은 단 하나였다. 나는 사랑이 많은 사람이다.

D-75

시간은 흘러갔다.

D-30

결국 그날이 찾아왔다. 재윤이 시험에 붙었다. 나는 재윤과 통화를 하다가 기뻐서 울었다. 내가 붙었을 때보다도 더 기뻤다.

"몇 시에 만날까?"

"응?"

"이런 날에 당연히 같이 있어야지. 퇴근하자마자 갈게."

"아, 다애야. 그게 오늘은 지방에서 부모님 오셔서 힘들 거 같아."

"잠깐이라도 안 돼?"

"오늘은 좀 힘들겠는데."

재윤과의 통화를 끊고 교무실로 돌아와 멍하니 책상을 응시했다. 처리해야 할 각종 공문과 서류가 가득했다. 꼴 보기 싫었다. 결국 일어나서 담임반 교실로 향했다. 눈을 마주쳐도 인사하지 않는 아이들 몇몇을 지나쳐 복도 제일 끝에 위치한 교실에 도착했다. 안쪽에서 아이들의 대화가 들려왔다.

"근데 우리 담임 존나 무능하지 않냐? 완전 못 가르쳐."

"우리 이름은 아나 몰라."

아이들이 키득거렸다. 난 그냥 왔던 길을 돌아갔다. 교무실을 찾은 교감이 뭔가를 물었지만 나는 굳은 표정으로 답하지 않았다. 어떤 말도 할 수 없었다. 입을 열었다가는 돌이키기 힘든 말을 내뱉게 될 것 같았다. 난 교감의 잔소리를 뒤로한 채 종이 치자마자 서둘러 퇴근했다.

한 손에 케이크를 들고 노량진으로 향했다. 낡은 고시원 문을 열고 들어가자 그리움인지 뭔지 모를 이상한 감정이 피어올랐다. 차라리 그때가 좋았다. 고지가 보이는 목표를 앞에 두고 전속력으로 달리던 생활이. 나와 재윤이 같은 질량의 애정으로 서로를 마주하던 시절이기도 했다. 난 재윤의 방이 있는 위층으로 향했다. 안에서 기다리다 보면 언젠가는 들어오겠지 싶었다. 관리실의 주인아주머니가 날 알아보고는 아는 척을 해 왔다.

"다애 학생 오랜만이네!"

한참 자기 이야기를 늘어놓던 아주머니의 시선이 손에 들린 케이크로 향했다. 난 웃으며 답했다.

"재윤이가 붙어서 축하해 주려고요."

"어머, 다애 학생 헤어진 거 아니었어?"

아주머니는 눈을 동그랗게 뜨고 되물었다. 순간 기분이 밑바닥으로 곤두박질쳤다.

"제가 왜 헤어져요."

"아니, 나는… 재윤 학생이 좀 그렇기에 헤어진 줄 알았지.

어머, 내가 무슨 소리야."

아주머니는 어색한 몸짓과 함께 급히 자리를 피했다. 난 재윤의 방으로 올라갔다. 그곳에 재윤은 없었다. 안에서 한참을 기다렸다. 메시지도 보냈지만 답장은 오지 않았다. 밤 10시가 가까운 시간에 나는 결국 방을 나왔다. 안에 케이크만 놓아둔 채 지하철역으로 향했다.

아주머니가 한 말이 계속 마음에 걸렸다. 기대하던 순간들은 항상 상상보다 보잘것없다. 내가 붙었을 때도 그랬고, 첫 출근 때도 그랬고, 이번에도 그렇다.

익숙하고 지긋지긋한 골목들을 지나는데 낯익은 목소리가 들려왔다. 나는 무심결에 고개를 돌렸다. 재윤이었다. 그는 나 역시 몇 번 본 적 있는 친구들과 함께 잔뜩 취해서 떠들고 있었다. 차라리 직접 가서 아는 척을 하는 편이 낫다는 걸 알았지만 내 손가락은 멋대로 그의 단축번호를 찾아 눌렀다.

신호가 갔다. 멀리 보이는 재윤이 주머니에서 핸드폰을 꺼냈다. 그리고 신호가 끊겼다. 재윤은 미간을 찡그리며 핸드폰을 다시 주머니에 넣었다. 나는 아무것도 보지 못한 것처럼, 다시 가야 할 길을 갔다. 지하철을 타고 원룸으로 돌아왔다. 그날 재윤에게서는 자정이 지나도록 연락이 없었다.

D-15

1차에 붙은 재윤은 면접을 위한 스터디를 시작했다. 시험

공부를 할 때보다 더 바쁘다며 연락이 뜸해졌다. 면접을 보는 사람은 그인데, 이상하리만치 초조해지는 건 나였다. 하루 종일 손톱을 물어뜯으며 재윤의 SNS를 새로고침했다. 내가 모르는 그의 일정을 확인할 때마다 짙은 패배감이 전신을 뒤덮었다.

업데이트 알림과 함께 게시물이 하나 올라왔다. 사진이었다. "스터디 동기들 전부 붙자!" 정사각형의 사진 속 사람들 중에서 재윤 빼고 셋은 전부 여자였다. 난 손톱 물어뜯기를 멈췄다. 마비라도 온 것처럼 몸을 움직일 수가 없었다. 넝마가 된 손톱에서 방울진 피가 흘렀다.

D-7

재윤이 갑자기 잘해 준다. 불안하다. 나는 이 관계의 어딘가가 아주 많이 어긋났다는 것을 인지한다. 그러나 두 눈으로 확인할 용기는 나지 않는다.

D-3

창밖으로는 비가 쏟아졌다. 오랜만에 재윤이 먼저 만나자는 말을 해 왔다. 카페에서 우리는 한동안 시시콜콜한 대화를 나눴다. 전에도 종종 이렇게 시간을 보냈는데. 전과 달라진 건 대화의 틈새에 내려앉은 침묵이 이제는 더없이 어색하다는 것이다. 내가 침묵을 뚫지 못하고 창 쪽으로 고개를 돌리자 재윤이 핸드폰을 들이밀며 말했다.

"이번 주말에 놀이공원 갈까? 너 가고 싶어 했잖아."

그 순간, 가슴 깊은 곳이 아릿해져 왔다.

"정말?"

재윤이 고개를 끄덕였다. 그의 핸드폰 화면에는 커플 패키지라 적힌 모바일 티켓이 떠 있었다. 심장이 두근거렸다. 오래전에 고시원에서 본 광고가 머릿속에 재생되었다. 그때의 분위기도, 따뜻했던 대화와 눈빛도, 퀴퀴한 고시원의 곰팡이 냄새까지 함께 내 머릿속을 맴돌았다.

그 시절로 돌아간 듯한 기분이 들었다. 나는 눈을 반짝였다. 꿈과 희망의 뉴서울파크, 그곳에는 즐거움만 가득할 것 같았다. 세상의 어떤 불행도 침입하지 못하는 곳, 설탕으로 지어진 이글루와 같은 곳.

그럴 리 없다는 것을 안다. 놀이공원의 반짝반짝한 모든 것은 단지 섬세하게 꾸며졌을 뿐이다. 하지만… 믿는 게 죄는 아니잖아?

D-DAY

"이유가 뭐야?"

"너도 알잖아. 예전 같지 않다는 거. 둘 다 잘 풀렸으니 이제 그만 끝내자."

어색한 침묵이 둘 사이를 메꿨다. 다애는 입을 달싹이다 결국 아무런 답도 하지 못했다. 어떤 말을 어떤 목소리로 해야 할지 전혀 모르겠다. 기다란 가시가 목구멍을 막고 있었다.

재윤이 화장실을 핑계로 자리를 뜬 사이 다애는 홀로 멍하니 섰다. 고요한 얼굴과는 다르게 안에서는 소용돌이가 몰아쳤다. 지난 500여 일의 일들이 주마등처럼 스쳐 지나갔다. 드문드문 그녀의 심장을 따끔하게 했던 날들이 이제는 아예 보란 듯이 상처 부위를 후벼 팠다.

재윤의 말을 믿을 수 없다. 그래서 눈물이 흐르지도 않았다. 그간의 징조들을 계속 모른 척 무시해 왔다. 절망적인 예언이 하나둘 맞아 들어가기 시작했을 때의 느낌이 이럴 것이다. 벌어질 일을 알면서도 막을 수 없을 때의 무력감. 내 안의 세계가 부서져 가는 충격. 그런 상황을 선선히 수긍할 수 있는 인간은 없다. 수긍할 수 없다는 마음은 곧 분노로 바뀌었다.

"너도 알잖아, 예전 같지 않다는 거."

다애는 재윤이 건넨 말을 소리 내서 따라했다. 예전 같지 않다니. 전과 같지 않은 사람은 재윤뿐이다. 자신은 항상 처음과 같았다. 오늘 스쳐 지나간 수많은 행복한 연인들이, 그리고 재윤이 미웠다. 자신 안에 이렇게나 큰 미움이, 부정의 감정이 도사리고 있다는 데에 그녀는 놀랐다. 그러나 곧 상관없어졌다. 다애는 입술을 깨물었다. 쓸쓸하고 비린 맛이 났다.

재윤은 화장실에서 울고 있을까? 괴로워하고 있을까? 미안해할까? 아니면 후련해할까? 속에 떠오르는 수많은 의문과 생각들을 꾹꾹 눌러 담았다. 떠오른 말을 겉으로 드러내지 않고 참는 건 다애가 제일 잘하는 일이었다. 어쩌면 무탈했던 삶 역시 이 특기 덕분인지도 몰랐다.

그런데 이상한 일이지. 오늘은 그러지 않아도 될 것 같았다. 정확히는 그러고 싶지 않았다. 평소와는 다른 기묘한 기류가 주위를 맴돌았다.

"꺄아아악!"

다애는 그 소리가 자신이 지르는 비명인 줄 알았다. 차라리 시원하다. 결국 얇아진 신경줄이 끊어지고야 말았구나. 그렇게 생각하며 반쯤 포기한 상태로 주저앉았다. 다시 한 번 귀를 찢는 비명 소리가 울려 퍼졌다. 그건 자신이 내지르는 얕은 신음도, 사람들이 놀이 기구를 타면서 내는 들뜬 소음도 아니었다.

비명이 들린 곳으로 사람들이 모여들었다. 분위기가 이상했다. 다애는 뭐에 홀린 것처럼 소란을 향해 천천히 다가갔다. 가까워질수록 밀도 높은 습기와 알 수 없는 불쾌감이 몸을 에워쌌다.

뭔가를 둥글게 둘러싼 무리의 끝에 다다랐다. 동심원 형태로 모여 있던 사람들이 갑자기 너도 나도 비명을 지르며 뿔뿔이 흩어지기 시작했다. 달아나는 사람들이 다애의 어깨를 사정없이 밀쳤다. 몸은 뒤로 더욱 밀려났다. 저 앞에서 무슨 일이 벌어지고 있다. 다애는 그 장면을 확인해야만 한다는 생각이 들었다. 동굴 깊은 곳에서 울려 퍼지는 것처럼 탁한 음성을 들은 것 같기도 했다.

가서 확인해 봐. 두 눈으로 똑똑히 봐.

다애는 자신을 밀치며 도망가는 사람들을 헤치고 중심으로 다가가 섰다. 바닥에 어떤 덩어리가 웅크려 있다. 다애는 앞에 놓인 것을 똑바로 바라봤다.

축축하고, 끈적해 보이는 거대한 덩어리. 그건 거인이 씹다 뱉은 껌 같기도 했고, 뱃속에서 만들어지다 만 거대한 태아 같기도 했다. 덩어리는 잘게 움직였다. 드문드문 움찔거리는 모습이 살아 있는 생물의 내장 같기도 했다. 큰 덩어리 위에는 상대적으로 작은 덩어리가 찰거머리처럼 붙어 있었다. 둘은 번갈아 호흡하듯 표면을 부풀렸다 가라앉히기를 반복했다. 비명 소리는 어느샌가부터 들리지 않았다.

다애는 한 걸음 더 다가갔다. 순간 코를 찌르듯이 침입하는 단내에 머리가 아찔해졌다. 이렇게 지독한 단 향은 맡아 본 적이 없다. 마약이라도 한 것처럼 머리가 몽롱했다. 결국 코를 틀어막고, 눈을 비비며 시야를 확보했다. 눈을 가늘게 뜨고 눈앞에 놓인 덩어리를 다시 한 번 주시했다.

그것의 정체는 젤리였다. 아니, 한때는 사람이었던 젤리였다. 성인 여자와 작은 아이가 서로 엉겨 붙은 채로 녹아내리고 있었다. 둘은 꼭 서로를 부둥켜안은 것처럼 보였다.

"떨어지지 않을 것 같아."

다애는 작게 중얼거렸다. 서로 껴안은 채로 용암에 뛰어든다면 이런 형태로 녹을까. 다애는 함께 불구덩이로 뛰어드는 저와 재윤의 모습을 상상했다.

곧 끈적해 보이는 투명한 표면 너머로 신경과, 장기와, 뼈들이 마구 어그러지는 모습이 생생히 펼쳐졌다. 형체는 이제 완전히 무너져 바닥으로 넓게 퍼져 갔다. 푸른색 원피스 위로 노란 옷이 겹쳤다.

다애는 고개를 들어 주위를 둘러보았다. 사람들은 이미 사라지고 없었다. 이제 주위에 남은 이는, 아까부터 덩어리에게서 시선을 떼지 못하는 어린애 하나였다. 아이가 배낭끈을 힘주어 쥔 채 사색이 된 얼굴로 혼잣말을 중얼거렸다.

"그 젤리 때문이야…."

아이의 떨리는 손을 다애는 바라봤다. 그리고 자신의 가방을 슬쩍 내려다보았다. 결국 재윤과 함께 먹지 못한 젤리 봉지가 한껏 구겨져 있었다.

'이 젤리 나눠 먹으면 절대 안 헤어져요. 마법의 젤리라니깐. 평생 꼭 붙어 살아. 진짜야.'

젤리를 건네던 남자의 목소리가 젤리 봉지 위로 겹쳐졌다. 일순 그녀의 눈이 빛을 띠었다.

"아…."

다애의 입에서 탄식이 새어 나왔다. 동시에 그늘졌던 얼굴에 환한 미소가 내렸다. 진리를 깨달은 신자와 같은 얼굴을 한 채로, 그녀는 가방에서 젤리 봉지를 꺼내 들었다.

그녀는 젤리를 들고 뛰기 시작했다. 오랫동안 풀리지 않던 문제의 답을 알아낸 것처럼 후련했다. 어떤 소리도 낼 수 없게 목을 가로막았던 가시는 부드럽게 녹아 푸딩처럼 목구멍을 넘어갔다. 숨을 쉴 때마다 달큰한 향이 코와 기도를 간지럽혔다. 지금 공기에 흐르는 입자를 크게 확대한다면 분명 선명한 분홍색일 것이다.

이제 다애는 소리를 낼 수 있었다. 재윤에게 해야 할 말이 있다. 머릿속에서 꿈꿈이가 폭죽을 터뜨렸다. 심장과 뇌리에 잘게 부서지는 불꽃들을 느끼며 그녀는 달렸다. 발걸음이 날아갈 듯이 가벼웠다. 다애의 표정은 더할 나위 없이 상쾌했다. 발을 힘차게 내딛을 때마다 버튼이 눌린 것처럼 곳곳에서 비명이 울려 퍼졌다. 사람들이 각양각색의 소리를 내며 녹기 시작했다. 그녀의 얼굴에 차갑고 축축한 방울들이 떨어졌다.

끈적한 비가 내렸다. 다애는 달리기를 멈추고 길목에 섰다. 손바닥으로 얼굴에 묻은 것을 훔쳐 냈다. 짙은 분홍색 점액이 묻어 나왔다. 다애는 고개를 들어 위를 바라봤다.

드롭타워가 꼭대기에 멈춰 있었다. 한껏 고양된 다애의 기분처럼 내려올 기미가 보이지 않았다. 그녀의 얼굴에 다시 몇 개의 분홍색 점액이 떨어졌다. 눅눅한 기운을 품은 바람이 불고 머리칼이 흩날렸다.

다애는 얼굴에 묻은 것을 거친 손길로 훔쳐 닦아 냈다. 잠시 눈을 감은 사이에 곳곳에서 물풍선이 터지듯 철벅이는 소리가 들려왔다. 그녀는 천천히 눈을 떴다. 불어오는 바람을 따라 흐물흐물한 팔뚝과 다리들이 비처럼 쏟아졌다. 높은 곳에서 떨어져 푸딩처럼 뭉개지는 사지를 다애는 무표정으로 바라봤다. 그녀는 머리 위를 가리고 다시 뛰기 시작했다. 페스티벌처럼 퍼지는 비명과 폭죽처럼 터지는 신체들 사이로 그녀는 앞만 보고 달렸다.

다애는 버섯 모양 화장실 앞에 섰다. 화장실 안에서 물소리가 들려왔다. 반투명한 문 앞에 서서 가만히 숨을 골랐다. 단내에 취한 듯 얼굴은 붉게 상기되어 있었다. 양손으로 뺨을 감싸자 뜨끈한 열기가 느껴졌다. 꼭 재윤과 처음 이야기를 나눴을 때처럼 심장이 두근거렸다.

다애는 화장실 앞에 붙은 작은 거울을 바라봤다. 긴 머리카락은 분홍색 젤리가 덕지덕지 묻어 엉망이었다. 손으로 빗질을 해 보지만 엉겨 붙은 껌처럼 잘 떼어지지 않았다. 순간 안에서 인기척이 났다. 그녀는 조심스럽게 문으로 손을 가져갔다. 손끝이 잘게 떨렸다. 문이 당겨지고, 안에서 재윤이 나타났다. 그녀는 익숙하고 사랑스러운 얼굴을 지긋이 바라봤다. 그의 눈가가 붉다. 짓무른 눈꼬리를 보며 다애는 작게 물었다. 혼잣말에 가까울 만큼 자그마한 소리로.

"울었니?"

재윤은 답하지 않았다. 그는 갑자기 나타난 다애와 그녀의 몰골을 보고 놀란 듯했다. 재윤의 손이 자연스럽게 다애의 머리로 향했다. 걱정하는 목소리가 좀 전에 이별을 고한 사람이라고 볼 수 없을 만큼 다정했다. 다애는 그의 손길을 느끼며 눈을 감았다.

"무슨 일이야. 머리에 뭐가 그렇게 묻었어."

이렇게 걱정하면서 날 사랑하지 않는다고. 천천히 열리는 눈꺼풀 안쪽으로 다애의 동공이 드러났다. 그녀는 손을 들어 재윤의 뺨을 만졌다. 재윤이 곤란한 얼굴로 다애의 손목을 잡아 내렸다.

"우리 이제는 이런 거…."

이제는 뭐? 무슨 말을 하려고? 풀린 그녀의 눈이 순간 날카로워졌다. 재윤은 말을 끝마치지 못했다. 다애가 재윤의 뒷머리를 붙잡고 들고 있던 젤리를 한 움큼 그의 입에 처넣었다.

"먹어, 먹어!"

이를 악문 채 외쳤다. 재윤이 젤리를 뱉지 못하게 입을 틀어막았다. 재윤은 얼떨결에 제대로 씹지도 못한 젤리를 삼켰다. 다애는 재윤의 목울대가 울렁이는 것을 보았다. 그리고 얼굴을 일그러뜨리며 웃었다. 손끝에서 힘이 빠져나갔다.

당황한 재윤은 그제야 팔을 휘둘러 다애를 밀쳤다. 다애는 별 미련 없이 떨어져 나갔다. 그녀의 입가에 평온한 미소가 서렸다. 재윤은 기침을 하며 입안에 남은 잔여물을 뱉어 냈다. 그가 다애를 노려보며 외쳤다.

"이게 무슨 짓이야!"

"우리 헤어지지 말자. 계속 같이 있어."

다애가 노래하듯이 말했다.

"너 미쳤어?"

재윤은 씩씩거리며 화장실 밖으로 뛰쳐나왔다. 발에 끈적한 것이 밟혔다. 낯선 감각에 그는 주위를 두리번거렸다. 곳곳에 정체를 알 수 없는 분홍색 점액질이 포진해 있다. 좀 전부터 불쾌한 단 향이 코를 간질였다. 어디선가 비명 소리가 들려왔다.

툭, 투둑, 그의 얼굴에 묵직한 액체가 떨어졌다. 그는 손바닥으로 얼굴을 문질러 닦아 냈다. 묻어 나온 것은 투명하고 끈적한 분홍색 점액이었다. 그는 고개를 들어 위를 바라봤다. 꼭대기에 멈춘 드롭타워에서 분홍색 물엿 같은 점액질이 흘러내렸다.

순간 그는 전신의 감각이 둔해지는 걸 느꼈다. 물속에서 움직이는 것처럼 몸이 무겁고 숨을 쉬기가 힘들었다. 그는 이상한 기분에 자신의 양손을 들어 올렸다. 열 손가락이 녹아내리고 없었다. 손바닥은 얼굴에 묻은 분홍색 점액질로 변해 가고 있었다.

재윤은 비명을 질렀다. 등 뒤에서 다애의 유쾌한 웃음소리가 들려왔다. 고개를 돌리고 싶은데 몸이 마음대로 움직이지 않았다. 가위에 눌린 것처럼 꼼짝도 할 수가 없다. 맞은편의 유리창에 자신의 모습이 비쳤다. 피부가 녹아내리고 있다.

다애는 폴짝 일어나 비명을 지르는 재윤 앞으로 다가가섰다. 성대가 녹아내린 탓에 비명 소리는 점차 작아졌다. 재윤이 양팔을 마구 휘저을 때마다 점액들이 방울방울 흩날렸다. 다애는 설레는 표정으로 녹아내리는 재윤의 얼굴을 붙잡았다. 다애의 손가락 사이사이로 물컹한 것이 흘러내렸다. 굳어 가는 잼을 조물락거리는 듯한 촉감이었다. 그녀의 입에서 한껏 고양된 목소리가 흘러나왔다. 재윤에게 달려오는 내내 계속 전하고 싶었던 말이었다.

"오늘부터 다시 1일이야…"

재윤의 이목구비는 이제 흐려지고 없다. 아마도 원래는 입이었을 구멍으로 입을 가져가자 혀가 아릴 정도의 단맛이 났다. 재윤에게서 떨어져 나온 물컹한 젤리 덩어리가 그녀의 식도로 흘러 들어갔다. 가슴 안쪽에서 기묘한 열기가 퍼져 나갔다.

다애는 가만히 선 재윤에게 완전히 몸을 기댔다. 입술에 뭉개지는 축축하고 끈적한 감촉을 느끼며 그의 허리에 팔을 감았다. 거대한 푸딩을 껴안은 것 같았다. 다애의 손가락이 서서히 옅어지기 시작했다. 다애는 미소 지었다. 그녀는 흐릿해지는 시야 너머로 재윤과 하나가 되어 가는 몸뚱이를 흡족하게 바라봤다.

5

다람쥐통 200m

나는 서울 근교의 촌구석에서 태어났다. 학교에 가기 위해서는 한 시간에 한 대씩 있는 버스를 타고 30분가량을 달려야 하는 곳이었다. 엄마는 동네에서 작은 음식점을 했다. 손님은 거의 없었다. 나는 지금도 엄마의 요리가 딱히 맛있었다고 생각하지 않는다. 주된 수입원은 가출한 아빠가 드문드문 보내는 생활비였다.

내 어린 시절의 가장 큰 부분을 차지하는 이미지는 안방에 쪼그리고 앉아 돈을 세는 엄마의 모습이었다. 엄마는 우리가 가난하다는 사실을 굳이 숨기지 않았다. 아마 숨길 여력이 없을 정도로 피곤했을 것이다. 그런 엄마를 이해하려고 노력했다. 엄마가 나의 노력을 전혀 알아주지 않는다고 해도 말이다.

나에겐 엄마밖에 없었다. 그 말은 곧 원망할 사람도, 사랑

할 사람도 엄마밖에 없었다는 뜻이었다. 사춘기의 나는 나를 세상에 태어나게 한 엄마가 제일 원망스러웠다. 나를 괴롭히는 반 일진보다도, 차별하는 선생님보다도 엄마가 더 미웠다. 서울로 가고 싶었다. 서울에만 가면 어떻게든 될 것 같았다. 지방엔 없고, 서울엔 있는 것들이 너무 많았으니까. 그래서 고등학교를 졸업하자마자 집을 나왔다. 엄마는 나를 붙잡지 않았다.

대학에 가려는 건 아니었다. 등록금을 낼 여유 따위는 없었다. 서울에서의 삶을 유지하는 것만으로도 벅찼다. 나는 돈, 돈을 벌기 위해 서울에 갔다. 어떻게든 돈을 벌어서, 돈을 아주 많이 벌어서… 난 뭘 하고 싶었을까?

조그만 머리통이 이리저리 흔들렸다. 주아가 내 손가락을 잡아당기며 환호성을 질렀다. 회전목마 앞에서 눈이 커다란 곰이 풍선을 나눠 주고 있었다. 풍선을 향한 아이의 눈동자가 반짝였다. 나는 슬쩍 주아의 등을 밀었다.

"가서 받아 와."

"다녀올게!"

주아는 기다렸다는 듯이 뛰었다. 곰이 엉덩이를 씰룩이며 캐릭터가 그려진 풍선을 건넸다. 주아는 한 손에 풍선을 쥔 채 돌아와 와락 안겼다. 손에 닿는 아이의 보들보들한 감촉이 좋았다. 문득 주아가 짧은 손가락을 들어 내 머리를 가리켰다.

"엄마, 그 핀 나 주면 안 돼?"

"무슨 핀?"

머리를 더듬자 질끈 묶은 이음새 위로 딱딱한 물건이 만져졌다.

"아."

소라 모양 아크릴 핀. 내가 집을 떠나올 때 유일하게 챙긴 엄마의 물건이었다. 약간 망설였으나 결국에는 핀을 빼서 주아의 머리에 꽂았다. 주아는 눈물도 많고 고집도 세서 바라는 걸 빨리 손에 쥐여 주어야 덜 피곤했다. 머리에 꽂은 핀이 만족스러운지 아이는 근처 유리창에 머리를 비춰 보며 빙글빙글 돌았다. 저 앞에서 춤추는 캐릭터 인형처럼 빙글빙글, 노래를 흥얼거리면서.

주아와 내가 많이 닮았다고는 생각해 본 적 없다. 물론 피가 섞였으니 닮기야 했다만, 굳이 따지자면 주아는 아빠 쪽을 더 많이 닮았다. 그런데 엄마의 핀을 꽂은 오늘의 주아는 이상하리만큼 어린 시절의 나와 닮아 보였다. 허나 나에겐 즐거운 놀이공원의 추억 따위는 없다. 내가 가진 좋은 기억이라곤 집 마당에서 고양이와 장난을 친 게 다였다.

어린 시절 우리 집에서는 고양이를 키웠다. 엄마가 가게 근처에서 눈치를 보고 있던 새끼를 주워 온 것이다. 어미에게 버림받은 새끼 고양이는 내 엄마를 꼭 제 엄마처럼 따랐다. 노란 눈에, 만화에서나 나올 법한 턱시도 무늬가 있는 고양이였다. 네 발이 장화를 신은 것처럼 하얘서 엄마는 꼭 사람 아이를 대하듯 그 발을 잡고 악수를 하곤 했다. 늘 피로한 엄마의 얼굴이 그 순간만큼은 환했다. 가끔은 고양이에게 질투가 날 정도로 엄마는 고양이를 아꼈다.

나 역시도 고양이를 좋아했다. 종종 엄마의 핀을 고양이 머리에 꽂아 놓고 웃었던 기억이 난다. 고양이는 귀찮은 표정으로 핀을 덜렁이며 돌아다녔고, 하루 정도 지나면 집 안 어딘가에 그 핀이 떨어져 있곤 했다. 그럼 난 그걸 주워 내 머리에 꽂았다. 집 안에는 항상 고양이 털이 휘날렸다.

엄마는 오래 전에 병으로 돌아가셨다. 병원에 가지 않아서 무슨 병인지도 모르고 갔다. 이 놀이공원이 생기기 전의 일이다. 내가 살던 벽돌집을 허문 자리에 뉴서울파크가 지어졌다.

철거를 앞둔 집에 들른 적이 있다. 그곳에는 아무도, 아무것도 없었다. 고양이는 어디로 갔을까. 아마 죽었을 것이다. 고양이의 수명은 인간에 비해 아주 짧으니까. 그렇게 생각하니 고양이가 부러웠다. 고양이는 죽을 때 엄마가 곁에 있었겠지. 하지만 엄마가 죽을 때는 곁에 아무도 없었다. 엄마에게는 나밖에 없었는데, 내가 곁에 없었으니 엄마는 혼자였을 것이다.

주아가 손가락으로 어딘가를 가리켰다. "다람쥐통 200m"라 적힌 표지판이었다.

"나 저거 탈래!"

"넘어지지 않게 천천히 걸어."

그 말이 무색하게 주아는 기다렸다는 듯이 다람쥐통을 향해 뛰었다. 조심하라고 외쳤지만 들리지 않는 것 같았다. 이 더위에 차마 같이 뛸 힘이 없었던 나는 주아의 꽁무니를 눈으로 쫓으며 걸었다. 이상하게도 그 길목에만 사람이 적었다. 덕분에 인파에 휘말려 주아를 잃어버릴 일은 없어 보였다.

나풀거리며 달리는 주아를 따라 오르막길을 오르는데, 아이가 풀이 죽은 얼굴로 금세 돌아 내려왔다. 주아가 내 소매를 잡아끌며 말했다.

"다람쥐통 수리 중이래. 그리고 이상한 아저씨가 젤리 준다고 말 걸어서 그냥 왔어."

"아무 일 없었지?"

아이는 고개를 끄덕였다. 행여나 아이들을 대상으로 하는 범죄에 휘말렸나 싶어 가슴이 철렁했다. 곧 큰 변화 없는 아이의 상태를 확인하고 나서야 나는 발길을 돌렸다. 회전목마와 어린이용 놀이 기구를 몇 대 탄 후 우리는 벤치에 앉았다. 목이 타서 집에서 가져온 이온음료를 홀짝였다. 주아에게도 내밀었지만 아이는 고개를 저었다.

"미지근한 거 마시면 더 목말라."

양 다리를 위아래로 흔들던 아이의 시선이 어느 한 곳으로 집중됐다. 주아 또래의 아이가 제 몸만 한 크기의 꼼꼼이 인형을 안고, 다른 한 손에는 물방울이 송골송골 맺힌 음료를 든 채 지나가고 있었다. 주아는 아이가 점처럼 작아져서 보이지 않을 때까지 집요하게 모습을 쫓았다. 아, 작은 탄식이 나오려는 걸 나는 애써 참았다. 주아가 바라는 게 뭔지 묻지 않아도 알 수 있었다. 주아가 내 눈치를 보며 입을 달싹였다. 곧 작은 입에서 예상했던 말이 튀어나왔다.

"곰곰이 엄청 크다."

"그러게."

"나도 저런 큰 인형 가지고 싶다. 그럼 엄마가 일 가더라도 안 심심할 거야."

나는 고개를 끄덕이면서 머릿속으로 인형의 가격을 추측했다. 손바닥만 한 크기의 기본 인형이 만 5천 원이었다. 아이 몸집만 한 크기는 분명 못해도 7만 원은 훌쩍 넘길 것이다. 식은땀이 흘렀다. 놀이공원은 직장에서 우연히 생긴 티켓으로 올 수 있었지만, 그 이상을 누리게 해 주기엔 빠듯했다. 여기까지 오는 교통비와 예쁘기만 하고 맛없는 식사만으로도 이미 생각보다 많은 돈이 나갔다. 나는 입술을 잘게 씹었다.

아이가 장난감을 탐낼 것은 예상하고 있었다. 주아는 늘 가지고 싶은 게 많았다. 그래도 놀이공원에 데려오고 싶었던 까닭은 삭막한 어린 시절을 남겨 주고 싶지 않았기 때문이다. 나는 미래의 주아가 과거를 기억할 때 반짝반짝 빛났으면 했다. 그건 내가 평생 원했고, 또 끝내 이루지 못한 일이었으니까.

매번 무리해서라도 주아가 바라는 대로 이뤄 줬다. 아이가 원하는 걸 사 줄 땐 나 역시 기뻤다. 능력 있고 자상한 엄마가 된 것 같았다. 그래서 그 사실을 간과했다. 아이가 클수록 가지고 싶어 하는 것도 더욱 늘어난다는 사실을 말이다. 나는 다시 한 번 이번 달 남은 생활비를 계산했다. 친구 생일 파티에 간다는 주아에게 브랜드 옷과 선물을 사 준 게 불과 지난 주의 일이었다. 저만 한 크기의 인형은 도저히 무리였다. 나는 주아의 어깨에 손을 얹고 웃으며 말했다.

"주아야. 저렇게 큰 인형은 가지고 놀기도 힘들고 빨래도 엄청 힘들어. 우리 작은 거 사는 건 어때?"

"작은 인형은 집에도 있어. 큰 게 좋아. 큰 거 사 줘 엄마. 응?"

"집에 인형 많잖아. 또 사면 낭비야."

"인형 사 줘, 사 줘!"

아이가 떼를 쓰며 외쳤다. 지나가던 사람들이 흘긋거리는 시선이 느껴졌다. 나는 일그러지는 얼굴을 애써 가다듬으며 주아를 달랬다. 아이의 눈에서 눈물이 방울져 흐르기 시작했다. 가슴이 둔하게 쓰려 왔다. 즐거워지기 위해 무리해서 나온 나들이였다. 한 달 생활비에서 한참을 까먹었지만 괜찮다고 생각했는데.

어렸을 때 엄마와 장을 보러 시내에 가면 나는 늘 투정을 부렸다. 가지지 못할 물건인 걸 알면서도 졸랐다. 엄마가 나에게 죄책감을 가졌으면 했다. 원하는 걸 쥐어 주지 못하는 엄마가 미웠다. 그럴 때마다 엄마의 눈에 깃든 서늘함이 무엇이었는지, 이제는 알 것 같았다.

아이의 손목을 잡아당겼다. 주아는 엉덩이에 힘을 주고 일어나지 않았다. 깊은 한숨이 터져 나왔다. 나는 다시 한 번 눈을 마주친 채 다그치며 물었다.

"주아야. 너 엄마 말 안 들을 거야?"

"인형 가지고 싶어. 가지고 싶단 말이야, 우리 집이 가난해서 그래?"

"그게 무슨 소리야."

"애들이 놀린단 말이야. 엄마밖에 없으니까 가난한 집이라고."

말문이 막혔다. 아이는 울먹거리는 목소리로 작은 주먹을 쥐었다 펴며 말을 이었다.

"맨날 엄마는 밖에 있는데 나는 가지고 놀 것도 없잖아. 친구들 중에는 핸드폰 있는 애도 있는데…."

주아가 눈물로 범벅된 얼굴을 잔뜩 구긴 채 나를 노려봤다. 그 모습은 흡사 작은 악마 같았다. 울고 싶은 쪽은 오히려 나였다.

"계속 그러면 엄마 너 두고 간다."

"…."

목이 메는 걸 참고 단호하게 말했다. 주아는 여전히 입술을 비죽 내놓은 채로 일어나지 않았다. 나는 결국 들으란 듯이 한숨을 내쉬고 몸을 돌렸다. 쿵쿵 소리를 내며 걸었다. 보통 이쯤 되면 마지못해 따라오는 기미가 보여야 하는데, 아무런 기척도 나지 않았다. 아이는 여전히 벤치에 앉아 있었다. 쟤가 오늘따라 왜 저러지. 갈수록 고집과 울음만 늘어 가는 것 같다.

"마지막이야. 이번에 안 오면 엄마 진짜로 그냥 가."

주아는 몸을 약간 떨었지만 고개를 휭하니 돌렸다. 나는 그대로 주아를 등진 채 직진했다. 그렇게 얼마나 걸었을까. 작열하는 태양에 정신이 아득해지는 듯했다. 열기로 뜨거운 이마를 감싸 안고 거리 한복판에 웅크려 앉았다. 지나가던 사람들 몇몇이 괜찮냐고 물어 왔지만 고개만 내저었다. 괜찮지 않았다.

어디서부터 잘못되었을까. 젊었을 때에는 애가 생긴다면 가지고 싶다는 걸 전부 가지게 해 주고 싶었다. 그렇지 못할 상황이면 애를 가지지 말아야겠다고 다짐했다. 일찍부터 일을 시작해 돈을 벌었고, 힘든 와중에 야간대학도 다녔다. 어느 정도 먹고 살 만해졌을 때 남편을 만났다. 남편은 대학 교수 채용을 앞둔 연구원이었고, 기회라고 생각했다. 절대 계획 없이 진행한 결혼이 아니었는데.

주아가 생기고 얼마 지나지 않아 남편은 교수가 되었다. 정교수가 아닌 시간강사였다. 남편이 연구원과 강사 노릇을 병

행할 때는 그래도 괜찮았다. 단단한 줄이 있어서 정교수 채용도 금방이라고 밥 먹듯이 말하곤 했다. 나는 그 말을 곧이곧대로 믿었다. 남편은 연구원을 그만두고 그 줄을 따라다니기 시작했다. 상황이 급격히 나빠진 건 그때부터였다. 나는 수입이 없는 남편을 대신해 일을 구했다. 이전의 경력이 인정되지 않아 처음부터 다시 시작해야 했다.

남편은 점점 이상해졌다. 교수가 되기 위해서라며 낡은 책을 가져와 방에 처박히더니 밖으로 나오지도 않고 폐인이 되었다. 강제로 끌어내려 해도 소용이 없었다. 안에서 무슨 짓을 하는 건지 방 주위에는 늘 개미들이 들끓었고 이상한 냄새가 풍겼다. 하루가 멀다 하고 남편이 주문한 어마어마한 양의 택배들이 문 앞에 쌓였다. 내용물은 모조리 젤리였다.

남편의 눈에서 초점이 완전히 사라진 날, 결국 나는 주아를 데리고 낡은 아파트를 도망쳐 나왔다. 내 어깨를 붙잡던 남편 손의 촉감을 잊을 수가 없다. 믿을 수 없게 물렁했고 소름 끼칠 만큼 축축했다. 그 뒤로는 남편을 볼 수 없었다. 그는 어디로 간 걸까. 아, 너무 많은 것들이 뒤죽박죽이다. 도저히 풀 수 없을 만큼 심하게 엉켜 버린 실타래 같다.

오후의 해가 정수리를 뜨겁게 달궜다. 나는 이리저리 흔들리던 아이의 머리를 떠올렸다. 고개를 들고 머리를 감쌌던 양손을 바라봤다. 언제 이렇게 말랐는지 손가락이 볼품없이 가

늘었다. 아주 오래 전에 잡았던 엄마의 손가락이 겹쳐 보였다.

오늘만큼 무더운 날이었다. 수십 년도 더 전의 일인데 어째서인지 그 순간만큼은 선명하게 기억이 났다. 북적이는 인파에 밀려서 꼭 쥐었던 엄마의 손을 놓쳐 버렸다. 아니, 내가 놓친 게 아니었다. 엄마의 손가락은 스스로 빠져나갔다. 손바닥을 매끄럽게 빠져나가던 가는 손가락의 감촉을 기억한다. 꼭 아이의 손아귀에 붙잡힌 물고기처럼 퍼덕이더니 스르륵 멀어졌다.

시장을 한참 동안 배회하던 나는 결국 아는 아주머니의 도움으로 집에 돌아올 수 있었다. 엄마는 집에 있었고 나에게 아무 말도 하지 않았다. 그 뒤로 한 번도 제대로 묻지 못했다. 그때 어쩌다가 내 손을 놓쳤냐고, 아니면 놓아 버린 거냐고. 그리고 이제는 엄마의 답을 알 수 있을 것 같았다.

뼈가 도드라진 손으로 얼굴을 쓸었다. 축축한 물기가 묻어 나왔다. 자리에서 일어나 주아를 두고 온 벤치를 향해 달리기 시작했다. 주변 사위는 여전히 소란스러웠다. 얼마 지나지 않아 떠나온 벤치가 보였다. 얌전히 앉아 있어야 할 아이가 없었다. 아무도, 아무것도 없었다.

"주아야? 주아야!"

목청껏 주아를 불렀다. 시야가 뱅글뱅글 돌았다. 지나가는 사람마다 붙잡고 주아에 대해 물었으나 잘 모르겠다는 대답만 돌아왔다. 가까운 곳에 초록색 복장의 직원이 보였다. 휘청이는 몸을 간신히 이끌고 가서 따지듯이 물었다.

"여자애구요, 노란색 반팔 티에 아 맞아, 보라색 소라 모양 핀을 했어요. 혹시 못 보셨어요?"

연두색 모자를 깊게 눌러 쓴 직원이 손가락으로 어딘가를 가리켰다. "다람쥐통 200m"라 적힌 표지판이었다. 나는 다짜고짜 그곳을 향해 뛰었다. 오르막길을 한 발 한 발 내딛을 때마다 숨이 차올랐다. 다람쥐통으로 가는 길에는 아까와는 다르게 사람이 많았다. 나는 쉬지 않고 주아의 이름을 불렀다. 그렇게 크게 불렀는데도, 아무도 돌아보는 이가 없었다. 꼭 내 목소리가 들리지 않는 것 같았다. 나는 인파를 헤치며 주아를 찾아 헤맸다. 지나가는 이들의 어깨를 붙잡을 때마다 신기루처럼 사라질 뿐, 아무것도 잡히지 않았다.

나를 통과해 지나가는 사람들 사이에 서서 목청껏 주아를 외쳤다. 뭔가 이상하다는 느낌이 들었지만 신경 쓸 새가 없었다. 그때 익숙한 실루엣이 눈에 띄었다. 인파 사이로 손을 잡고 걷는 모녀가 보였다. 소라 핀으로 머리를 고정한 여자는 피곤에 찌들어 보였고, 아이는 아이다운 해맑음이라고는 없는 무표정을 짓고 있었다. 그제야 나는 이곳이 놀이공원이 아닌, 엄마를 잃어버렸던 시내라는 걸 깨달았다. 나는 모녀를 따라 걸었다. 눈앞에 끝내 외면했던 그 순간이 펼쳐졌다.

사거리를 지날 때 한 무더기의 술 취한 등산객 무리들이 몰려왔다. 여자가 흘긋 아이를 내려다보았다. 아이가 다가오는 인파와 부딪치지 않기 위해 몸을 튼 사이, 여자는 아이의 손을 떨치고 등산객 무리로 섞여 들어갔다.

홀로 남은 아이는 텅 빈 자신의 손을 오랫동안 응시했다. 아이가 고개를 들었다. 어린 시절의 내가 나를 바라봤다. 나는 나를 향해 한 발 한 발 내딛었다. 집에 데려다주어야 했다. 아무리 걸어도 간격이 좁혀지지 않았다. 어린 나는 여전히 나를 뚫어져라 바라보고 있다. 나는 울 것 같은 기분으로 양팔을 내밀었다. 어린 내 얼굴은 붓으로 휘저은 물감처럼 뭉개지고, 어느새 그 자리엔 주아가 서 있었다. 나는 주아의 이름을 불렀다.

눈을 뜨자 아기자기한 천장 무늬와 함께 의무실이라 적힌 안내판이 눈에 들어왔다. 옆에 앉아 있던 간호사가 정신이 드셨냐며 말을 걸어 왔다.

"다람쥐통 길목 앞에서 쓰러지셨어요. 별다른 이상은 없구요, 폭염 속에서 과로하셔서 그런 것 같아요. 푹 쉬시면 괜찮을 거예요. 다른 보호자는 없으시고요?"

굉장히 끔찍한 악몽을 꾼 것 같은데 기억나지 않는다. 보호자라는 말에 나는 상체를 일으켜 급히 주위를 둘러봤다. 당황스러워 보이는 간호사를 보며 물었다.

"우리 주아는요? 혹시 옆에 아홉 살짜리 여자애는 없었어요?"

"쓰러지셨을 땐 혼자셨는데…. 아이를 잃어버리신 거면 미아보호소에 연락해 놓을게요. 금방 찾을 수 있을 거예요. 보통은 30분 안쪽이면 찾아요."

간호사의 말을 듣자마자 의무실을 뛰쳐나갔다. 미아보호소라 적힌 빨간 버섯집에 들어가 아이의 특징들을 나열하자 직원들이 내부를 둘러보더니 당혹스러운 얼굴을 했다.

"어, 분명히 저 뒤에 있었거든요. 또래 여자애 하나랑 같이 앉아 있었는데 어디 갔지…. 화장실 갔나?"

화낼 정신도 없었다. 어쨌든 주아가 미아보호소에 있을 때까지 무사했다는 건 확실했다. 좀 전까지라고 했으니 멀리 못 갔을 것이다. 나는 미아보호소에서 나와 다시 놀이공원을 헤집었다.

다행히 주아는 멀지 않은 곳에 있었다. 저 멀리 벤치에 앉아 양 다리를 흔드는 주아가 보였다. 나는 풀썩 꺾이려는 다리에 가까스로 힘을 주었다.

"주아야!"

빠르게 주아를 향해 달렸다. 아이의 눈이 천천히 나를 향했다. 그 얼굴 위로 사거리의 내가 겹쳐졌다. 절대 떨어지지 않을 것이다. 다시는 주아의 손을 놓지 않을 거야. 나는 아이를 꼭 안았다.

6

사바스 Sabbath

현경은 얼굴의 반 이상을 가리는 답답한 마스크를 잡아
내렸다. 상쾌함을 느끼는 것도 잠시, 곧바로 코를 비집고 침입
하는 독한 소독약 냄새에 그녀는 인상을 구겼다. 맨 얼굴로 숨
을 들이쉬자 불쾌한 냄새는 더욱 짙어졌다. 코 안의 후각세포
들이 녹아내리는 듯했다.

　새벽 내내 락스로 건물 세 층을 박박 닦았으니 냄새가 독
한 건 어쩔 수 없는 일이었다. 현경은 차분히 표정을 가다듬었
다. 곧 본래의 고요한 얼굴로 돌아온 그녀는 가지런히 4열로
선 직원들과 눈을 맞추며 운을 뗐다.

　"여러분, 오늘도 다들 수고하셨습니다."

　"수고하셨습니다!"

　직원들이 박수와 함께 답했다. 그들이 하나둘 셔틀버스에

올라타는 모습을 확인한 후 현경은 자신의 차로 향했다. 냄새는 사라지기는커녕 점점 짙어져서 이제는 머리가 아플 지경이었다. 팔을 뻗어 신경질적으로 조수석 서랍을 뒤졌다. 서랍 안에는 시중에서 대량으로 판매하는 작은 젤리 봉지들이 가득했다. 개중 하나를 꺼내 단맛을 음미하며 꼭꼭 씹었다. 소독약 냄새는 점차 가셨다.

저 멀리 주차장을 빠져나가는 거대한 셔틀버스가 보였다. 현경은 차에 시동을 걸었다. 버스의 옆면에는 광난클린이라는 회사명과 함께 청록색 스프레이형 락스를 들고 미소 짓는 현경의 사진이 붙어 있었다. 현경은 약간은 뿌듯하고, 또 약간은 창피하기도 한 모호한 기분으로 실제보다 훨씬 거대한 자신의 얼굴을 바라봤다. 결국 먼저 출발한 버스의 모습이 사라지고 나서야 그녀는 느리게 주차장을 빠져나갔다. 오후의 대학교 초청 강연 전까지 집에서 좀 자 둘 생각이었다.

작년에 모 경제지에서 선정한 우수 CEO 명단에 이름을 올린 후로 현경은 종종 크고 작은 강연에 초청되었다. 척박한 청소 용역 시장에서 직원들에게 복지다운 복지를 제공하는 드문 회사로 꽤나 화제가 되었는데, 직원 중 하나가 SNS에 미담을 흘린 후로는 흡사 성인처럼 떠받들렸다. 사장이 매일 새벽마다 고된 출장 청소를 함께한다는 내용이었다. 누가 찍었는지, 마스크를 낀 현경의 모습까지 증거 사진으로 첨부되면서 각종 인터뷰 요청이 쇄도했다.

"저에게 있어서 새벽 청소는 일종의 수련입니다. 대부분의 사람들이 청소를 단순노동이라고 여기지만, 오염된 부분을 깨끗하게 만든다는 점에서 이 노동은 일종의 종교적 정화 의식과 닿아 있습니다. 저는 매일 아침 직원들과 함께 땀을 나누며 수련을 하는 겁니다. 이는 봉사적 행위도 아니고, 남들에게 보이기 위한 이미지 메이킹도 아니며 단순히 저 스스로를 단단하게 만들기 위한 행위입니다."

새벽 청소가 이미지 메이킹을 위한 설정이 아니냐는 공격적인 질문에 대한 현경의 답변은 강연 장면과 함께 캡처되어 '한국의 흔한 사업가.JPG', '직업 만족도 200% CEO'라는 이름으로 인터넷 공간을 떠돌았다. 자녀를 가진 직원들이 다가와 사인을 부탁하는 경우도 있었다. 직원들은 우리 애들이 사장님처럼 되고 싶대요, 라고 말하며 웃곤 했다. 그럼 현경은 애매한 미소를 지으며 답했다.

"저보다는 똑똑하게 살아야죠."

집에 돌아온 현경은 현관에 서서 손을 모으고 눈을 감았다. 작게 주문인지 기도인지 모를 것을 읊는 얼굴이 수도사 못지않게 신실했다. 잠시 뒤 그녀는 눈을 지그시 뜨고 집안을 둘러보았다. 나가기 전과 마찬가지로 새집처럼 깔끔했다. 결벽증이 있는 현경의 집에 먼지란 없었다. 냉장고 위, 창틀, 찻장 선반처럼 방심하기 쉬운 곳조차 윤이 났으며 그 흔한 곰팡이나

물 얼룩조차 없었다.

현경은 만족스러운 미소를 지으며 자신의 방으로 들어섰다. 정장 재킷을 벗고 잔에 와인을 따라 방 안쪽의 또 다른 문 앞으로 다가갔다. 안방에 딸린 화장실과 드레스 룸, 그리고 창고를 뚫어 하나로 만든 이 비밀의 방은 오직 현경의 지문 인식으로만 들어갈 수 있었다.

현경은 와인을 한 모금 입에 머금고 잠금장치에 손가락을 가져다 댔다. 평이한 알림음과 함께 문이 열렸다. 내부는 창문이 없어 한낮임에도 밤처럼 어두웠다. 조명을 켜자 불그스름한 불빛이 방 곳곳에 놓인 기묘한 물건들을 은은히 비췄다.

진짜인지 가짜인지 모를 미라의 손목, 악마를 조각한 석상, 거꾸로 된 십자가상과 부두교의 저주 의식에 쓰였던 인형들. 전부 현경이 심혈을 기울여 모은 수집품들이었다. 아프리카나 오지에서 밀수를 하느라 고생한 경우도 많았다.

유 사장은 애장품들을 지나 방의 제일 끝으로 향했다. 수많은 애장품 중에서도 제일 아끼는 물건은 따로 있었다. 족히 백 년은 된 아르누보 양식의 진열장에 놓인 건 단 한 권의 책이었다. 현경은 와인을 내려놓고 거친 손에 면장갑을 씌웠다. 손을 뻗어 조심스레 낡은 책을 꺼냈다. 아무것도 없는 겉표지를 넘기자 누렇게 바랜 페이지가 나타났다. 그녀는 첫 장에 적힌 문장을 낮게 소리 내어 읽었다.

"우리는 악마와 함께 춤춘다."

붉은 조명에 비친 현경의 얼굴이 기이하게 흔들렸다. 그녀는 책을 덮고 노트북이 놓인 책상 앞에 앉았다. 전원을 켜자마자 어두운 화면에 그림 하나가 떠올랐다. 의식을 치르는 숭배자들과 악마를 조각한 판화였다. 중세 시대에 이름 없는 화가가 제작한 이 판화는 현경의 수집품 목록에 들어 있기도 했다. 아마 화가 역시 분명 숭배자 중 한 명이었을 것이다.

판화를 클릭하자 그림 속 솥이 끓고 삐죽 튀어나온 손목이 녹아내리기 시작했다. 간단한 플래시가 끝나고 떠오른 화면 위로 게시판 하나가 주르륵 펼쳐졌다. 현경은 게시판의 맨 위에 걸린 글을 바라봤다. 닉네임 소독, 자신이 쓴 글이다. 어제 쓴 글은 어마어마한 트래픽과 댓글을 자랑하며 게시판의 맨 꼭대기에 오늘의 인기 글로 자리 잡았다. 그녀는 게시글을 클릭했다.

[사바스는 옵니다.]
: 우리의 선조들은 사회—경제적으로 어떤 꼭대기에도 오를 수 없는 자들이었습니다. 그런 자들을 그분이 받아들여 보살폈습니다. 선조들은 종교를, 나라를, 가족을 버리고 자발적으로 그분의 종이 되었습니다. 그리고 살아남았습니다. 우리 마녀들은 어디에나 있습니다. 그분은 허상이 아닙니다. 실존합니다. 제가 바로 그

증거입니다. 저는 그분의 책을 가지고 있고, 그분의 글자를 읽을 수 있습니다. 그분을 마주했습니다.

여러분, 그분은 인간의 마음을 어루만집니다. 꼭 필요한 순간에 다디단 젤리를 건넵니다. 이제 얼마 남지 않았습니다. 분명 사바스는 옵니다. 연회가 얼마 남지 않았습니다. 그분은 인자하고 자비로운 분입니다. 오직 믿음만이 사바스로 우리를 인도합니다.

단, 몇몇 성급한 회원님들이 섣불리 그분의 심중을 추측하고 오해하는 양상을 보이는 것 같습니다. 사바스가 벌어질 장소를 유추하는 건 아무런 소용이 없습니다. 그런 건 중요한 게 아닙니다. 연회에는 선택받은 자만이 갈 수 있으니까요. 헛된 데 힘을 쏟을수록 그분의 눈 밖에 날 뿐입니다. 그럼 모두들 좋은 하루 보내시기 바랍니다.

자신의 글 밑에 줄줄이 달린 댓글을 읽는 것은 현경의 거의 유일한 취미 생활이었다. 네임드인 자신의 정체를 추측하는 하위 회원의 글들은 하루에도 몇 개씩 올라왔다.

저명한 문과 계열 교수일 것이다, 아니, 저번에 호텔 인증한 거 못 봤느냐. 분명 그쪽 분야 재벌일 것이다. 사이비 출신 범죄자 아니냐, 이런 밑도 끝도 없는 추측 글을 볼 때마다 그녀는 유쾌해졌다. 꼭 저들의 신이라도 된 것 같은 기분이 들었다. 누구라도 될 수 있지만 실은 누구도 아닌 존재. 그게 소독이었다. 그렇게 가벼운 기분으로 각종 찬양과 동의의 댓글들을 읽어 내려가는 와중에 거슬리는 문장을 하나 발견했다.

"잘못 짚은 거 같은데."

닉네임 젤리빈, 현경은 입술을 짓씹었다. 이 딥웹에서 유일하게 거슬리는 존재가 있다면 바로 저놈이다. 자신이 올리는 게시글 내용을 하나하나 따져 가며 반박글을 올렸고, 댓글을 통해 시비를 걸어 왔다. 처음에는 단순 어그로라고 여겼던 여론도 꾸준한 놈의 행보에 이제 그놈을 소독의 라이벌로 여기는 분위기였다.

"라이벌? 웃기는 소리."

용납할 수 없었다. 그분을 모시는 이 집단 안에서만큼은 자신이 일인자여야 했다. 왜냐고? 나는 그분의 목소리를 들었고, 그분과 직접 마주했고, 그분의 책을 가지고 있으니까. 그리고 읽을 수 있으니까. 그런 사람은 이 세상에 자신 하나뿐이어야 했다. 하나가 아니면 의미가 없다.

게시글에서 나가자 그사이에 새로 등록된 글이 'new!' 아이콘과 함께 반짝였다.

[사바스는 뉴서울파크에 온다_소독 글 반박]

새 글은 빠르게 현경의 게시글을 제치고 맨 꼭대기를 차지했다. 작성자 젤리빈. 그녀의 얼굴이 사정없이 구겨졌다. 놈이 하는 말은 뻔하다. 그분의 존재를 믿고 숭배하는 우리에겐 그분의 선택을 받을 권리가 있다. 사바스를 일으켜야 한다. 말도 안 되는 소리였다.

다 부질없는 짓이다. 그분은 한낱 인간이, 우리가 예상할 수 있는 분이 아니었다. 각자의 몫을 해내며 기다리면 알아서 다가오는 자비로운 분이다. 그러나 놈이 하는 짓은 그분을 숭배하는 사람의 처사라기엔 너무나 무례했다. 영접할 수 있는 장소를, 사바스가 일어날 위치를 알아서 뭘 어쩌겠다는 것인가. 직접 사바스를 열기라도 하려고? 이건 도전이야. 현경이 낮은 목소리로 중얼거렸다.

더 황당한 것은 댓글의 반응이었다. 공격적인 분위기를 띤 몇몇 글이 그분과 자신을 아래로 매도하며 젤리빈을 찬양했다. 이건 신성모독이다. 눈 안쪽이 홧홧했고 마우스를 쥔 손에는 힘이 들어갔다. 놈이 그동안 혼자 무슨 짓을 하든 어떤 생각을 하든 알 바가 아니었지만 이번만은 참을 수 없었다. 현경은 잠시 머리를 짚으며 화를 가라앉혔다.

젤리빈, 놈은 도대체 어떤 인간인가. 버릇이 없긴 하지만 초반에 놈이 올린 각종 분석글과 희귀 서적 해석본은 제법 그럴듯했다. 현경은 젤리빈이야말로 어디 대학교 연구실을 전세 낸 교수일 것이라고 추측했다. 그 교만한 태도로 보아 분명했다. 대학원생들의 미래를 저당 잡고 강대국의 왕이라도 된 양 제멋대로 굴겠지.

이제 한계였다. 이번 게시글에서 놈이 반역자라는 점이 확실해졌다. 어디선가 코를 찌르는 소독약 냄새가 풍겨 왔다. 그녀는 이 냄새가 실제로 풍기진 않는다는 걸 알고 있었다. 코를 막는다고 사라지지 않는다는 사실 역시도.

　머리에 통증이 일었다. 현경은 눈을 감고 해진 가죽으로 된 책의 모서리를 만지작거렸다. 어두운 시야에 잔상처럼 지난날이 펼쳐졌다. 그분을 영접하기까지 얼마나 우매한 삶을 살았던가. 그러나 쓸모없는 우연은 없는 법. 모든 우연은 십자수의 한 땀처럼 모이고 모여 형태를 이룬다. 이 역시 그분이 그린 도안의 일부일 것이다.

　　　　◉

　이제 와 자신의 신혼 생활을 떠올려 보면 그야말로 코미디였다. 남편은 자존심이 하늘을 찔렀고, 세상에서 자기 자식이 제일 잘난 줄 알았던 시어머니는 며느리를 노예쯤으로 아는 사람이었다. 배울 만큼 배워서 대학 교수까지 된 사람이 그랬다. 우스운 건 그 시절의 자신도 그들과 다를 바 없었다는 것이다. 늙은 고집불통 노인네가 뭐가 그리 무서웠는지. 이렇게 나사가 하나씩 나간 캐릭터들이 등장하는데, 코미디가 아니라면 대체 무슨 장르란 말인가.

　시어머니인 강판주 씨에게는 심각한 결벽증이 있었다. 청소를 해도 해도 더럽다고 난리였다. 손톱에서 피가 날 때까지 걸레질을 한 적도 있었다. 당시에는 그것도 병이라고, 현경은 짜증보다도 연민이 더 크게 들었다. 살날 얼마 남지 않은 노인네, 비위나 잘 맞춰 줘야지. 그렇게 생각하며 하라는 대로 지고지순히 행동했다.

다시 생각해도 우스웠다. 쥐가 고양이 생각하는 꼴이었다. 한참이 지나고 나서야, 열 손가락이 독한 락스 때문에 찢어지고, 갈라지고, 퉁퉁 붇고 나서야 현경은 판주에게 결벽증 따위는 없다는 걸 깨달았다. 전부 단순한 심술이었다는 걸.

그 사실을 알았을 때 현경은 이미 걸레질을 멈출 수 없게 된 후였다. 진짜 결벽증은 시어머니가 아닌 현경에게 왔다. 집안의 먼지 하나, 얼룩 하나 그냥 둘 수가 없었다. 손은 계속해서 찌들어 갔고 코에선 독한 소독약 냄새가 가시지 않았다.

후각을 마비시키는 그 지독한 향이 가시게 할 방법은 단 하나였다. 아주 단것을 입안에 굴리는 것. 남편은 텁텁하다고 입에도 대지 않는 단것들을 현경은 입에 달고 살았다. 덕분에 충치가 생길 정도였으나 끊을 수가 없었다.

남편에 대해서는 오히려 할 말이 없었다. 그는 정말로 할 줄 아는 일이 없었다. 그럼에도 새로운 사업을 시작했는데 특허를 낸 락스 제품과 연계한 청소 도우미 사업이었다. 사업 초기라 일은 많았고 사람은 부족했다.

현경은 낮이면 회사에서 남편 사업을 도왔고 저녁이면 집에서 청소를 했다. 눈 코 뜰 새 없이 바빴다. 그는 항상 일을 벌리기만 할 뿐, 수습은 늘 현경의 몫이었다. 다들 사장님이 아닌 사모님만 찾아 댈 정도였다. 그렇다고 현경에게 제대로 된 직급이 있는 것도 아니었다. 현경은 점점 회사에서 듣는 사모님 소리가 불쾌해졌다. 사장의 부인이 아닌 제대로 된 직함으로 불리길 원했다.

밖에서 일을 하고 돌아와도 판주의 대우는 바뀌지 않았다. 오히려 바깥일 한다고 너무 기고만장하지 말라며 수시로 악담을 퍼부었다. 그 와중에도 남편은 집에 없었다. 일주일 중 반 이상을 그는 술에 취해 들어왔고, 그렇지 않은 날에는 이유 없이 늦었다. 매일 밤 현경은 생각했다. 그는 도대체 어디에 있는 걸까. 어디에서 무얼 하고 있길래 자신은 이렇게 남편 대신 바쁜 건가. 뱃속에 뜨거운 것이 불룩이는 기묘한 기분이 들었다. 현경은 손에 쥔 걸레를 노려봤다.

'아, 치워 버리고 싶다.'

결벽증은 눈에 보이는 것들을 넘어 이제 현경의 안쪽까지 파고들었다. 남편과 시어머니가 흰 바닥에 묻은 얼룩처럼 느껴졌다.

남편의 외박은 갈수록 잦아졌다. 일은 자신이 다 하는데 도대체 무슨 미팅을 하고 돌아다니는지 알 수가 없었다. 한번 따지기라도 하면 그대로 판주에게 달려가 싸운 내용을 상세히도 일러바쳤다. 앞뒤 상황과 모든 증거를 무시하고 교묘하게 자신만 피해자인 것처럼 말을 꾸몄고, 현경은 어느새 남편을 배려하지 못하는 억센 아내가 되어 있었다. 매번 얼마나 거짓말을 잘하는지 감탄이 나왔다. 그는 오히려 글쟁이가 되는 편이 나았을 것이다. 판주는 그의 유일한 독자이자 팬이었고 언제나 악역은 현경의 몫이었다.

그 모자와는 말이 통하지 않는다는 걸 깨달은 뒤로 현경은 체념했다. 세상에서 버려진 기분이었고, 다시는 제대로 살아갈 수 없을 것 같았다. 제 인생을 구렁텅이로 처넣은 것은 잘못된 선택을 한 자신이며 그에 따른 벌을 받게 되었다고 생각했다. 억울했다. 돌파구가 간절하게 필요했다.

마트에서 장을 보는데 작은 양념통이 눈에 띄었다. 집에 양념통은 많았지만 충동적으로 장바구니에 집어넣었다. 집에 돌아와서는 그 안에 늘 달고 사는 푸른색 락스를 가득 채웠다. 투명한 플라스틱 병 안에서 찰랑이는 액체는 꽤 예뻐서, 꼭 움직이는 보석 같았다.

현경은 그걸 오랜 시간 동안 방치했다. 생각을 직접 행동으로 옮기기까지는 나름의 준비가 필요했다. 퍽이나 대단한 것이 아님에도 그랬다. 그 시절의 자신은 너무도, 정말 너무도 무르고 착했으니까. 그리고 무엇보다 신호탄이 필요했다. 경계에 닿을 듯 말 듯 찰랑이던 감정을 완전히 튀어 오르게 할 자극이. 그 순간은 허무할 만큼 난데없이 찾아왔다.

아침부터 콧노래를 흥얼거리는 판주는 기분이 좋아 보였

다. 현경이 순식간에 젤리 한 봉지를 전부 비웠음에도 뭐라 잔소리를 하지 않았다. 전날 새벽에 나가 들어오지 않은 남편을 빼고 둘이 마주 보며 밥을 먹는데, 판주가 불쑥 신문을 내밀었다.

"차분히 정진하는 기업, ○○○ 대표"

고작 그딴 헤드라인이었다. 사진 안에서 남편이 가식적인 웃음을 짓고 있었다. 입안의 밥알들이 모래알 같았다. 현경은 가까스로 음식물을 삼키고 판주를 응시했다. 환갑이 가까워진 노인은 사진 속의 아들이 사랑스럽다는 듯이 종이를 만지작거렸다. 징그러워서 헛웃음이 흘러나왔다.

"넌 참 남편 하난 잘 만났지. 어디서 이런 사람 만나겠니?"

그러고 보면, 판주의 아들 사랑은 참 한결같았다. 서른이 넘은 아들이 초등학교 때부터 받은 상이 안방의 한쪽 벽면을 빼곡히 차지했다. 그 모든 상을 받은 아들 자체가 그녀에게는 상장일 터였다. 그리고 며느리는 상장에 딸려 오는 사은품 같은 존재인 것이다. 그 당연한 사실이 그제야 와닿았다. 딱딱하게만 느껴지는 밥알을 삼키고 역한 냄새가 올라오는 국을 넘겼다. 현경은 안쪽의 뭔가가 바스러지는 소리를 들었다.

현경은 하루에 세 번 찬장 구석에 숨겨 놓은 양념통을 꺼냈다. 저들이 먹는 음식에 딱 한 방울씩의 락스를 떨어뜨렸다. 자신이 하는 행동이 그다지 미친 짓이라고 생각되지 않았다.

현경은 그냥, 좀 더 나은 기분을 위해서 그렇게 했다. 식후에 비타민을 한 알씩 삼키는 것처럼.

소독약 냄새가 풍겨 오는 보석 같은 푸른색 액체가 남편과 판주의 목구멍을 타고 넘어간다고 생각하면 현경의 기분은 자일리톨을 씹은 듯이 상쾌해졌다. 오랜 시간 묵은 때를 천천히 공들여서 지우는 것 같았다. 단 세 방울의 락스로 저들이 어떻게 되지는 않을 것이다. 자신이 받는 스트레스가 그 세 방울이 신체에 미치는 영향보다 크다는 확신이 있었다.

드물게 특수 청소 의뢰가 들어온 날이었다. 그날도 남편은 미팅을 핑계로 어디론가 사라지고 없었다. 의뢰 계약서를 작성하기 위해서는 현장에서 직접 견적을 따져 봐야 했기에 현경은 아침부터 출장 준비를 했다.

원래 이런 업무는 대부분 실장의 몫이었다. 그런데 이번에는 먼저 다녀온 실장이 도저히 견적을 낼 수 없다며 현경에게 도움을 청한 것이다. 도대체 어느 지경이길래 그리 호들갑을 떠는지, 낮부터 좋지 못한 꼴을 보게 생긴 현경의 입에서 한숨이 흘러나왔다.

남편이 낮부터 어두운 지하의 술집에서 낯선 인간들과 술을 퍼마시는 동안, 현경은 지은 지 족히 10년은 돼 보이는 서울 변두리의 아파트에 있었다. 아파트 현관에 들어서자 묵은 습기와 먼지가 코를 간지럽혔다. 엘리베이터에서는 짙은 소독약 냄새가 풍겼다. 청소 중이었는지 구석에 걸레와 양동이가 놓여 있었다. 현경은 손으로 코와 입을 막았다. 문득 이러다 후각을 영영 잃게 되진 않을까 하는 걱정이 몰려왔다.

4층으로 올라가자 청소를 의뢰한 집주인이 현경을 맞이했다. 푸근하지만 부유해 보이는 인상의 중년 여자가 현경을 407호로 안내했다. 문이 열리자마자 불쾌한 습기가 뿜어져 나왔다. 사람이 살았던 집이 이렇게까지 습할 수 있나, 분명 어딘가 공사가 잘못된 집임이 분명했다. 현경은 천천히 내부로 향했다. 한 발 한 발 안으로 들어갈수록 습기보다 더 거슬리는 은은한 단내가 코를 괴롭혔다.

"아니, 집에서 무슨 설탕을 만들었나 이상한 냄새가 나."

집주인이 코맹맹이 소리로 중얼거렸다. 집 안에는 원인을 모를 기묘한 기운이 맴돌았다. 현경은 바로 보이는 거실과 부엌을 훑었다. 딱히 눈에 들어오는 특이점은 없었다. 큰방도 마찬가지였다. 급히 싸서 나갔는지 침대 위의 이불까지도 그대로였다. 현경의 발길이 안쪽의 작은방으로 향했다. 집 안에서 오로지 그 방의 문만이 굳게 닫혀 있었다.

작은방이 가까워질수록 현경은 색다른 감각에 휩싸였다. 어째서인지 평소보다 정신이 맑았고, 기분이 붕 떴다. 항상 소독약에 절어 있던 뇌세포와 모든 감각들이 일제히 깨어나는 듯했다. 아주 오랜만에 느껴 보는 청량함이었다. 현경은 닫힌 방 문 앞에 섰다.

문손잡이를 잡아 돌리는 순간, 그녀는 이 상쾌함의 까닭을 알아챘다. 벌어진 문틈으로 지독한 단내가 쏟아져 나왔다. 집요하게 자신을 괴롭히던 소독약 냄새가 안에서 흘러나오는 단내에 묻혔던 것이다.

현경은 눈을 크게 뜨고 코와 입으로 숨을 크게 들이마셨다. 아주 미약한 쓴맛도, 내부 점막을 자극하는 알코올 향도 나지 않았다. 온통 달았다. 녹아내릴 것 같던 기도가 맑게 씻겨 나가고, 이 끈적함에 가까운 습기마저 기분 좋게 느껴졌다. 집주인은 코를 막은 채 제 할 말을 계속했다.

"거실이랑 큰방은 평범해. 작은방 때문에 불렀어. 어떤 부부랑 애 하나가 같이 살았거든. 여자가 깔끔했는데 남자가 좀 이상했어. 근데 그제 밤에 갑자기 사라졌지 뭐야. 월세 날인데 돈을 안 주길래 와 봤더니 이 모양이더라고. 보증금은 진즉 다 까먹어서 내줄 것도 없었지."

현경은 한껏 고양된 기분으로 문제의 방에 발을 들이밀었다. 기묘한 자국으로 가득한 나무문 너머로 농도 짙은 단 향이 훅 끼쳐 왔다. 거대한 푸딩으로 다이빙한다면 이런 느낌일까. 공기 중에 미세한 설탕 알갱이가 날아다닌다 해도 믿을 수 있을 것 같았다. 코 안쪽이 간지러워 연속으로 재채기가 튀어나왔다. 입을 막은 채 벽을 더듬어 스위치를 켰다. 어두운 방 안에 조명이 들어왔다. 간신히 재채기를 진정시킨 후에야 그녀는 고개를 들어 정면을 바라봤다.

그건 난생처음 보는 광경이었다. 사방의 벽지에는 정체를 알 수 없는 글자들이 빼곡했으며 한쪽 벽에는 오래된 책들이 가득했다. 무엇보다 이상한 것은 따로 있었다. 아마도 이 습기와 단내의 원흉일, 성인 남자 크기만 한 거대한 덩어리가 방 한가운데에 제물처럼 놓여 있었다.

　　현경은 천천히 덩어리 앞으로 다가갔다. 인기 있는 동영상을 소개하는 방송에서 비슷한 걸 본 적이 있었다. 액체 괴물, 슬라임이라고도 부르는 찰흙도 뭣도 아닌 덩어리를 마구 늘리고 합치면서 주물거리는 영상이었다. 덩어리는 형광 초록색, 핑크색, 반짝이가 들어간 금색처럼 인위적인 색을 띠었다. 지금 현경 앞에 놓여 있는 것이 딱 그런 모양이었다. 누군가가 험하게 주물거리고 내버린 액체 괴물. 혹은 슬라임, 젤리. 달콤하고 인조적인 냄새를 풍기며 차갑게 굳어 가는 것.

　　현경은 방 내부를 돌아보았다. 뭐 하나 수상하지 않은 것이 없었지만 딱히 범죄의 현장 같지는 않았다. 와중에 낡은 책상에 놓인 책 한 권이 눈에 들어왔다. 요즘 같은 시대에 이런 걸 보는 사람이 남아 있나 싶을 정도로 오래된 책이었다. 가죽으로 만들어진 겉표지는 다 해졌으며 내부의 종이도 누렇게 바랜 상태였다. 별생각 없이 책을 펼쳐 보았으나 읽을 수 없었다. 알아볼 수 없는 글자였다.

　　"얼마나 나올까, 사장님?"

차마 방 안으로는 들어가기 싫었는지 문턱에 발만 걸친 집주인이 견적을 요청했다. 빠르게 가격대를 측정한 현경은 계약서를 꺼내 건넸다.

"보시다시피 방 상태가 좀 예외적이어서요. 원래는 더 받아야 되는데 저희가 지금 이벤트 기간이라 싸게 해 드리는 거예요."

"아휴, 알아서 해. 빨리 치우기나 해 줘. 이것 때문인지 영 잠자리가 찝찝해."

"그럼 사인해 주시구요, 저는 방 좀 더 살펴보다 갈게요. 괜찮죠?"

"그러든가."

집주인은 생각할 것도 없단 듯이 빠르게 사인하고 현경에게 열쇠를 넘겼다. 홀로 남은 현경은 방의 이곳저곳을 관찰했다. 곳곳에 튄 끈적한 점액들 때문에 치우는 데 상당한 시간과 노력이 들 것이다. 어쩌면 추가 비용이 들 수도 있겠다. 무엇보다 저 거대한 덩어리를 어떻게 처리해야 할지 감이 잡히지 않았다. 냄새로 보면 음식물 쓰레기인데, 그냥 일반 쓰레기로 넣어야 하나. 실장이 자신에게 일을 떠넘긴 이유가 납득이 갔다.

방을 나가려는데 내려 둔 책이 눈이 밟혔다. 현경은 뒤돌아 책상 앞으로 향했다. 누군가 등을 떠미는 것처럼 강렬한 충동이 들었다. 현경이 다가서자 얌전히 덮여 있던 책이 갑자기 스르륵 펼쳐졌다. 창문이 없는 실내라 바람 같은 건 불어오지 않았다. 현경은 그 모습을 홀린 듯이 바라봤다. 이런 말을 해 봤자 누구도 믿기 힘들겠지만, 그게 어떤 계시처럼 느껴졌다. 뭐랄까, 그 안에 깃든 무언가가 말을 거는 것처럼. 그녀의 시선이 펼쳐진 페이지에 적힌 한 문장에 닿았다.

"우리는 악마와 함께 춤춘다."

결국 현경은 책을 가방에 집어넣었다. 어차피 다 치워 버릴 방이었으니 물건을 가져가도 도둑질이 아닌데 심장은 이상하게 빨리 뛰었다. 택시 안에서 다시 책을 꺼내 펼쳐봤지만 역시 읽을 수 없었다. 이 책의 본래 주인은 이걸 읽을 수 있었던 걸까? 그는, 그녀는 어디로 간 걸까?

현경은 아파트 단지 앞에서 내렸다. 이상한 날이다. 아파트 너머 산등성이로 지는 노을이 기괴하리만치 붉었다. 금방이라도 하늘에서 핏물이 후두둑 떨어질 것 같아 두려웠다. 멀리 판주가 지키고 있을 아파트가 보였다.

현경은 천근 같은 발을 뗐다. 핸드폰을 봤지만 남편은 이 시간까지도 연락이 없었다. 그는 집에 없을 것이다. 자신은 아무 맛도 느껴지지 않는 퍽퍽한 밥을 삼킬 것이다. 여느 때처럼 얼룩 같이 느껴지는 시어머니의 밥에 락스를 한 방울 떨어뜨릴 것이고, 그 락스로 다시 바닥을 닦을 것이다. 그리고, 그리고… 어떻게 될까.

"걱정 마."

등 뒤에서 낯선 목소리가 들렸다. 현경은 뒤돌았다. 진즉 떠난 줄 알았던 택시 기사가 지는 해를 등지고 서서 말했다. 기사의 얼굴은 보이지 않았다. 꼿꼿이 선 그의 모습에서 어떤 이질감이 느껴졌다. 이 세상의 존재가 아닌 것 같았다. 현경은 반문했다.

"뭐라고 하셨어요?"

기사는 뭉툭한 손끝으로 그녀의 가방을 가리켰다. 목소리가 울렸지만 입술은 움직이지 않았다. 마네킹이 말하는 듯했다.

"곧 읽을 수 있게 될 거야."

현경이 뭐라 묻기도 전에 기사는 택시 안으로 사라졌다. 현경은 달리는 택시의 뒤를 서둘러 쫓았다. 요란하게 팔을 휘젓자 출발했던 택시가 가까스로 멈춰 섰다. 현경은 운전석 창을 거칠게 두드렸다. 창을 내린 기사가 신경질적으로 물었다.

"뭐요?"

"방금 뭐라고 하신 거예요?"

"뭐? 이 인간이 왜 이래."

"방금 저한테 뭐라고 말했잖아요!"

기사에게서 좀 전의 공고한 분위기라고는 전혀 찾아볼 수 없었다. 그는 자기가 한 말을 전혀 기억하지 못하는 듯했다. 현경은 창에서 손을 뗐다. 현경이 떨어져 나가자마자 택시는 도망치듯이 사라졌다. 아까 보고 들은 것이 과연 진짜일까. 현경은 멍한 느낌에서 빠져나오지 못한 채 집으로 향했다. 사람이

다니지 않는 단지는 꼭 묘지처럼 스산한 분위기를 풍겼다.

　문을 열고 들어가자 죽음 같은 침묵이 현경을 반겼다. 거실에는 불도 켜져 있지 않았다. 어둡기만 한 내부에 드리워진 빛이라곤 부엌에서 흘러나오는 누런 조명이 전부였다.

　"어머니."

　불길한 기운이 현경을 감쌌다. 식탁 앞에 앉은 판주의 왜소한 등이 눈에 들어왔다. 그 자그마한 뒤태가 너무나 까매서, 자신이 보고 있는 게 과연 사람이 맞나 싶은 의문이 들었다. 분명 소리를 들었을 텐데도 판주에게선 아무 반응이 없었다. 그녀는 뒤돌아보지조차 않았다. 현경은 저주받은 유적을 발견한 탐험가처럼 천천히, 그리고 조심스럽게 다가갔다. 부엌에서 고소한 음식 냄새가 풍겨 왔다.

　테이블 위에는 식사가 놓여 있었다. 노란 계란 부침을 얹은 오므라이스였다. 음식에서 모락모락 김이 피어올랐다. 이상한 일이었다. 판주는 단 한 번도 현경을 위한 식사를 준비한 적이 없었다. 꼼짝도 않는 시어머니의 어깨에 손을 가져가는 순간, 굳게 닫힌 판주의 입이 열렸다. 잔뜩 쉰 소리가 새어 나왔다.

　"이게 뭐니?"

　판주의 시선은 여전히 아무것도 없는 정면을 향했다. 현경은 얼빠진 목소리로 되물었다.

　"이거라뇨?"

그제야 판주가 고개를 돌려 현경을 마주 봤다. 고요히 구르는 탁한 눈동자가 소름 끼쳤다. 그럴 리 없는데도 판주가 움직일 때마다 삐걱이는 소리가 들려오는 듯했다. 현경을 향한 판주의 두 눈에는 아주 짙은 농도로 응축된 감정이 도사리고 있었다. 현경은 판주의 시선에 묶인 듯 움직일 수 없었다.

판주가 마른 육포 같은 손목을 들어 식탁의 어딘가를 가리켰다. 메마른 노인의 손끝이 향하는 곳에 놓인 것은 양념통. 보석처럼 푸른 액체가 담긴 현경의 양념통이었다.

"너 미쳤나?"

숟가락으로 급식판을 긁어 대는 것처럼 거슬리는 목소리였다. 머리가 백지가 되었다.

"하하…"

그건 자신 안의 기포가 터져 나가는 소리였다. 낮에 보았던 거대한 덩어리가 떠올랐다. 그 방의 기이한 공기, 달짝지근한 향과 점도 높은 습기가 전신을 감싸기 시작했다. 세제와 섬유 유연제를 잔뜩 넣고 세탁한 흰 천처럼 티 없이 맑아진 정신으로 현경은 웃었다. 이제 그 기포는 빠져나가 어딘가에 흔적을 남길 것이다. 판주는 그런 현경을 미친 사람 보듯이 쳐다봤다.

"하하, 하…"

바람 빠진 풍선처럼 웃음이 멈추질 않는다. 현경은 배를 붙잡은 채로 느리게 뒷걸음질 쳐 거실의 소파에 앉았다. 지반

176

이 풀썩 꺼졌다. 그제야 웃음을 멈췄다. 판주가 다가왔다. 그리고, 그리고….

내가 무슨 짓을, 아니 그 전에… 무슨 일이 있었더라?

○

[소독 글 반박_ 사바스는 뉴서울파크에 온다. 확실함]

: 내가 그분의 심중을 추측하고 오해한다고? 웃기는 소리. 사바스는 일종의 신자들을 향한 시험이다. 추측하고 분석해서 도달하지 못하면 의미가 없다. 그리고 그분을 숭배한다면 그분의 곁에 서고 싶은 게 당연한 것 아닌가? 사바스는 그분이 아니라 우리가 이끌어 내야 하는 것. 소독은 뭐 그분을 영접했다고 하는데 증거라도 있나? 내가 봤을 땐 피해망상 환자이거나 자기가 가진 걸 독점하고 싶은 못된 심보임. 정말이라면 책 내용이라도 찍어서 올려 보든가.

아, 그리고 사바스는 분명 뉴서울파크에 온다. 사바스 주기와 지역별 특징을 종합해서 풍수지리에 대입해 보면 확실함. 사실 나도 책을 가지고 있거든. 안에 다 나와 있음. 나는 누구처럼 속 좁게 굴지 않아서.

현경은 젤리빈의 글에서 쉽게 빠져나오지 못했다. 읽으면 읽을수록 같잖다가도 대담해서, 뭔가 견딜 수 없었다. 마지막 세 문장은 자신을 도발하는 것이 분명했다. 그녀는 미지근한 와인을 한 모금 입에 담았다. 알코올이 닿자 물어뜯은 입술이 쓰렸다. 비릿하고 묵직한 향이 목구멍 너머로 짙게 퍼져 나갔다. 그러고도 코를 간질이는 소독약 냄새가 가시지 않아 그녀는 서랍에서 젤리를 한 움큼 꺼내 쥐었다. 설탕 가루가 잔뜩 묻은 각양각색의 젤리들을 한꺼번에 입안에 넣고 씹자 다디단 내음이 독한 냄새를 덮었다.

알람이 울렸다. 다음 일정인 강연을 위해 대학교까지 가려면 슬슬 준비를 해야 했다. 현경은 책상 위를 정리한 뒤 사이트의 닫기 버튼으로 커서를 가져갔다. 그와 동시에 명랑한 알림음이 방 안에 울려 퍼졌다.

「젤리빈님으로부터 쪽지가 도착했습니다.」

: 게시판 반응 봤지? 책을 가지고 있다는 말이 진짜기는 해? 구라가 아니라면 가지고 나와 봐. 진짜라면 더 이상 나대지고 않고 커뮤에서도 닥치고 있어 줄게. 장소는 약도 첨부.

그날 강연은 엉망진창이었다. 놈의 쪽지에 현경은 그러겠노라고 답했다. 이성적으로 차분히 생각할 정신 따위는 없었다.

그녀를 집어삼킨 것은 박탈감이었다. 책을 가진 사람이 자신뿐만이 아니라니. 그분의 선택을 받은 인간이 더 있다니. 그건 있을 수 없는 일이다. 제대로 잠들 수조차 없었다. 간만에 느껴 보는 분노가 깊은 곳에서 끓어올랐다.

현경은 결국 어두운 방 안에서 밤을 새웠다. 평소에는 아까워서 제대로 넘기지조차 못하는 그분의 책을 꺼내 정독했다. 이미 너무 많이 읽어 달달 외울 수도 있는 내용을 다시 되새김질하며 느낀 것은, 자신은 틀리지 않았다는 것이다. 나는 틀리지 않았다. 젤리빈이라는 놈이 하는 말은 틀렸고, 용납할 수 없다. 그분의 책을 가진 사람은 단 한 명이어야 한다. 그래야 한다. 나는 틀리지 않았다. 현경은 그 말을 밤이 새도록 반복했다.

약속 당일, 날씨는 올해의 최고 기온을 찍었다. 현경은 만반의 준비를 한 채 놈과의 약속 장소로 향했다. 서울에서 벗어나 휑뎅그렁한 고속도로를 달리자 뉴서울파크의 요란스런 표지판이 나타났다. 멍청하게 생긴 곰이 거대한 화살표를 머리에 인 채 한쪽 발을 들고 있었다. 전구가 달린 화살표는 방정맞게 느껴질 정도로 자주 깜빡였다.

목적지에 다다르기 직전 현경은 갓길에 차를 멈췄다. 그리고 자신의 모습을 다시 한 번 점검했다. 젤리빈에게 무엇 하나 모자라게 보이고 싶지 않았다. 현경의 머릿속에서 젤리빈은 자신의 유식함을 드러내지 않으면 혀에 가시가 돋는 부유한 집안 출신 교수였다. 현경은 긴장되는 마음을 애써 눌렀다. 그분에 관한 내용이나, 책에 관한 정보에 대해서라면 누구에게도 지지 않을 자신이 있었다. 그녀가 이렇게 복잡하고 불편한 자리를 수락한 이유는 단 하나였다. 놈이 정말로 책을 가지고 있는지, 그리고 그 책을 정말 읽을 수 있는지를 확인하기 위해서. 만약 둘 중 하나라도 사실이라면 그냥 넘어갈 생각은 없었다. 현경은 주머니의 물건을 만지작거렸다.

놈이 약도에 첨부한 장소로 가기 위해서는 비포장도로로 빠져야 했다. 울퉁불퉁한 길을 한참 동안 달리자 놀이공원에서 방치하는 부지와 산의 틈새에 위치한 공터가 나타났다. 그 한복판에 덩그렇게 선 인영이 보였다.

현경은 차분히 옷매무새를 가다듬은 뒤 차에서 내렸다. 둘 사이의 거리는 점점 가까워졌다. 젤리빈의 모습을 두 눈으로 확인한 현경의 얼굴에 짙은 낭패감이 서렸다. 작은 체구, 언제 빨았는지 지저분한 놀이공원의 연두색 직원 유니폼, 주머니에 손을 넣은 불량한 자세. 이윽고 놈의 실체를 마주한 현경은 걷잡을 수 없는 실망감과 수치심에 휩싸였다. 인기척이 나자 젤리빈이 고개를 돌렸다.

"소독?"

"…"

현경은 구태여 답하지 않았다. 느린 시선으로 놈의 몰골을 훑었다. 덥수룩한 머리에 퀭한 눈두덩이, 지저분한 입매. 방구석 폐인이라 함은 분명 이런 사람을 두고 하는 말이겠지. 머릿속에 무수히 그려 보던 모습과는 비교가 불가능할 정도로 초라한 모습이었다. 현경은 할 말을 잃었다.

지금 당장이라도 차로 돌아가고 싶었다. 그러나 확인할 것은 확인해야 했다. 현경은 가만히 서서 팔짱을 낀 채 놈이 무엇이라 지껄이는지 귀를 열었다.

"당신 책 가지고 있지? 가지고 왔어?"

놈은 다짜고짜 책에 대해 이야기했다.

"내가 왜 그런 걸 당신에게 말해야 하지?"

"자신이 없나 보네. 아니면 역시 책이 있다는 건 거짓말이야? 솔직히 놀랐어. 여자일 줄은 몰랐거든."

젤리빈은 이를 드러내며 웃었다. 현경은 입을 굳게 다물었다. 뭐라 답할 가치를 찾지 못한 것이다. 대답 없는 현경의 태도를 저 좋을 대로 해석한 젤리빈이 한껏 의기양양한 얼굴로 다가왔다.

"당신만 그 책을 읽을 수 있는 줄 알았지? 세상에 유일한 선택자는 없어. 먼저 그분을 불러내는 사람, 사바스를 일으키는 사람, 그 사람이 바로 유일해지는 거지. 난 최초가 될 거야. 최초는 영원히 기억되니까. 그분에게나, 이 세상에게나."

"못 들어 주겠네."

현경은 코웃음을 쳤다. 지 잘난 맛에 사는 인간인 줄 알았는데, 이제 보니 사회에서 도태된 현실 도피자였다. 그녀는 진심으로 기분이 더러워졌다. 물론 사이트 안에 자신처럼 신실한 자들만 있지는 않지만, 제일 싫은 부류는 바로 이런 인간들이었다. 이 인간들은 그분을 진심을 다해 모시지 않는다. 그분이 언젠가 던져 줄 콩고물을 바라며 간사하게 연기하는 것이다.

현경은 팔짱을 풀었다. 손목의 시계를 보기 위함이었다. 고가의 물건으로 젤리빈의 기를 누르겠다는 의도가 아주 없지는 않았으나, 정말로 시간이 아까웠다. 지금까지 놈의 반응으로 보아 책을 가지고 있다거나 읽을 수 있다는 말은 전부 거짓에 가까워 보였다.

"너 같은 걸 만나러 여기까지 온 내 시간이 아깝네. 그래서 결국 할 말이 뭐야?"

현경은 지루하기 짝이 없다는 표정으로 되물었다. 그 무료한 얼굴이 어떤 촉매제가 된 듯, 젤리빈의 초췌한 얼굴이 붉은 빛을 띠기 시작했다. 현경은 이어서 말했다. 일그러지는 놈의 얼굴이 마냥 우스웠다.

"책을 읽을 수 있다는 주장이 진짜이긴 해? 내가 봤을 땐 읽기는커녕 한 번 넘겨 보지도 못했을 거 같은데. 만약 정말 가지고 있다면 책의 첫 장에 쓰인 문장은 뭐지?"

그렇게 말한 뒤 현경은 입꼬리를 올려 웃었다. 답할 수 있을 리가 없었다. 현경은 자신이 한 질문의 답을 속으로 읊었다.

'우리는 악마와 함께 춤춘다.'

놈이 부실한 주먹을 굳게 쥐었다. 가슴이 크게 오르락내리락거리고 얼굴색이 변했다. 이어서 할 행동이 너무나 뻔해 현경은 지루해졌다. 고작 이런 놈 때문에 허비한 자신의 시간과, 그동안의 감정들이 아까웠다. 이따위 작자와 동일 선상에 놓였다는 자체가 수치스러워서 견딜 수가 없었다.

그녀는 젤리빈이 도를 넘기만을 기다렸다. 싸구려 미끼로 바닷속 어류를 낚아 올리듯이. 그는 너무 쉽게 걸려들었다. 계속된 도발에 눈이 붉게 충혈된 젤리빈이 어느 순간, 괴상한 소리를 내며 현경을 향해 달려들었다. 계획대로 착실하게.

"책을 내놔! 그 책이 있어야 사바스를 완성시킬 수 있어!"

그 순간 현경은 작게 미소 지었다. 역시 놈이 책을 가지고 있단 얘기는 거짓이다. 책이 없으니 읽을 수도 없겠지. 이제 놈에게는 어떤 가치도, 여지도 남지 않았다. 지저분한 젤리빈의 얼굴 위로 이제는 기억하기도 까마득한 남편과 시어머니가 겹쳐 보였다. 아, 얼룩이다. 아주 거대한 얼룩, 치워 버리고 싶다. 현경은 그렇게 생각하며 재킷 주머니로 손을 집어넣었다.

　　◦

차갑게 식어 버린 오므라이스가 코앞에 있다. 현경은 고개를 내려 혀만 내밀면 닿을 정도로 가까이 놓인 계란 지단을 바라봤다. 노란 표면 위를 현란하게 수놓은 것은 푸른색 락스. 꼭 어린애들이 신나게 뿌려 댄 케첩처럼 지그재그 모양으로 퍼지기 시작한 형광 빛의 락스가 어둠 속에서 빛났다.

"먹으렴."

접시를 든 판주가 오므라이스를 코앞으로 들이밀었다. 주름진 시어머니의 눈가에 서슬이 퍼렇다. 입을 꾹 다문 채로 꼼짝도 하지 않자 판주는 갈고리 같은 손으로 현경의 턱을 쥐고 흔들었다. 악귀 같은 소리를 내며 강제로 입을 벌리려 안간힘을 썼다.

"먹어, 먹으라고!"

현경은 하관에 힘을 주며 버텼다. 할 수 있는 최대한 싸늘한 눈으로 판주를 쏘아봤다. 눈에 피가 몰려 눈시울이 아팠지만 시선을 거둘 생각은 없었다. 판주는 현경을 귀신 보듯이 바라봤다. 판주의 메마른 손이 이번에는 머리채를 쥐고 마구 흔들었다. 노인의 어디에서 그런 무지막지한 힘이 솟아 나오는지 도저히 모를 일이었다. 단정하게 하나로 묶었던 머리카락이 산발이 되어 흩날렸다. 락스가 뿌려진 오므라이스는 바닥으로 떨어져 산산이 흩어졌다. 쨍그랑, 접시 깨지는 소리와 함께 판주의 고목나무 껍질 같은 거친 손이 현경의 얼굴을 매섭게 내리쳤다.

살과 살이 맞부딪치는 살벌한 소리가 고요한 거실에 울려 퍼졌다. 현경은 부어오른 뺨을 잡지도 않고, 여전히 굳게 입을 다문 채로 판주를 노려보았다. 판주가 마른 몸을 주체하지 못하고 크게 숨을 몰아쉬었다. 아무 생각도 들지 않았다. 지금 이 상황, 이 말도 안 되지만 언젠가는 벌어지고야 말았을 상황을 어떻게 해야 할지, 혹은 어떻게 하고 싶은지조차. 그냥 정말

뜬금없이 그 책이 떠올랐다. 또한 남자의 목소리가.

"곧 읽을 수 있게 될 거야."

이해하기 힘든 말을 지껄이던 탁한 목소리가 귓가에 맴돌았다. 어쩐지 지금이라면 이해할 수 있을 것 같았다.

구원이 다가온 건 그 순간이었다. 살이 에일 듯한 침묵을 뚫고 집 안 전화벨이 울려 퍼졌다. 이 상황이 영화의 한 순간이었다면 벨소리는 분명 어떤 불행의 징조였으리라. 그러나 현경은 확신했다. 이것은 구원. 정체 모를 신이 내려 준 동아줄. 저 전화벨 소리 너머로 신세계가.

"네, 전화 받았습니다."

그 생각은 틀리지 않았다.

◉

갑자기 가해진 충격에 현경은 차 보닛까지 밀려났다. 차체와 부딪치며 큰 소리가 났다. 현경은 자신의 목을 감싼 젤리빈을 무덤덤하게 바라봤다. 놈의 눈에는 초점이 없었다. 흰자위는 한껏 충혈되어 짙은 분홍색을 띠었다.

젤리빈은 현경에게서 별다른 반응이 없자 더욱 포악해졌다. 놈의 구겨진 얼굴에 스민 감정이 분노보다는 공포에 가깝다는 것을 그녀는 쉽게 알아챘다. 이런 얼굴을 본 적이 있으니까. 현경은 입을 벌려 웃었다. 가느다란 목을 쥔 손에 힘을 주지도 못하는 놈의 꼴이 마냥 우스웠다. 젤리빈의 얼굴은 그날의 판주와 매우 닮았다. 당시엔 그분이 도왔으나 이번엔 스스로 해결해야 했다.

이쯤 되니 젤리빈과 자신을 만나게 한 것 역시 그분의 뜻이 아니었나 싶은 생각이 들었다. 이 세상에 의미 없는 우연이란 없다. 현경은 가져온 물건을 주머니에서 빼낸 뒤, 팔을 길게 뻗었다. 그리고 있는 힘껏, 동물용 마취약이 든 주사기를 놈의 팔뚝에 박아 넣었다.

○

갑작스레 걸려 온 전화는 남편의 죽음을 전했다. 사인은 음주운전으로 인한 교통사고였다. 전화를 받은 판주의 손이 형편없이 떨렸다. 어떤 전조 현상처럼 심장이 기묘한 박자로 뛰기 시작했다. 판주가 묵묵히 수화기를 내려놓았다. 좀 전까지 끓어오르는 듯했던 감정은 온데간데없이 사라지고, 텅 빈 유리알 같은 시선이 현경을 향했다. 그 안에 든 게 분노인지, 허탈인지, 혹은 슬픔인지는 이제 더 이상 알 바가 아니었다.

"너 때문이다."

판주가 현경을 응시하며 말했다. 어딘가 공허한 목소리였다. 몸을 튼 그녀는 서둘러 겉옷을 챙겨 입고 현관으로 향했다. 분장이라도 한 듯이 새파랗게 질린 얼굴이었다. 현경은 재미없는 코미디 영화의 관객이 된 느낌으로 그 모습을 관람했다. 그리고 이내 어이없는 클라이맥스가 도래했다. 빠른 걸음으로 신발장을 향해 발을 내밀던 판주의 몸이 크게 휘청였다.

판주는 뒤로 넘어지는 마네킹처럼 뻣뻣하게 쿵 소리를 내며 무너졌다. 작고 가벼운 판주의 머리가 남편이 애지중지하는 수석 장식품 위로 떨어졌다. 팽팽한 창호지를 뚫는 것처럼 통쾌한 소리가 났다. 행진곡의 도입부에 울리는 북소리 같기도 했다. 현경에게는 그게 어떤 신호처럼 느껴졌다.

판주의 머리는 한 번 튕겨 바닥으로 안착했다. 이번에도 역시 경쾌한 소리가 났다. 푹 패인 머리 안쪽에서부터 검붉은 웅덩이가 퍼지기 시작했다. 판주의 시퍼렇게 뜬 두 눈이 현경을 향한 채로 멈췄다. 어쩌면 현경 너머의 가족사진을 향한 것일 수도 있었다. 현경은 흘러나온 핏물이 발가락을 적실 때까지 가만히 어둠 속에 잠겼다. 판주가 밟고 넘어진 걸레와 그 옆에 놓인 락스 스프레이를 바라봤다. 늘 소독약에 절여진 듯했던 뇌세포가 하나하나 깨어났다.

어딘가에서 향긋하고 달콤한 냄새가 풍겨 오기 시작했다. 뇌가 녹아내릴 것처럼 강렬한 향이었다. 현경은 냄새의 원인을 찾아 주위를 두리번거렸다. 그 달짝지근하며 포근한 기운은 자신의 가방 안에서 흘러나왔다. 가방을 뒤지자 낡은 가죽 표지가 손에 감겨 왔다.

현경은 책을 꺼내 아무 페이지나 골라 펼쳤다. 불을 켜지 않아 어두컴컴한 집 안에서도 책은 기묘하게 빛났다. 그녀는 눈을 깜빡였다. 그림에 가깝게 느껴졌던 기묘한 글자들이 꾸물거리며 살아 움직이기 시작했다. 어느 순간 그것들은 형태를 달리한 채 멈췄다.

현경은 눈을 부릅뜬 채 책을 바라봤다. 글자를 읽을 수 있다. 책 안의 내용들이, 이 세상의 어떤 진리를 표방하는 문자들이 현경의 책 안으로 물밀 듯이 쏟아져 들어왔다. 동시에 떠오른 건 자신에게 말을 걸었던 남자의 목소리였다. 현경은 그분이 자신을 도왔다는 걸 본능적으로 알 수 있었다. 그리고 확신했다. 자신은 다시 태어났다. 그리고 선택받았다.

◦

젤리빈의 갈퀴 같은 손이 목에서 떨어져 나갔다. 놈이 비명을 지르는 동안 현경은 숨을 가다듬었다. 붉게 달아오른 얼굴이 점차 제 모습을 되찾아 갔다. 젤리빈은 팔뚝 깊숙이 박힌 주사기를 뽑아 던지며 외쳤다. 현경을 바라보는 두 눈에는 완전한 공포가 자리 잡고 있었다.

"이게 뭐야! 무슨 짓이야!"

겁에 질려 소리를 지르는 꼴이 우습기 짝이 없었다. 현경은 차에 기대어 숨을 몰아쉬며 젤리빈의 상태를 훑었다. 마취약이 완전히 돌기까지는 시간이 좀 걸릴 것이다.

"둘 다 그만해요! 다들 미쳤어?"

뒤쪽 건물에서 난데없이 낯선 목소리가 튀어나왔다. 현경은 미간을 구겼다. 젤리빈의 직장 동료로 보이는 놈은 존재감을 드러내기는 했으나 직접 나서서 상황을 중재할 배짱 같은 건 없어 보였다. 동행의 등장에 젤리빈이 뭔가를 떠올린 듯 크게 외쳤다.

"다, 다 찍었지?"

동행은 영문을 모르는 얼굴로 고개를 끄덕였다. 순간 젤리빈의 몸이 크게 휘청였다. 현경은 속으로 카운트다운을 시작했다. 젤리빈에게 남은 건 이제 허세밖에 없었다. 그는 그리 위협이 되지 않는 손끝으로 동행을 가리키며 말했다. 형편없이 떨리는 목소리였다.

"다, 당신, 내가 다 찍었어. 내가 이거 인터넷에 올릴 거야, 신, 신상이랑, 악마 숭배자라는 거랑, 전부 다! 나는 어차피 바닥이니까 상관없지만 넌 아니겠지!"

그러고는 동료가 있는 방향으로 손을 뻗으며 달리기 시작했다. 갑자기 짜증이 몰려왔다. 이 구질구질한 상황을 빨리 끝내고 싶어졌다. 현경은 주위를 둘러보았다. 무채색의 철근 자재와 알록달록한 놀이 기구 부품이 뒤섞여 묘한 조화를 이루었다. 그녀의 눈에 곧 적절한 물건이 띄었다. 현경은 먼지 쌓인 꿈꿈이 범퍼카 앞으로 다가갔다.

그녀가 집어 든 건 빨간색과 하얀색이 번갈아 칠해진 지팡이 사탕이었다. 형태는 지팡이 사탕이지만 철로 만들어진 탓에 꽤나 묵직했다. 적당한 무게감과 손에 감기는 느낌이 좋았다. 현경은 지팡이 사탕을 땅에 끌며 젤리빈의 뒤를 쫓았다. 시멘트 바닥을 긁는 쇳소리가 귀를 간질였다.

약발이 돌기 시작하는 건지 놈의 움직임은 눈에 띄게 둔해졌다. 현경은 점점 빠르게 걸었다. 입을 굳게 다물고 앞을 바라봤다. 정확히는, 앞만 바라봤다. 젤리빈의 뒤통수를 쫓는 그녀의 눈이 겁에 질린 동료와 맞부딪쳤다. 현경은 크게 숨을 들이마셨다. 그리고 지팡이를 든 손을 높이 쳐들었다. 젤리빈이 굳어 가는 혀로 동료의 이름을 불렀다. 딱딱하게 굳은 혀는 그조차 제대로 발음하지 못하고 뭉개졌다.

"사, 사준."

퍽, 묵직한 타격감이 팔뚝을 타고 올랐다. 젤리빈은 기둥이 뽑힌 허수아비처럼 허무하게 무너졌다. 현경은 다시 한 번 지팡이를 쳐들었다. 한 번, 두 번, 세 번, 골프채로 공을 치듯 놈의 머리를 세게 가격했다. 얼굴에 뜨끈한 피가 튀었다. 그 느낌이 불쾌했지만 또 나쁘지 않았다.

젤리빈은 더 이상 움직이지 않았다. 푹 팬 머리통을 보자 꼭 시어머니가 죽던 순간이 떠올랐다. 현경은 싱긋 미소 지었다. 그제야 손에 쥔 지팡이 사탕을 던지듯이 내려놓았다. 둥글게 구부러진 부위로 핏물이 방울져 흘러내렸다. 피가 튄 얼굴을 손으로 문질렀으나 그새 말라붙은 탓에 잘 닦이지 않았다.

툭, 뭔가 떨어지는 소리가 났다. 현경은 소리가 난 쪽을 바라봤다. 젤리빈의 동료인 남자가 바닥에 주저앉는 소리였다.

190

그의 발치에 핸드폰이 떨어져 있었다. 있는 대로 잔머리를 굴렸군. 간이 크다고 해야 할지, 작다고 해야 할지 현경은 고민했다. 허나 곧 고민할 필요도 없다는 생각이 떠올랐다. 어차피 이제 없는 인간이니까.

이름이 사준이었나, 주저앉은 남자는 사시나무처럼 몸을 떨었다. 젤리빈보다야 나은 꼴이었지만 그리 달라 보이지도 않았다. 현경의 시선이 사준의 주머니에 고정되었다. 꼬깃한 5만 원 뭉치가 삐죽 삐져나와 있었다. 그녀는 사준 앞으로 다가가 떨어진 핸드폰을 주워들었다.

화면에 동영상 저장이 완료되었다는 알림창이 떴다. 동영상을 확인하겠냐는 물음에 그녀는 확인 버튼을 눌렀다. 10분이 좀 넘는 시간의 영상이 재생되기 시작했다. 영상은 자신이 지팡이를 치켜드는 부분에서 끝났다. 앞부분은 많이 흔들리거나 초점이 맞지 않아 제대로 확인할 수 있는 부분이 거의 없었다. 그냥 둬도 그다지 상관없을 것 같았지만 역시 확실하게 해 두는 편이 좋을 것이다. 현경은 표정을 가다듬었다. 평소의 책임감 있는 얼굴을 하고서 사준에게 제안했다.

"영상이 마음에 듭니다. 제가 사겠습니다."

명함을 내밀자 무릎을 땅에 댄 사준이 두 손으로 받아들었다. 광택이 흐르는 새하얀 종이에는 현경의 붉은 지문이 찍혀 있었다. 유 사장을 올려다보는 그의 눈에 두려움과 기대감이 동시에 서렸다. 현경은 확신했다. 그리고 미소 지었다. 놈은 자신의 제안을 거절할 수 없을 것이다.

사준은 땅을 파는 내내 알 수 없는 숫자들을 중얼거렸다. 생긴 것만 멀쩡하다 뿐이지 제정신이 아닌 건 그도 마찬가지인 듯했다. 자신의 선택은 탁월했다. 일방적으로 협박하고 겁을 주기보다, 미끼를 빌미로 공범으로 만드는 방향이 더 안전했다. 그는 우스울 만큼 쉽게 넘어왔다.

사준이 시체를 묻을 구덩이를 팔 동안 현경은 젤리빈에 관한 내용을 조사했다. 놈의 지갑에서 꺼낸 신분증을 찍어 미리 섭외해 둔 업자에게 보냈다. 답장은 빠르게 도착했다. 현경은 자료를 펼쳤다. 간단한 인적사항과 그동안의 이력 등이 간결하게 정리되어 있었다.

내용을 확인한 그녀의 입에서 웃음이 터져 나왔다. 이렇게 주위에 아무도 없는 무연고자라니. 그분이 자신을 도왔다고 볼 수밖에 없다. 실종 신고를 할 인간조차 없었다. 젤리빈은 철저히 고립된 채로 살던 인간이었다. 일이 너무나 쉽게 풀린다고 생각했다. 이건 좋은 징조야. 현경은 속으로 중얼거렸다. 조만간 좋은 일이 벌어질 것 같은 예감이 들었다. 기분이 날아갈 듯했다.

젤리빈을 굴려 넣은 구덩이에 흉기로 쓴 지팡이 사탕을 함께 던져 넣었다. 몸이 뒤틀린 젤리빈 위로 사준은 흙을 덮었다. 와중에도 여전히 그는 숫자를 중얼거렸다. 현경은 차에 시동을 걸었다. 하늘이 온통 주황색이었다. 산등성이 너머로 해가 내리기 시작했다.

뒤처리를 끝낸 둘은 차를 타고 산을 내려왔다. 달리는 와중에 어디선가 달콤한 냄새가 풍겨 왔다. 아주, 아주 단 냄새였다. 이 정도의 달콤함은 그 아파트에서 맡은 뒤로 처음이었다. 그분에게 칭찬을 받는 것 같은 착각이 일었다. 이 냄새가 환상인지 진짜인지는 중요하지 않았다. 현경은 흐뭇하게 중얼거렸다.

"역시 그분은 저의 편에 있어요."

공터에 도착한 뒤 현경은 사준에게 준비한 돈을 건넸다. 박스째도 아니었고, 고작 봉투 하나였다. 사준은 무슨 구원줄이라도 잡은 양 봉투를 빛나는 얼굴로 받아들었다. 문득 묘한 동질감이 샘솟았다. 그가 돈을 보는 얼굴이 자신이 그분을 생각할 때의 표정과 매우 닮았다는 사실을 깨달은 것이다. 대상만 다를 뿐 같은 숭배자였다. 지금 이 순간, 자신이 사준의 신이 된 것처럼 느껴졌다. 현경은 고요히 차오르는 고양감과, 자신을 감히 그분에게 대입했다는 은근한 배덕감을 즐기며 한껏 선심 쓰듯이 말했다.

"부족하면 언제든지 연락하세요."

고개를 끄덕인 사준은 도망치듯이 사라졌다. 한없이 초라하고 보잘것없는 뒷모습이었다. 현경은 다시 차에 올라탔다. 공터의 샛길을 빠져나온 후에도 달콤한 냄새는 계속해서 풍겨 왔다. 그녀는 몽롱한 향기에 몸을 맡긴 채 도로를 달렸다. 길은 끝없이 펼쳐졌다. 달려도 달려도 끝나지 않았다.

"뉴서울파크, 1km"

같은 표지판을 몇 번이나 지났다. 도로가 거대한 관 형태의 생물처럼 살아 움직이는 듯했다. 단내는 갈수록 짙어졌다. 분명 놀이공원에서 멀어지는 길을 달렸는데 눈앞엔 어느새 뉴서울파크의 간판이 반짝였다. 붉은 하늘 위로 남색 어둠이 섞여 기묘한 보랏빛을 띠었다. 어떻게 보면 분홍색 같기도 했다. 현경은 신기루처럼 정면에 펼쳐진 뉴서울파크를 멍하니 바라봤다. 젤리빈의 주장이 머리를 스쳤다. 사바스는 뉴서울파크에 옵니다. 그분이 오십니다.

"아."

현경의 입에서 단말마에 가까운 탄식이 새어 나왔다. 강렬한 깨달음의 감각. 이 당연하고 노골적인 기현상의 의미를 왜 알아채지 못했을까? 그녀는 차에서 내렸다. 도로가 자신을 뉴서울파크로 인도했다. 이 달콤한 냄새는 그분의 냄새이다. 현경은 직감했다. 그분이 자신을 부르고 있다.

심장이 크게 운동하기 시작했다. 부름에 응답해야 한다. 자신은 사제로서, 대리인으로서 젤리빈이라는 오만한 인간을 사바스의 제물로 바친 것이다. 모든 일이 그분의 뜻 아래 벌어졌다. 사바스가 도래했다.

현경은 놀이공원 입구로 다가갔다. 느렸던 발걸음은 갈수록 급해졌다. 내부와 가까워질수록 안에서 음악 같은 비명 소리가 들려왔다. 이건 페스티벌이야. 그분을 환영하는 페스티벌. 금방이라도 입에서 폭소와 노래가 튀어나올 것 같아 현경은 얼굴에 힘을 줬다.

입구에는 질펀한 젤리들만 퍼져 있을 뿐, 살아 있는 존재는 아무것도 없었다. 그녀는 찐득한 젤리들을 넘어 안으로 들어섰다. 그 경계를 넘는 순간 현경은 전에 한 번 경험한 적 있는, 푸딩으로 몸을 던지는 듯한 감각을 느꼈다. 아주 포근하고 축축한 공기가 자신의 전신을 감쌌다. 그리고 펼쳐진 광경을 바라봤다. 달콤한 젤리로 가득한 유원지, 서로에게 어떤 위협도 가하지 않고 말랑말랑한 젤리가 되어 녹아내리는 인간들. 노래처럼 울려 퍼지던 비명들은 곧 사그라들었다.

뉴서울파크는 침묵에 잠겼다. 오로지 젤리들이 질퍽이는 소리밖에 들려오지 않았다. 얼마나 시간이 지났을까. 현경은 자신에게 손짓하는 그림자를 느꼈다. 멍한 초점을 맞춰 그림자를 쫓았다. 빙글빙글 돌아가는 회전목마 앞에 누군가 서 있었다. 온통 흐느적거리는 젤리들 틈에서 홀로 형체를 갖춘 자였다. 현경은 본능적으로 알 수 있었다. 그분이다.

벅찬 마음을 안고 앞으로 다가갔다. 눈앞의 형체는 불혹의 남자 같기도 했고, 20대의 여자 같기도 했으며 아주 어린 아이 같기도 했다. 확실치 않은 모습으로 현경 앞에 그림자처럼 존재했다. 하지만 그 존재감만은 분명했다. 현경은 떨리는 목소리로 말했다.

"정말 와 주셨군요."

현경은 황홀하게 웃었다. 현경 앞의 형체는 웃는 것도 우는 것도 아닌 모호한 얼굴로 손을 뻗었다. 코앞에 선 그분의 생김새를 도통 가늠할 수가 없었다. 시야에 존재하지만 읽히지 않는다. 현경은 그분의 움직임을 쫓았다. 무릎을 꿇자 그분은 미소 지었다. 아주 인자한 미소였다.

현경은 그분의 손끝에 걸린 보석 같은 분홍색 젤리를 바라보았다. 그분은 말하지 않지만 모든 의도를 이해할 수 있었다. 저것은 구원이다. 그녀는 중얼거렸다. 현경은 떨어지는 구원을 두 손으로 받아 들었다. 이제 사바스의 일원으로 그분과 함께할 수 있게 된 것이다. 이제야 진실로 그분의 종이 된 듯한 느낌이었다. 아주 충만한 신앙심이 현경의 안을 채웠다. 그녀는 받아 든 젤리를 한입에 털어 넣었다. 분홍색 덩어리는 지금껏 현경이 맛보았던 어떤 음식보다, 또 어떤 순간들보다도 달콤한 맛을 내며 사르르 녹아내렸다.

현경은 벅차오르는 감정에 눈을 감았다. 다시 눈꺼풀을 들어 올렸을 때 그분은 이미 사라지고 없었다. 시야엔 없지만 그녀는 아쉽지 않았다. 언제든, 그분과 함께일 것임을 알고 있으니까. 점점 묵직해져 가는 몸뚱이가 느껴졌다. 이건 아주 기묘한 감각이다. 피부가, 근육이, 뼈들이, 체계적으로 짜여 기능하거나 딱딱하게 버티던 것들이 말랑말랑하게 변해 갔다. 고통스럽지 않았다. 중력에 의해 무너져 내리는 몸과는 반대로 현경의 의식은 아주 가벼워졌다. 날아갈 것처럼 가볍다. 무겁고 피곤하기만 했던 몸을 떠나 그분의 안내를 받아 당도할 사바스의 끝이 궁금했다. 현경은 눈을 감고 커다란 푸딩에 빠지는 감각에 몸을 맡겼다.

회전목마 앞에 놓인 웅덩이는 유난히 동그랬다. 한 치의 오차도 없는 정원. 푸른색 작업복을 입은 인부들은 한참 동안 그 웅덩이를 들여다보았다. 질 좋은 양복이 끈적한 젤리에 뒤엉켜 있었다. 그중 하나가 얼굴의 반 이상을 덮은 마스크를 내리며 말했다.

"그런데 요즘 사장님이 안 보이네."

인부들의 작업복에는 '광난클린'이라는 네 글자가 선명하게 박혀 있었다. 다른 한 명이 기다란 집게로 물건들을 건져 올리며 대꾸했다.

"그러게. 전에는 칼 같이 나오셨는데."

"무슨 일 생긴 건 아니겠지? 요즘 이상한 일이 많잖아."

"일이 생기기는 무슨. 뻔하지. 초심을 잃으신 거지."

"우리 사장님이 그럴 분인가."

"또 모르는 거야."

처음 말을 꺼낸 이가 거대한 청소기를 끌고 와 전원을 켰다. 청소기는 요란한 소리를 내며 분홍색 웅덩이를 빨아들였다. 시시껄렁한 대화를 주고받던 이들이 이동식 수레에서 퍼 런 락스통을 꺼내 바닥에 쏟아부었다. 현경이 녹아내린 자리 는 곧 푸른색 락스로 젖어 들었다. 인부들의 힘찬 걸레질로 이 제 그 자리엔 더 이상 어떤 흔적도 남아 있지 않았다.

7

이름 없는 친구들

0

"계좌에 있는 돈 5천+○○○, 저번에 단기 알바 뛴 걸 합하면 +20, 여기서 식비 40, 휴대폰 요금 9, 생활비 30을 빼고… 뭘 이렇게 많이 썼지. 그리고 고시원 월세까지 20을 빼면…. 망할, 세금도 나가잖아."

사준은 초조하게 숫자를 중얼거렸다. 아무리 계산하고 계산해도 전과 그리 달라진 것이 없었다. 유 사장에게 봉투를 받았을 때에는 무서울 정도로 크게 느껴졌던 금액이 이제는 그저 그랬다. 그렇다고 자신이 엄청난 사치를 부린 것도 아니다.

제일 큰 문제는 역시 월세였다. 놀이공원이 문을 닫은 탓에 기숙사를 나와 집을 구해야 했다. 그러나 서울의 집값이란 왜 이리도 비싼지. 유 사장이 준 돈으로 전세는 턱도 없었다.

한동안 고시원에 살면서 이런저런 빚을 갚고 필요한 물건들을 사다 보니 돈은 쉽게 줄어들었다. 새 직장을 구하기 위해 하루 종일 인터넷을 뒤적였지만 딱히 마땅한 자리가 보이지 않았다. 막다른 길에 틀어박힌 기분이었다.

쉴 새 없이 새로고침을 하는 사준의 눈에 모집 공고 하나가 띄었다. 광난클린에서 낸 공고였다.

모집 공고

: 단기직 경력 / 신입 무관

: 단순 청소 업무입니다.

: 숙식 제공 야근수당 주휴수당 주급으로 지급

: 체력 좋고 성실한 분들이 지원하시길 바랍니다.

사준은 얼마 전에 스치듯이 보았던 기사 하나를 떠올렸다. 뉴서울파크의 청소 작업을 광난클린이 맡기로 했다는 기사였다.

그날 벌어진 괴이한 실종 사건은 한동안 언론을 뜨겁게 달궜다. 수많은 사람들이 사라지고 그 자리엔 달콤한 젤리들만 남았다. 모든 게 두 시간도 채 되지 않는 시간 동안 벌어진 일이었다. 다른 나라에서 전문가들을 불러들여 가능한 모든 방면에서 연구를 진행했으나 아무 단서도 찾지 못했다.

시간이 지날수록 사람들은 사건의 전말을 알기보다 빨리 잊기를 원했다. 그건 막연함에 대한 공포였다. 내가 발을 딛고 사는 땅에서 이해할 수 없는 일이 벌어졌다는 사실을 받아들이기는 쉽지 않은 일이니까. 뉴서울파크는 여론이 잠잠해진 틈을 타 빠르게 광난클린과 계약을 체결했다. 그 광활한 부지를 오래 놀릴 수는 없었을 것이다.

사준은 기사 사진을 검색했다. 중요한 자리임에도 유 사장은 모습을 드러내지 않았다.

'돈 부족하면 연락하세요.'

유 사장이 돈 봉투를 건네며 뱉은 말이었다. 그 말을 곱씹어 볼수록, 돈을 더 받았어야 했다는 생각에서 벗어날 수 없었다. 고작 봉투 하나만큼의 금액에 영두의 시체를 묻었다니 너무 억울하다.

결국 그는 유 사장에게 받은 명함을 꺼내 들었다. 전화를 걸었지만 신호음만 갈 뿐 통화가 연결되는 일은 없었다. 일부러 피하는 것이 분명했다. 영상을 빌미로 적어도 두 배는 더 뜯어낼 수 있었을 텐데. 어떻게든 다시 유 사장을 만나야 했다. 그는 모집 공고를 자세히 들여다보았다. 평균을 훨씬 웃도는 페이에 숙식이 제공된다. 사준은 빠르게 머리를 굴렸다.

"숙식이면 지금 있는 돈은 굳을 테고. 명시된 기본급이 300이니까 만약 야근을 일주일에 세 번씩은 한다고 치면 추가 수당 ○○… 아, 인센티브도 받을 수 있다고 되어 있네, 그럼 적어도 50은 추가해도 되겠지. 이만큼을 다 모으면 총 계좌엔…."

어떻게 계산해도 지원하는 편이 이득이라는 계산이 떨어졌다. 이 조막만 한 고시원에서 시간을 보낼 바에는 단 몇 개월이라도 월세를 아끼며 돈을 버는 게 나을 것이다. 게다가 유현경 사장은 원래 직원들과 함께 일하기로 유명했다. 현장에서 그녀를 다시 만날 수 있을지도 모른다.

순간 그날 보았던 놀이공원의 기괴한 광경이 떠올랐으나 사준은 이내 지원하기 버튼을 클릭했다. 그래 봤자 젤리들이었고, 그때의 사건들은 하룻밤 꿈이라고 칠 수도 있을 정도로 비현실적이었으니까. 꿈은 깨어나면 멀어지기 마련이다. 진짜 무서운 건 그 뒤에 벌어지는 현실이지. 사준은 서둘러 지원서를 제출했다.

1

젤리의 첫 기억은 까슬한 시멘트의 감촉이었다. 누군가의 발바닥이 고스란히 느껴졌고, 물컹이는 낯선 소리 너머로 어렴풋한 의식이 퍼져 나갔다. 젤리는 불쑥 몸을 일으켰다.

"아야, 내 머리!"

목소리는 자연스럽게 튀어나왔다. 머리에 찍힌 발자국은 우스울 만큼 선명했다. 아프진 않았으나 생경한 감각이었다.

젤리는 동그란 두 눈으로 앞을 내다봤다. 발자국의 주인은 지나가던 고양이였다. 젤리를 밟고 저 멀리까지 나아간 고양이가 자리에 서서 자신을 응시했다. 인사하듯이 팔을 흔들자 고양이가 다가왔다. 바닥에는 찍혀 있던 것과는 반대 방향의 발자국이 새로 생겨났다. 고양이가 노란 눈을 빛내며 말했다.

"너 살아 있구나."

"살아 있다니?"

젤리가 의문이 담긴 목소리로 되물었다. 고양이는 아래를 가리켰다. 바닥에는 자신과 비슷한 젤리들이 눌어붙어 있었다.

"얘네는 움직이거나 말을 하지 않아. 지금까지 수도 없이 발자국을 남기며 돌아다녔지만 나에게 말을 건 젤리는 너뿐이야."

젤리는 두 눈을 깜빡였다. 머리를 문지르던 팔을 뻗어 자신의 투명한 표면을 확인했다. 같은 색, 같은 감촉을 가졌는데 어째서 저들은 움직이거나 말을 할 수 없는 걸까. 이해할 수 없었다. 젤리는 고양이를 향해 물었다.

"난 어떻게 생겼어?"

고양이는 젤리를 빤히 바라보다 답했다.

"날 따라와."

젤리는 동그란 몸통을 움직였다. 고양이처럼 기둥 같은 다리는 없지만 어째서인지 걸을 수 있을 것 같았다. 몸의 아래쪽에 힘을 주자 바닥에 붙은 밑면이 분주히 꿈틀거렸다. 몸은 확실히 앞으로 나아갔다.

고양이는 앞장서서 걸었다. 젤리는 고양이를 놓치지 않기 위해 최대한 빠르게 움직였다. 몸의 한가운데가 쿵쿵 뛰었다. 정신없이 주위를 두리번거리며 걸었다. 고양이는 드문드문 멈춰서 한참 느린 자신을 기다려 줬다.

고양이를 따라 도착한 곳은 '미러랜드'라는 간판이 붙은 낡은 성이었다. 그곳에도 움직이지 않는 젤리들이 가득했다. 둘은 성 안으로 향했다. 사방에 거울이 가득한 방이 나타났다. 고양이는 거울의 한 면을 가리키며 말했다.

"이게 네 모습이야."

젤리는 처음 마주하는 자신의 모습을 두 눈에 담았다. 물방울 같이 동그란 몸체에 역시 동그란 두 눈이 달려 있다. 머리에 찍힌 발자국은 그사이에 희미해져서, 매끈한 표면으로 돌아오는 중이었다. 미로 같은 공간 안의 무수한 거울들이 자신과 고양이를 비췄다. 젤리는 거울 속의 고양이를 향해 물었다.

"나 말고도 움직이는 젤리를 본 적이 있니?"

고양이는 천천히 고개를 저었다.

젤리는 미러랜드를 빠져나왔다. 성의 입구에서 내려와 널브러진 젤리들을 돌기 같은 손으로 툭툭 건드려 보았으나 그들은 꼼짝도 하지 않았다. 고양이가 했던 것처럼 꾹 눌러서 자국을 남겨 보기도 했다. 역시 아무런 반응도 없었다. 몸통 한가운데가 뻥 뚫린 듯 서늘했다. 고양이의 목소리가 들려온 건 그때였다.

"걱정 마. 나도 혼자니까."

고양이는 성의 계단에서 폴짝 내려와 젤리의 옆에 섰다. 젤리가 동그란 눈을 반짝이며 되물었다.

"정말 너도 혼자야?"

"그래."

고양이가 앞발을 들어 젤리의 머리에 다시 발자국을 남겼다. 젤리는 선명히 찍힌 고양이의 발자국을 쓰다듬었다. 울퉁불퉁해진 자신의 표면이 어째서인지 마음에 들었다. 몸통 한가운데를 괴롭히던 서늘한 감각은 서서히 사라져 갔다.

젤리는 온종일 고양이를 따라다녔다. 고양이는 그런 젤리를 귀찮아했다.

"따라오지 마. 끈적거리는 게 달라붙으면 얼마나 짜증 나는데."

그러다가도 젤리가 길을 잃는다든가, 놀이 기구의 틈새에 빠진다든가 하는 위험의 순간엔 어디선가 불쑥 나타나 도움의 손길을 내밀었다. 젤리는 그런 고양이가 좋았다. 고양이는 무뚝뚝하지만 친절했고, 눈에 보이지 않을 뿐 항상 자신의 곁에 있었다. 고양이를 생각하면 몸통 안에 몽글몽글한 기포가 차올랐다. 그런 평화로운 날들이 이어졌다.

광장에 누워 뒹굴거리기 좋은 날이었다. 어디선가 낯선 소음이 들려왔다. 고양이가 서둘러 일어서더니 자신을 벤치 아래로 끌고 들어갔다. 빠르게 다가온 기계에서 내린 것은 처음 보는 생물이었다. 고양이는 그들을 인간이라고 불렀다.

"빨리 숨어."

젤리는 어째서 숨어야 하는지 이해할 수 없었으나 일단 고양이의 말을 따르기로 했다. 고양이를 따라 벤치 아래에 숨어 인간들을 관찰했다. 인간들은 알아듣기 힘든 말을 주고받으며 공원이 저들 것인 양 돌아다녔다.

"넌 절대 인간들 눈에 띄면 안 돼."

고양이가 젤리를 향해 노란 눈을 맞추며 당부했다. 인간들은 이후로도 몇 번이나 놀이공원에 나타났다. 나중에는 아예 거대한 상자를 쌓고 다른 인간들을 데려와 살기 시작했다. 인간들이 점령하는 땅은 점점 늘어났고, 그만큼 젤리와 고양이가 놀 수 있는 땅은 줄어들었다. 젤리의 동그란 몸통 한가운데에서 소용돌이가 휘몰아쳤다. 몽글몽글한 기포가 아닌, 큼지막한 거품들이 부글부글 끓어올랐다.

"억울해. 원래 우리가 놀던 곳이잖아."

"이런 건 늘 있는 일이야."

고양이는 아무렇지도 않아 보였다. 그 얼굴은 낮에는 해가 뜨고 밤에는 달이 뜨지, 라고 말하는 것처럼 아주 태연하고 또 지긋지긋해 보였다.

그리고 얼마 지나지 않아 괴물이 나타났다. 젤리는 그제야 고양이의 당부를 이해했다. 인간과 함께 공원을 누비는 청소기라는 괴물은 무시무시한 소리를 내며 젤리들을 닥치는 대로 빨아들였다. 한 번 잡아먹히면 다시는 돌아오지 못했다. 젤리는 청소기의 검은 입을 보며 비명을 참았다.

공원의 젤리들은 빠른 속도로 줄어 갔다. 밖에서 놀 수 있는 시간은 현저히 줄어들었다. 낮의 대부분을 아지트인 카페 안에서 시간을 보냈다. 밖에 나갈 수 있는 시간은 청소기가 활동하지 않는 늦은 밤이나 이른 새벽뿐이었다. 젤리는 웅웅거리는 청소기 소리가 들리면 카페 서랍장 안에서 몸을 웅크리고 귀를 막았다. 그럴 때마다 고양이는 젤리의 곁에서 무심한 목소리로 말했다.

"괜찮아. 전부 언젠가는 끝날 일이야."

놀랍게도 매번 마음의 안정이 찾아왔다.

젤리는 종종 그 말을 곱씹었다. 그건 꼭 마법의 주문 같았다. 우울한 날에도, 인간에게 모습을 들킬 뻔한 날에도, 청소기가 유난히 시끄럽게 울어 대던 날에도 그 말을 떠올리면 견딜 수 있었다. 언젠가는 끝날 일. 힘들고 안 좋은 모든 것들은 결국 지나간다. 물론 좋은 것들도 지나간다. 그러다 문득 한 가지 생각이 들었다. 고양이는 이 멋지고 슬픈 사실을 어떻게 알아냈을까? 젤리는 낮잠을 준비하는 고양이를 흔들어 깨우며 물었다.

"나를 만나기 전에 너는 계속 혼자였어?"

고양이는 오랫동안 생각하다가 답했다.

"혼자가 아닐 때도 있었지만 전부 떠나갔어."

"왜?"

"어쩔 수 없는 일이야. 나는 아주 오래 살았거든. 이 놀이 공원보다도 더 오래."

놀이공원은 아주 컸다. 이렇게 큰 놀이공원이 지어지기까지는 아주 오랜 시간이 걸렸을 것이다. 고양이가 얼마나 긴 시간을 살았는지 상상조차 가지 않았다. 넓은 곳을 홀로 거닐고 있노라면 굉장히 외로울 것 같았다. 그 사이에 고양이를 스쳐 간 친구들이 분명 있었겠지. 하지만 지금은 아무도 곁에 남지 않았다. 젤리는 그러고 싶지 않았다. 고양이를 혼자 두고 싶지 않았다.

"나는 떠나지 않을 거야."

고양이는 대답 대신 하품을 늘어놓았다. 젤리는 도대체 고양이의 나이가 친구와 어떤 관련이 있는지 이해할 수 없었지만 자신은 그러지 않을 것이라고 확신했다. 고양이 없는 자신은 상상도 할 수 없으니까. 어느덧 머리를 울리는 청소기 소리도 익숙해질 무렵, 젤리는 꿈을 꾸기 시작했다.

2

처음 젤리의 목소리가 들렸을 때, 고양이는 자신의 두 귀를 의심했다. 뒤돌아서자 물방울 같이 생긴 게 손을 흔들었다. 처음 보는 생명체였다. 말도 하고 살아 움직이는 젤리라니, 그건 젤리도 아니고, 인간은 더더욱 아니었다.

미러랜드에서 자신의 모습을 확인한 젤리는 혼란스러워 보였다.

"걱정 마. 나도 혼자니까."

그러니까, 풀이 죽은 젤리에게 그런 말을 건넨 까닭은 순전히 한순간의 충동이었다. 고양이는 이후로도 자신이 왜 그딴 말을 했는지 이해를 할 수가 없었는데, 허구한 날 달라붙는 젤리를 상대하다 보면 정신이 없어서 금세 까먹기 일쑤였다. 젤리는 집요했다. 고양이는 보란 듯이 나무 위로 올라가 약을 올리고, 힘겹게 다가온 젤리를 공처럼 굴려 버리기도 했다. 그래도 끊임없이 따라다녔다. 그런 젤리를 대할 때면 종종 노인의 딸이 떠올랐다. 틈만 나면 귀찮게 구는 게 아주 비슷했다.

"나는 떠나지 않을 거야."

이렇게 부질없는 말을 늘어놓는 점까지도 닮았다. 젤리의 동그란 눈이 결의에 차 반짝였다. 고양이는 길게 하품을 늘어놓았다. 떠나지 않는다니. 젤리의 말을 믿지 않는다. 물론 젤리가 거짓말을 할 생각이 없다는 걸 알고 있다. 젤리는 아직 너무 어려서 모를 뿐이다. 떠나거나, 떠나지 않는 건 마음대로 되는 일이 아니란 사실을. 이 세상에 영원한 것은 없다.

젤리는 이후로도 습관처럼 그 말을 반복했다. 말에는 힘이 있다. 그 힘은 마음이라는 줏대 없는 덩어리를 마구 주무른다. 갈피를 잡지 못하게 하고 한없이 연약하게 만든다. 젤리는 그 사실도 모르고 책임감 없는 말들을 늘어놓았다. 떠나지 않는다느니, 영원히 함께 하자느니와 같은 허황된 말들을. 고양이는 어느 순간 그 주문 같은 말들에 휘둘리는 자신을 발견했다. 이런 상황은 정말이지 원하는 바가 아니었다. 아무것도 모르는 젤리는 카페 소파에서 앞구르기를 하며 해맑게 웃을 뿐이었다.

매일 같이 청소기 소리가 들렸다. 공원을 뒤덮은 젤리 더미들은 점점 줄어들었다. 고양이는 지루한 얼굴의 인간들을 보며 생각했다. 저들은 젤리가 한때 같은 인간이었다는 진실을 알까. 알고서도 상관하지 않는 걸까, 아니면 어쩔 수 없기에 받아들인 걸까? 이미 있는 무언가를 치우고 다시 시작하는 건 인간들이 늘 하는 일이었다. 젤리는 청소기를 보며 공포에 떨었지만 고양이는 모두가 언젠가는 지나갈 것임을 알았다.

낮이면 몰려드는 푸른 옷의 인간들 틈에서 고양이는 낯익은 얼굴을 발견했다. 분명 회전목마 앞에서 춤추던 털북숭이 속 인간이었다.

3

버스를 타고 도착한 뉴서울파크는 마지막에 본 모습과 별로 달라진 바 없어 보였다. 차이점이 있다면 마냥 찐득했던 분홍색 점액질들이 적당히 말라붙었다는 것뿐. 이 많은 젤리들을 전부 제거하려면 꽤 고생일 듯싶었다. 첫날에는 방 배정과 물품 배급, 그리고 간단한 업무 오리엔테이션이 진행되었다. 와중에도 사준의 정신은 온통 유 사장의 거취에 팔려 있었으나 특별한 흔적은 발견하지 못했다.

일을 시작하고 며칠 동안은 분위기를 살폈다. 유 사장은 털끝도 보이지 않았다. 기존 직원들 입에서 사장님이 변했다느니 하는 소리가 나오자 사준은 몰래 이전의 공터를 찾았다. 일단 생사를 확인해야 했다. 공터에 유 사장의 차는 없었다. 주변을 이 잡듯이 뒤진 끝에 그녀의 차를 발견한 장소는 입구 주차장이었다. 차가 남아 있다는 건 그녀가 돌아가지 못했다는 뜻이다.

사준은 주위에 사람이 없는지 확인한 뒤 유 사장의 차창을 깼다. 내부를 빠르게 훑었지만 딱히 돈이 될 만한 물건은 보이지 않았다. 구석에 지갑이 떨어져 있었으나 현금은 없었다. 카드는 나중에라도 괜한 의심을 사고 싶지 않아 내려놓았다.

"그럼 돈은 어떻게 하지? 이제 나올 구멍은 없는 건가…."

혼잣말을 중얼거리던 사준의 머리에 한 가지 생각이 떠올랐다. 유 사장이 가져간 자신의 핸드폰. 그 안에는 영두의 살해 장면이 고스란히 녹화되어 있다. 유 사장이 사라졌다면 핸드폰은 이곳 어딘가에 남아 있을 가능성이 컸다. 앞뒤만 좀 잘라서 음소거한 상태의 영상을 기자들에게 넘기면 비싸게 받을 수 있지 않을까. 사준의 만면에 미소가 가득 찼다. 그는 서둘러 유 사장의 차로 돌아갔다. 내부를 샅샅이 뒤졌으나 핸드폰은 보이지 않았다.

"젠장, 어디에 둔 거야."

차 안에 없다면 놀이공원 안에 있을 수도 있다. 아무래도 당장 내일부터 청소할 때 꼼꼼히 살펴봐야겠다. 놀이공원을 뒤덮은 젤리 더미 안에는 각종 생활용품과 핸드폰들이 널려 있었다. 원칙적으로 작업 도중 발견된 물건들은 따로 보관한 뒤 조사 업체에 넘겨야 하지만 청소부들 중 몇몇은 상태가 괜찮은 물건을 빼돌려 중고로 팔기도 했다.

"설마 누가 벌써 팔지는 않았겠지."

그렇다면 큰일이었다. 영상에 얼굴이 나오지는 않았지만 일단 핸드폰 명의자가 자신이었다. 식은땀이 흘렀다. 사준은 서둘러 새로 산 핸드폰으로 인터넷을 뒤졌다. '핸드폰 분실 위치 추적' 따위를 검색해서 계정으로 위치를 찾는 방법을 알아낸 그는 떨리는 손으로 빨간 점이 찍힌 지도를 확인했다. 지도는 핸드폰의 마지막 위치로 회전목마 근처를 가리키고 있었다. 회전목마라면 숙소로 쓰는 컨테이너와 가까웠다. 핸드폰이 그날 이후로 계속 꺼져 있었던 셈이니 아직 제3자의 손에 들어가지는 않았다는 뜻이었다. 사준은 안도했다. 물품 보관실과 회전목마 근처를 잘 뒤지면 분명 찾을 수 있을 것이다. 그래야만 했다. 그는 주문을 외우듯이 같은 말을 중얼거리며 걸었다.

어느새 자정이 가까운 시간이었다. 숙소가 있는 광장 이외에는 전기가 들어오지 않는 탓에 한 치 앞이 보이지 않았다. 어디선가 고양이 울음소리가 음산하게 울려 퍼졌다. 그와 동시에 컴컴한 시야 사이로 어떤 덩어리가 스쳐 지나갔다. 사준의 입에서 비명이 튀어나왔다. 휘청이며 뒷걸음질을 치자 이번엔 발목에 말랑한 것이 닿았다. 외마디를 지르며 넘어진 사준은 가까스로 핸드폰을 꺼내 들었다. 조명을 켜서 정면을 비췄다. 두 눈을 반짝이는 고양이 한 마리가 얌전히 발을 모으고 있었다.

"재수 없게…."

사준이 먼지를 털며 일어서자 고양이는 날 선 소리를 내며 풀숲으로 사라졌다. 찝찝한 기분을 뒤로한 채 숙소로 돌아온 그는 조심스레 구석의 캐비닛으로 다가갔다. 모두들 피곤에 지쳐 잠이 든 채였다. 문을 열자 끼익거리는 소리가 났지만 깨는 사람은 없었다. 그는 조심스레 팀장의 작업복 주머니를 뒤져 보관실의 열쇠를 빼냈다.

4

가장 처음은 우습게도 그렇게 무서워하는 청소기 소리였다. 서랍 안에 몸을 숨긴 채 눈을 질끈 감았는데 어둠 너머로 낯설기도, 익숙하기도 한 어떤 장면이 펼쳐졌다. 그 안에서 자신은 해가 잘 드는 집의 소파에 누워 있었다. 앞에선 인간 여자가 한참 청소기를 미는 중이었다. 꿈이어서 그런 걸까? 청소기와 인간 여자는 전혀 무서워 보이지 않았다. 여자는 피곤한 얼굴을 했지만 온화한 미소를 띠었고, 청소기 역시 공원을 누비는 괴물들보다는 훨씬 작았다.

"○○야, 일어나야지."

자신을 향해 다가오는 여자의 목소리를 마지막으로 젤리는 반짝 눈떴다. 어째서인지 슬픈 기분이 들었다. 인간이 자신을 뭐라고 불렀는지 아무리 머리를 쥐어 짜내도 떠오르지 않았다.

이후로도 꿈은 불쑥불쑥 찾아왔다. 고양이가 인간에게 얻어 온 과자, 아지트로 쓰고 있는 카페 안의 물건들, 창밖 풍경, 심지어 낯선 인간의 얼굴로부터도 떠올랐다. 꿈이 찾아오기 이전까지 자신은 기억에 대해서는 생각해 본 적이 없었다. 그런데 요즘 들어 의문이 드는 것이다. 자신은 어떻게 눈을 뜨자마자 고양이를 고양이라 부른다는 걸 알았고, 자신이 젤리라 불린다는 걸 알았던 걸까.

"나도 모르는 내가 있을지도 몰라."

두근두근한 마음으로 꿈을 좇았다. 떠오르는 장면 속에서 놀이공원은 시끌벅적하고 흥겨웠다. 놀이공원을 채운 건 대부분 인간이었지만 그들은 청소기를 끌고 다니지도 않았고, 무서운 표정을 짓지도 않았다. 할 수만 있다면 하루 종일 그 장면을 들여다보고 싶을 정도였다.

꿈은 늘 애매한 지점에서 끝났다. 젤리는 고양이마저 잠든 고요함 속에서 깨어났다. 그럴 때마다 자꾸 낯선 감정이 샘솟았다. 한참 즐기던 축제에서 갑자기 쫓겨난 기분이었다. 갈수록 몸이 무거워졌다.

아직 해도 뜨지 않은 새벽이었다. 젤리는 축축한 밤공기와 지나간 꿈속을 번갈아 곱씹으며 무거운 몸을 한껏 늘어뜨렸다. 동그란 물방울보다는 흘러내리는 진흙 뭉치에 가까운 모양새였다. 뒤척이다 잠든 고양이의 발을 건드렸는지, 고양이가 감았던 눈을 들어 올렸다. 젤리는 여전히 늘어진 채로 고양이에게 물었다.

"고양아, 너는 내가 깨어났을 때 바로 옆에 있었잖아. 나에 대해 뭐 아는 거 없니?"

"너도 모르는 걸 내가 어떻게 알겠어."

당연한 대답이었음에도 젤리는 풀이 죽어 몸을 웅크렸다.

인간들이 전부 상자 안으로 들어가 잠든 새벽이면 젤리는 고양이와 함께 밤의 놀이공원을 산책했다. 마음 놓고 돌아다닐 수 있는 시간은 그때뿐이었다. 걷다 보면 신기한 것들이 많이 보였다. 개중에는 지갑, 반지, 빨대처럼 꿈속에서 마주친 물건들도 있었다. 젤리는 마음에 드는 것들은 주워서 제 머리에 붙이곤 했다.

오늘의 밤 산책은 운이 좋았다. 회전목마의 말 다리 아래에서 핸드폰이라는 물건을 발견했기 때문이다. 젤리는 꿈 안에서 몇 번이나 보았던 물건을 짧은 팔로 들어 올렸다. 납작하고 네모난 그것은 꽤 묵직했다.

"나 이거 본 적이 있어. 인간들은 이걸 엄청 좋아하던데."

고양이는 젤리의 말에 맞장구를 쳤다.

"맞아. 인간들은 그거 없이는 못 살아."

꿈속에서 거닐었던 거리에는 핸드폰을 파는 가게들이 무척 많았다. 그 네모난 물건이 가지고 싶어서 자신은 인간 여자를 한참이나 졸랐다. 그럴 때 인간 여자는 우는 것도 웃는 것도 아닌 이상한 표정을 지었다. 그 얼굴이 강하게 기억에 남았다. 젤리는 주워 든 핸드폰을 오랫동안 관찰했다.

핸드폰에는 그냥 까만 화면만 있을 뿐 뭔가 작동되는 기미는 보이지 않았다. 분명 인간들은 이걸로 대화도 나누고, 음악도 틀고 했던 것 같은데 잘 모르겠다. 고장 났을 수도 있지. 젤리는 핸드폰을 만지작거리다가 자신의 옆머리에 딱 붙였다. 핸드폰은 쉽게 달라붙었다.

"인간들은 꼭 옆얼굴에 이걸 붙이고 말하더라."

고양이가 옅은 소리를 내며 웃었다. 뜻밖의 수확에 신이 난 젤리는 콧노래를 부르며 걸어 나갔다. 고양이는 뒤에서 호위하듯이 젤리를 따랐다. 조명이 꺼진 거리는 온통 깜깜했다. 어둠 속에서 고양이의 두 눈만 하얗게 빛났다. 갑자기 고양이의 걸음이 멈췄다. 젤리는 뒤돌아 앞을 응시했다. 멀리서 푸른 옷의 인간이 걸어오고 있었다. 인간이 있을 리 없는 시간이었다. 당황한 젤리의 몸이 딱딱하게 굳었다. 고양이가 그런 젤리를 돌아보며 외쳤다.

5

"넌 빨리 울타리로 도망쳐."

멀리서 다가오는 인간의 낯이 익었다. 분명 털북숭이 속 인간이었다. 고양이의 머릿속에 욕설을 내뱉던 털북숭이의 모습이 스쳐 지나갔다. 젤리를 숨겨야 했다. 인간들이 움직이는 젤리를 가만히 둘 리가 없었다. 고양이는 젤리를 뒤로 밀치고 앞으로 나아갔다. 순간 꼬리가 팽팽히 당겨졌다. 고양이의 꼬리를 붙잡은 젤리가 울음 섞인 목소리로 말했다.

"싫어! 청소기 괴물이 너도 빨아들이면 어떡해."

"청소기는 고양이 안 먹어."

"난 너랑 떨어지기 싫어."

젤리가 붙잡고 늘어지는 틈에 인간이 코앞으로 다가왔다. 하여간 젤리를 달고 다니는 건 힘든 일이다. 고양이는 젤리를 다짜고짜 옆으로 굴렸다. 인간이 내민 발과 한 끗 차이로 젤리는 풀숲에 들어갔다. 고양이는 재빠르게 인간의 발을 건드렸다. 비명과 함께 넘어진 인간이 조명을 비췄다. 고양이는 보란 듯이 울었다.

별다른 일은 일어나지 않았다. 인간이 떠나고 난 후에 고양이는 풀숲에 숨은 젤리를 찾았다. 젤리는 눈을 감은 채 몸을 웅크리고 있었다. 고양이가 젤리를 다독이며 말했다.

"인간은 갔어."

젤리가 고양이의 품을 파고들었다. 잘게 떨리는 말캉한 표면이 느껴졌다. 차갑고 축축하지만 그 느낌이 좋았다. 고양이는 한쪽 발을 들어 그런 젤리를 감쌌다.

"이렇게 겁이 많아서 어떡할래?"

시비인지 위로인지 모를 말과 함께 고양이는 둥그스름한 젤리의 표면을 핥았다. 달짝지근한 과일 향이 났다. 다른 한쪽엔 여전히 핸드폰이 달라붙어 있었다. 고양이가 눈을 가늘게 뜨고 젤리의 핸드폰을 가리키며 물었다.

"너 이거 안 뗄 거야?"

"응. 이러고 있을래."

젤리가 고양이를 껴안은 채로 답했다. 고양이는 대답 대신 작게 울었다. 젤리는 그 뒤로도 계속 머리에 핸드폰을 붙이고 다녔다. 툭하면 고개를 비스듬히 하고는 인간들이 통화하는 모습을 흉내 냈다. 젤리의 그런 행동이 우습고 귀여워서 딱히 타박하진 않았다.

와중에 어떤 의문이 들었다. 젤리는 핸드폰을 그렇게 사용한다는 사실을 어떻게 알았을까. 푸른 옷을 입은 인간들은 낮에는 핸드폰을 잘 쓰지 않았다. 밤이면 상자 근처에서 사용하는 모습을 보긴 했지만, 겁이 많은 젤리는 상자 가까이엔 간 적이 없다. 생선 가시를 잘못 삼킨 듯 목이 답답했다.

6

새벽 2시가 넘은 시각, 사준은 몰래 숙소에서 나와 보관실로 향했다. 낮에 회전목마 주변을 샅샅이 뒤졌지만 아무것도 찾을 수 없었다. 보관실이 마지막 희망이었다. 초조한 마음으로 어두컴컴한 실내를 향해 나아갔다. 내부에는 젤리가 덕지덕지 뒤덮인 물건들이 산을 이뤘다.

핸드폰과 같은 전자 기기가 놓인 칸은 제일 안쪽이었다. 사준은 위태로워 보이는 철제 선반 앞으로 다가가 손전등 불빛을 비췄다. 끈적한 젤리가 덜 씻긴 기기들이 플라스틱 바구니 안에 뒤엉켜 있었다.

"제발 있어라."

미리 챙겨 온 장갑을 끼고 바구니를 뒤지기 시작했다. 손가락 사이사이에 젤리의 잔해들이 엉겨 붙었다. 그의 손이 분주히 전원을 껐다 켜기를 반복했다. 같은 기종의 물건들은 몇 개 있었으나, 자신의 핸드폰은 아니었다. 결국 무엇 하나 건지지 못한 채로 돌아섰다. 조용히 보관실 문을 잠그자 이루 말할 수 없는 초조함이 몰려왔다.

귀신이 곡할 노릇이었다. 놀이공원에도 없고, 보관실에도 없고, 휴대폰이 다시 켜지지도 않았다는 건 정말 완전히 사라져 버렸다는 얘기 아닌가. 발이 달려서 도망 다닐 리는 없으니까.

　유난히 달이 밝은 밤이었다. 숙소로 돌아가던 그는 뜻밖의 노란 눈동자와 마주했다. 검고 하얀 털을 가진 고양이가 자신을 샛노란 눈으로 응시했다. 이제 보니 고양이는 꽤 낯이 익었다. 자신이 회전목마 앞에서 춤출 적, 벤치 구석에 앉아 사람들이 건넨 간식을 야금거리던 꿈냥이. 그때도 샛노란 눈으로 자신을 가엾다는 듯이 바라봤다.

　"재수 없게."

　사준은 천천히 고양이 앞으로 다가갔다. 꿈냥이는 우는 소리도 내지 않고, 그 기이한 눈동자를 빛내다 풀숲 사이로 사라졌다. 사준은 허탈하게 고양이가 사라진 어둠을 응시했다. 묘한 생각이 들었다.

　고양이는 자신이 핸드폰을 찾아 헤맬 때마다 모습을 드러냈다. 기분 나쁜 노란 눈으로 한참을 응시하고는 약 올리듯이 사라진다. 놈의 시선은 항상 자신을 얕잡아 보는 것 같았다. 지금 이 순간에도 저 어둠 어딘가 숨어 자신을 지켜보고 있을지 몰랐다. 문득 핸드폰을 찾을 수 없게 된 원인이 그놈에게 있을지도 모른다는 생각이 들었다. 차마 입 밖에 낼 수 없을 만큼 터무니없는 생각이다. 하지만 한 번 시작된 고양이에 대한 의심은 사준의 머릿속에서 점점 크기를 키워 갔다.

　사준은 충혈된 눈을 부릅뜬 채로 숙소로 돌아왔다. 보관실의 열쇠를 원래 자리에 돌려놓은 뒤 침대에 누웠지만 잠은 오지 않았다. 고양이의 노란색 눈이 어둠 속에서 빛나는 듯했다.

7

젤리는 고양이와 처음 만난 보도블록 위에 늘어져서 눈을 깜빡였다. 밤하늘에 드문드문 별이 박혀 있었다. 짧은 팔을 뻗어 보았지만 별은 잡히지 않았다. 외롭다. 고양이가 있는데 왜 이런 기분이 드는 걸까.

한참을 누워 있던 젤리는 벤치를 향해 몸을 옮겼다. 전에는 고양이 없이는 아무것도 못 했다. 벤치에도 오르지 못해서 늘 고양이가 받쳐 줬는데, 이제는 끈적한 표면을 이용해 벤치 다리를 타고 오르는 일 정도는 할 수 있었다. 벤치의 다리는 차가웠다. 엊그제 이런 의자에 앉아서 하염없이 누군가를 기다리는 꿈을 꿨다. 그때는 대낮이라 엉덩이가 뜨거웠는데, 지금은 정반대였다. 젤리는 가만히 앉아 주위를 둘러보았다.

벤치 근처의 화단에서 뭔가 반짝였다. 젤리는 홀린 듯이 다가가 고개를 숙였다. 보라색 소라 모양 핀이었다. 익숙하고 그리운 기분이 들었다. 젤리는 핀을 주워 들고 달빛에 이리저리 돌려 보았다. 핀은 각도에 따라서 다른 색으로 빛났다. 분명 이런 걸 본 적이 있었는데.

핀을 꽂은 푸석한 곱슬머리가 눈앞에서 흔들리는 듯했다. 젤리는 머리에 핀을 꽂아 주던 다정한 손길을 떠올렸다. 저 멀리 자신을 향해 뛰어오는 옷자락이 보였다. 목소리가 들려왔다. 자신을 부르는 목소리였다.

"주아야!"

푸른색 원피스를 입은 엄마가 자신을 향해 뛰어온다. 눈가가 붉고 얼굴은 일그러져 있다. 엄마가 자신을 껴안는다. 엄마의 마른 팔뚝이 느껴진다. 엄마가 다시 한 번 외친다.

"주아야!"

"젤리."

목소리의 주인은 고양이었다. 언제 따라 나왔는지 고양이는 졸음이 가시지 않은 얼굴로 자신의 앞에 눈을 맞추고 앉았다. 젤리의 눈이 초점을 되찾았다. 주위를 둘러보았지만 엄마의 옷자락도, 자신을 부둥켜안는 팔도 남아 있지 않았다. 주아라는 이름과 엄마의 핀만이 남았다. 젤리는 핀을 머리에 붙였다. 매끄러운 보라색이 투명한 분홍색과 꽤 잘 어울렸다.

젤리는 머리에 붙인 핀이 떨어지지 않게 더욱 꽉 눌렀다. 그리고 큼지막한 두 눈을 깜박이며 고양이를 바라봤다. 고양이는 언제나와 다름없이 자신의 곁에 있다. 그러나 이제 젤리 안에는 그것만으로는 채워지지 않는 거대한 기포가 생겨 버렸다. 얇은 기포의 안쪽은 텅 비어 있어서 너무 춥다. 그 공간을 채울 수 있는 무언가가 필요했다. 젤리는 고양이를 향해 말했다.

"내 이름은 주아래."

"주아."

고양이가 나긋이 젤리의 이름을 불렀다. 늘 듣는 목소리
가 좋았다.

"고양아. 난 인간이었나 봐. 나를 껴안던 엄마의 손길, 그리
고 이름을 부르던 목소리가 선명히 기억나. 엄마는 어디로 갔
을까?"

고양이는 말이 없었다. 젤리는 혼잣말을 중얼거렸다.

"무슨 일이 있었던 걸까? 나는 어쩌다 젤리가 되어 버렸을
까?"

고양이에게서는 여전히 대꾸가 없었다. 그 노란 눈은 아주
먼 곳을 보는 듯했다. 젤리는 조심스럽게 물었다.

"엄마를 찾고 싶어. 나를 도와줄래?"

8

고양이는 물기가 그렁그렁한 젤리의 눈을 응시했다. 젤리
의 고백을 들었는데도 놀랍다는 느낌은 들지 않았다. 목에 박
힌 생선 가시를 끝내 삼키고야 만 기분이었다.

젤리와 주아라는 두 개의 이름을 번갈아 떠올렸다. 젤리
는 젤리였는데 어째서 갑자기 주아가 되어 버린 걸까. 그냥 젤
리로 남으면 안 되는 걸까. 주아라는 이름의 아이를 기억한다.
눈물이 많은 아이였고 엄마와 함께 광장에서 녹아내린 아이
였다. 그 아이를 기점으로 놀이공원은 젤리로 뒤덮였다.

"이제 곧 재미있는 일이 벌어질 거야."

탁했던 남자의 음성이 떠올랐다. 그날의 일은 더 이상 생
각하고 싶지 않다. 그건 하룻밤의 악몽일 뿐이었다. 젤리가 그
날의 일을 몰랐으면 했다. 알고 나서 괴로울 기억이라면 그냥
묻히는 쪽이 나았다. 고양이는 혼란스러워 보이는 젤리를 바
라봤다. 둥근 몸 안쪽에 크고 작은 기포가 탄산처럼 끊임없이
차올랐다.

"엄마를 찾아야겠어. 나를 도와줄래?"

어차피 남는 건 아무도, 아무것도 없을 텐데. 고양이는 씁
쓸한 기분을 숨기고 진심을 담아 답했다.

"난 그냥 네가 행복했으면 좋겠어."

그 말에 젤리는 답했다.

"나도 네가 행복했으면 좋겠어."

고양이는 자리에서 일어나 기지개를 켰다. 크게 숨을 들이
마시자 차가운 밤공기가 안으로 들어찼다. 지금 이 순간 젤리
를 위해서 제일 좋은 풍경을 보여 주고 싶었다. 아마도 젤리는,
주아가 아닌 젤리는 단 한 번도 보지 못했을 광경을 말이다.
고양이는 젤리를 마주 보며 말했다.

"재미있는 걸 보여 줄게. 나를 따라와."

고양이는 젤리를 회전목마의 작동 박스로 이끌었다. 인간

들의 상자와 가까워서 제일 먼저 청소가 끝난 그곳은 드문드 문 먼지만 쌓여 있을 뿐 말끔했다. 뿐만 아니라 놀이공원의 기 구들을 통틀어 유일하게 전원이 들어왔다. 낮에 인간들의 대 화를 엿듣다가 알아낸 사실이었다. 훌쩍 뛰어서 창가에 선 고 양이는 빨간 버튼을 가리켰다.

"이걸 눌러 봐."

젤리가 기계 위로 올라 버튼 앞에 섰다. 전에는 자신이 아 래를 받쳐 주지 않으면 벤치도 오르지 못했는데, 이제는 높은 곳도 척척 잘만 타고 오른다. 새삼스레 묘한 기분이 들었다. 버 튼을 향해 팔을 뻗은 젤리가 고양이를 보며 물었다.

"이게 뭔데?"

"누르면 좋은 일이 생겨."

좋은 일, 이라고 작게 되뇌인 젤리가 버튼을 꾹 눌렀다. 곧 작동음과 함께 회전목마가 돌아가기 시작했다. 덜그럭거리는 잡음이 섞인 노래가 울려 퍼지고 전구에 불이 들어왔다. 젤리 의 눈이 크게 뜨였다.

"예쁘다…."

알록달록한 불빛을 쫓는 젤리의 입에서 감탄사가 새어 나 왔다. 고양이는 그런 젤리의 옆에 앉아 돌아가는 회전목마를 바라봤다. 문득 이 순간이 자신의 길고 긴 삶에서 아주 오래 남을 것이라는 확신이 들었다.

9

사준은 애써 눈을 감았다. 정신은 끔찍하리만치 말똥했다. 이리저리 몸을 뒤척이는 와중에 경쾌한 음악 소리가 지친 의식을 파고들었다. 질리도록 들었던 회전목마의 노랫소리다. 커튼 너머로 희미한 불빛이 비쳤다. 사준은 신경질적으로 커튼을 걷었다. 광장의 회전목마가 스스로 빙글빙글 돌아가고 있었다.

과하게 밝은 음악 소리는 오히려 스산하게 느껴졌다. 환청이 아닌지 잠들었던 다른 직원들도 당황스러운 기색으로 몸을 일으켰다. 사준은 퀭한 두 눈으로 밖을 응시했다. 다른 컨테이너에서 뛰쳐나온 이들 몇몇이 무리 지어 회전목마로 향했다.

"어."

무리를 쫓던 사준의 두 눈이 어떤 장면을 포착했다. 그는 일어서서 방 밖으로 뛰쳐나갔다. 홀린 듯이 그 요란한 불빛을 향해 달렸다. 꼭 노골적인 미끼에 걸린 것 같았지만 멈출 수가 없었다.

회전목마는 약 올리듯이 사람들이 도달하기 직전에 저절로 작동을 멈췄다. 앞서 향하던 사람들은 서서히 뒷걸음질 치더니 숙소로 돌아가 버렸다. 메인 광장에 남은 것은 사준뿐이었다. 그는 더 이상 돌아가지 않는 회전목마를 향해 나아갔다.

사준은 말들의 초점 없는 눈동자를 마주했다. 새벽의 찬기운이 잠옷 차림인 몸을 휘감았지만 춥다는 생각은 들지 않왔다. 그는 묘하게 흥분이 이는 몸을 느끼며 거친 숨을 몰아쉬었다. 그리고 자신을 이곳까지 오게 만든 장본인을 주시했다. 회전목마의 조종 박스 안에 고양이가 앉아 있었다. 사준은 이를 갈며 중얼거렸다.

"망할, 이번에도 고양이야…."

전에 눈이 마주쳤던 바로 그 턱시도 고양이, 지긋지긋한 꿈냥이였다. 자신이 헛것을 보고, 일이 안 풀려 고생할 때에는 항상 저 고양이가 있었다. 꿈꿈이 탈을 쓰고 일할 적에도 마찬가지였다. 땡볕에 춤을 추며 갖은 고생을 하고 있노라면 저 망할 고양이는 가만히 앉아 비웃는 듯한 얼굴로 자신을 바라보곤 했다.

사준은 이번에야말로 가만 놔두지 않겠다는 생각으로 고양이를 향해 다가갔다. 고양이는 조종 박스로 오르는 계단에서 뭔가를 굴리듯이 움직이고 있었다. 양발로 잡아당겼다가, 입으로 물었다가 하는 모양새가 무언가를 끌고 나오려는 듯했다. 이어서 모습을 드러낸 건 뜻밖에도 분홍 젤리 덩어리였다. 사준은 제 눈을 의심했다.

고양이 몸집만 한 젤리 덩어리의 표면은 스스로 호흡하는 것처럼 오르락내리락거렸다. 지면과 닿는 밑면 가장자리는 분주히 꿈틀거렸다. 마치 생물처럼 말이다. 젤리의 뒤통수에는 이런저런 물건들이 붙어 있었다. 그중 하나가 어둠 속에서 반짝였다. 분명 그렇게 찾아 헤매던 자신의 핸드폰이었다.

"내가 미친 건가?"

사준은 그 상태로 굳어 말도 안 되는 광경을 바라봤다. 제 눈을 마구 비벼 보기도 했다. 그것은 틀림없이 살아 움직이는 젤리였다. 심지어 눈을 깜빡이기까지 했다. 순간 영두의 시체를 묻고 돌아와 마주한 놀이공원의 참혹한 광경이 떠올랐다. 애써 묻어 두었던 악몽은 현실이 되어 사준을 갉아먹기 시작했다. 산속에 묻힌 영두의 시체는 지금쯤 얼마나 썩었을까. 이 모든 게 영두가 남긴 저주 같았다.

마지막 순간까지 시뻘건 눈을 부릅뜨던 영두의 얼굴이 사준의 머릿속에 박혔다. 사준은 덜덜 떨리는 손으로 제 머리카락을 움켜쥐었다. 비명을 지르고 싶은데 소리가 나오지 않았다. 목구멍을 누군가 틀어막은 것 같았다. 호흡이 빨라지고 눈앞이 팽팽 돌았다. 이건 저주야, 사준은 작게 중얼거렸다. 그는 계속해서 같은 말을 되뇌었다.

그새에 고양이와 젤리 덩어리는 점점 멀어져 어둠 속으로 자취를 감추었다. 안쪽에 깔린 까마득한 어둠을 보며 사준은 마음을 다잡았다. 영두의 뜻대로 당하지는 않을 것이다. 저것들의 정체가 무엇이든 간에 핸드폰을 되찾아야 했다. 사준의 충혈된 두 눈이 번뜩였다.

10

회전목마의 전구가 색을 바꿔 가며 깜빡였다. 빨간색, 노란색, 초록색, 그 선명한 불빛이 동공에 박힐 때마다 낯선 이미지들이 떠올라 젤리의 머릿속에서 펑펑 터졌다. 언젠가 가만히 보기만 해도 황홀한 회전목마를 마주한 적이 있다. 굉장히 더운 날이었다. 엄마를 찾아 땀을 뻘뻘 흘리며 회전목마처럼 같은 곳을 빙빙 돌았다.

고양이가 자신을 흔드는 게 느껴졌지만 젤리는 꼼짝도 할 수 없었다. 끊임없이 반복되는 음악을 따라 젤리는 과거의 기억을 부유했다. 물 위에 떠다니는 나뭇잎처럼 그 흐름에 몸을 맡겼다.

엄마의 사락거리는 푸른색 원피스, 물티슈를 건네주던 유지의 작고 축축한 손과 한여름의 뙤약볕, 버섯 모양 미아보호소, 목소리는 친절하지만 귀찮은 얼굴의 직원들, 방송에서 울리는 이름들, 갑자기 나타나 자신을 껴안는 엄마의 축축한 몸, 엄마가 사 준 달콤한 스무디의 맛, 멀리서 자신을 주시하는 고양이. 그 뒤로 무슨 일이 벌어졌냐면…

회전목마가 멈췄다. 고요히 내려앉은 어둠 너머로 젤리는 이후의 장면을 마주했다. 갑작스레 시작된 급류와 같은 기억은 순식간에 젤리를 집어삼켰다. 그건 엄마와 자신의 마지막 기억이었다. 점점 무거워지는 몸의 느낌이 선명히 떠올랐다. 엄마의 손이 자신의 살에 닿았지만 감촉을 느낄 수가 없었다. 너무나 슬퍼서 엄마의 등에 더욱 고개를 파묻었다. 그리고 점점 무너져 내리는 모든 것들….

11

녹이 슬고 칠이 다 벗겨진 회전목마는 지치지도 않는지 계속 계속 돌았다. 젤리의 반짝이는 눈동자는 사그라들 줄을 몰랐다.

얼마 지나지 않아 인간들이 묵는 상자의 불빛이 깜빡였다. 겁에 질린 표정을 한 인간들이 우르르 쏟아져 나왔다. 웅성거리는 소리가 점점 크게 들려왔다. 고양이는 그 모습을 보라는 듯 젤리를 톡톡 두드렸다. 젤리에게서는 반응이 없었다. 젤리의 시선은 회전목마에 고정되어 있었다.

인간들의 발소리가 가까워졌다. 고양이는 서둘러 전원을 끄고 여전히 미동도 없는 젤리를 굴려 작동 박스 구석에 숨었다. 방금까지 신나게 돌던 회전목마는 언제 그랬냐는 듯 작동을 멈췄다. 고양이는 다시 한 번 젤리를 흔들었다.

"젤리, 도망쳐야 해."

젤리는 물속에 잠긴 것처럼 느리게 눈을 깜빡였다. 고양이는 결국 정신을 차리지 못하는 젤리를 밀고 굴리며 박스를 빠져나왔다. 제 몸집만 한 젤리를 옮기란 쉬운 일이 아니었다. 물어서 옮길 수 있다면 편했을 텐데, 물컹이는 젤리는 축 늘어지기만 할 뿐 들리지를 않았다. 젤리를 가까스로 미러랜드 근처의 울타리 안쪽에 숨기고서, 고양이는 멀찍이 반짝이는 광장을 바라봤다. 소란은 잦아들었는지 컨테이너의 불빛이 꺼졌다.

그와 동시에 등 뒤에서 낯선 기척이 들려왔다. 고양이는 뒤를 돌아봤다. 험악한 얼굴로 다가온 자는 털북숭이 속 인간이었다.

"내 핸드폰을 내놔, 이 악마야!"

그가 발악하듯이 외쳤다. 고양이는 서둘러 주위를 살폈다. 젤리를 울타리 안쪽에 숨겨서 그나마 다행이었다. 인간을 이곳에서 멀리 떨어뜨려야 했다. 미러랜드가 눈에 띄었다. 저 만치 뛰어간 고양이는 인간을 부르듯이 크게 울었다. 두리번거리던 인간의 시선이 다시 고양이에게로 박혔다. 그가 괴성을 지르며 뛰기 시작했다. 고양이는 울타리 안쪽의 젤리를 한 번 돌아본 뒤, 빠르게 미러랜드 안으로 뛰어 들어갔다.

인간은 기괴한 소리를 내며 안으로 따라 들어왔다. 그가 내뱉은 말들은 언어라기보다는 짐승들의 짖음에 가까웠다. 깨진 거울 파편들을 뛰어넘으며 고양이는 어쩌다가 이 지경에 이르렀는지를 생각했다. 생각의 꼬리에 꼬리를 물어 다다른 끝에는 젤리의 목소리가 있었다.

"난 너를 떠나지 않을 거야."

시작은 그 말이었다. 고양이는 어쩔 수 없다고 생각했다.

이 세상은 어쩔 수 없는 것투성이니까. 그중에서도 제일 제멋대로인 것은 마음이다. 누군가와 나눈 마음은 제 것인데도 완전한 제 것이 아니었다. 늙은 인간도, 그의 딸도, 녹아내린 그날의 인간들과도 그랬다. 결국은 전부 떠나가고 자신만 남았다. 남은 기억을 떠안는 존재는 늘 저뿐이었다. 제 마음 하나 온전히 지킬 수 없는데, 아주 오래 살아 봐야 과연 무슨 소용인가 싶다.

고양이는 수많은 자신과 함께 미로를 달렸다. 그 앞에 막다른 길이 나타났다. 정면의 깨진 거울 위로 눈이 빨갛게 충혈된 사준이 보였다. 어느새 그의 손에는 거친 진공음이 울리는 청소기가 들려 있었다. 인간의 허리까지 닿는 기다란 기둥과 쫙 벌어진 입이 위협적이었다.

고양이는 뒤돌아 사준을 노려봤다. 귓가에 젤리의 목소리가 맴돌았다. 사실 그 말이 자신의 귀에 닿았을 때부터, 고양이는 이런 순간이 오고야 말 것을 직감했다. 그 사실을 이제야 받아들일 수 있었다. 인간이 청소기를 높이 들고 서서히 다가왔다. 그의 입에서 튀어나온 저주에 가까운 말들이 미러랜드에 울려 퍼졌다.

12

비명 소리였다. 자신의 비명인지, 엄마의 비명인지, 아니면 다른 누군가의 비명인지 구별이 되지 않는 혼곤함 속에서 젤리는 몸을 웅크렸다. 그때 어그러진 기억의 틈으로 선명한 음성이 내리꽂혔다. 젤리의 눈에 빛이 돌고 부유하던 의식이 제자리를 찾았다. 젤리는 정신을 차리고 주위를 둘러보았다. 고양이가 없었다.

"고양아, 고양아."

분명 고양이와 돌아가는 회전목마를 보고 있었는데 자신이 있는 곳은 어찌 된 일인지 미러랜드 길목의 울타리였다. 젤리는 밖으로 나가 고양이를 불렀다. 답 대신 들려온 건 날 선 울음소리였다. 소리는 미러랜드 안에서 들려왔다. 젤리는 서둘러 둔한 몸을 이끌었다. 미러랜드의 입구에 들어서자 익숙한 진공음과 인간의 말소리가 섞여 들었다.

"이 악마야! 네 뜻대로 될 줄 알아? 내 핸드폰은 어디에 있어!"

거울로 된 미로를 지나자 정면에 인간의 뒷모습이 보였다. 젤리는 몸을 벽 쪽에 붙이고 고개를 내밀어 상황을 살폈다. 삼면이 거울인 공간이었다. 그 한가운데서 인간이 청소기 괴물의 주둥이를 고양이에게 휘두르려 했다. 젤리는 비명이 튀어나오려는 걸 간신히 참았다. 고양이는 털을 잔뜩 세우고 이를 드러낸 채 인간을 노려보았다.

청소기 괴물의 뻥 뚫린 주둥이가 보였다. 밑도 끝도 없는 어둠이었다. 저 안으로 수많은 젤리들이 빨려 들어갔다. 아마 자신도 잡아먹히게 될 것이다. 거울 뒤쪽에 몸을 숨긴 채 떨던 젤리의 귀에 다시 한 번 고양이의 앙칼진 목소리가 닿았다. 이번 울음소리는 좀 달랐다. 데굴거리는 젤리의 눈과 고양이의 노란 눈이 거울을 통해 마주쳤다. 고양이가 저를 향해 눈짓했다. 입구를 향해 구르는 눈동자는 도망가라고 말하고 있었다.

젤리는 눈물이 그렁그렁 맺힌 눈을 닦고 거울 벽 밖으로 나왔다. 고양이를 버리고 혼자 도망갈 순 없었다. 제일 높은 원통형 거울을 타고 올라 모습을 드러내자 인간이 눈을 크게 뜨고 외쳤다.

"내, 내 핸드폰!"

젤리는 눈을 질끈 감고 몸을 던졌다. 자신이 지금까지 내딛은 것 중 가장 큰 도약이었다. 인간의 얼굴에 안착한 젤리는 몸을 넓게 늘려 머리를 감쌌다. 인간이 청소기 괴물의 기다란 주둥이를 마구 흔들었다. 젤리는 몸에 힘을 주며 외쳤다.

"고양이 괴롭히지 마!"

인간의 손에서 청소기가 떨어져 나갔다. 인간은 양손으로 젤리의 몸통을 마구 헤집었다. 젤리는 눈을 꾹 감고 버텼다. 젤리의 몸은 밀가루 반죽처럼 늘어나기만 할 뿐 떼어지지 않았다. 젤리를 마구 긁던 인간의 손이 갈고리처럼 한쪽에 붙은 핸드폰을 잡아챘다.

인간의 몸부림은 육지로 나온 물고기 같았다. 거칠게 휘두르는 손길에 핀까지 바닥으로 떨어졌다. 통통 소리를 내며 뒹구는 핀을 보며 젤리는 울고 싶은 마음을 가까스로 억눌렀다.

그렇게 얼마나 지났을까. 인간의 움직임이 점점 잦아들어 갔다. 힘을 잃은 몸통이 맥없이 뒤로 쓰러졌다. 쿵, 소리와 함께 깨진 거울 조각에 인간의 머리가 찍혔다. 젤리는 그제야 눈을 떴다. 인간이 마구 잡아 뜯은 등이 너덜너덜했다. 인간의 머리에서는 붉은 물이 새어 나왔다. 젤리는 늘어진 몸을 끌고 바닥으로 내려왔다. 고양이가 다가와 물었다.

"괜찮아?"

고양이의 샛노란 눈을 보자 떨리던 마음이 가라앉았다. 젤리는 천천히 고개를 끄덕였다. 인간은 두 눈을 부릅뜬 채 꼼짝도 하지 않았다. 파랗게 질린 손끝은 핸드폰을 꼭 쥔 채였다. 젤리는 인간의 손에서 핸드폰을 떼어내기를 포기하고 몸을 움직였다. 고양이와 젤리는 말없이 걸었다. 함께 미러랜드를 빠져나오니 산 너머로 동이 트고 있었다.

13

젤리와 고양이는 카페로 돌아와 서랍 깊은 곳에 몸을 누였다. 짙은 피로가 몰려왔지만 쉽게 잠들 수 없었다. 엉망이 된 젤리의 표면이 눈에 들어왔다. 늘 물방울처럼 둥근 모양인데 지금은 치댄 빵 반죽처럼 뭉개졌다. 도망가랄 때 도망갈 것이지. 그렇게 생각하면서 고양이는 젤리의 울퉁불퉁한 표면을 핥았다. 젤리에게선 씁쓸한 단맛이 났다. 눈을 감은 젤리가 몸을 뒤척였다. 회전목마를 보던 젤리의 얼굴이 떠올랐다. 고양이는 느리게 눈을 깜빡였다. 젤리가 더 이상 기억을 좇지 않았으면 했다.

고양이의 옅은 잠을 깨운 건 요란스러운 사이렌 소리였다. 빼꼼히 서랍 밖으로 고개를 내미니 창밖으로 몇 대의 차가 보였다. 차 머리에서 붉은빛이 반짝였다. 늙은 인간이 죽었을 때도 저 빛이 반짝였다. 늙은 인간과 사준의 죽음은 같은 거구나. 서로 다른 두 사람이 죽었지만 같은 소리, 같은 불빛이 반짝인다. 고양이는 어디론가 실려 가던 늙은 인간의 몸과 그 뒤로 텅 비어 버린 벽돌집을 떠올렸다. 그 아무도 없는 집을. 어떤 소리도 없는 집을.

불현듯 다시 혼자가 될 수도 있겠단 생각이 들었다. 고양이는 곁에 누운 젤리를 바라봤다. 몇 시간 새에 젤리의 몸통은 다시 매끈한 물방울 모양으로 돌아와 있었다. 젤리는 사이렌 소리나 인간들의 소란은 아무래도 상관없다는 듯이 깊은 잠에 빠진 채였다. 고양이도 그 옆에서 지그시 눈을 감았다.

14

아주 오랜 꿈을 꿨다. 그동안 퍼즐처럼 하나둘 떠오르던 장면들이 순서대로 펼쳐졌다. 젤리는 주아의 기억이 자신의 기억이란 것을 그제야 온전히 받아들일 수 있었다. 마지막 순간을 장식한 엄마의 비명까지도 말이다.

젤리는 몸을 뒤척였다. 더운 빛이 창을 넘어 서랍까지 들어섰다. 젤리는 더 이상 인간이 아닌 자신의 몸을 관찰했다. 자신은 이렇게 변해 버렸는데 아직 주아일까. 주아로 남을 수 있을까. 한 가지 확실한 것은 마음이었다. 변해 버린 몸과 갓 떠오른 기억 사이에서 오로지 확실한 건, 엄마가 보고 싶다는 마음뿐이었다.

고양이는 평소와 다르게 늦잠을 잤다. 젤리는 고양이가 깨지 않도록 조심하며 서랍에서 빠져나왔다. 조심스레 카페를 나와 인간들 눈에 띄지 않게 화단 안쪽으로 걸었다.

멀리 미러랜드가 보였다. 평소와 달리 노란 테이프가 붙어 있었고 유독 인간들이 많았다. 전날의 사건이 떠올라 불안한 마음이 엄습했다. 젤리는 그 기운을 떨쳐 내려는 듯이 고개를 가로저었다. 반대쪽에는 여느 때와 다름없이 청소기를 끄는 인간들이 보였다. 젤리는 미러랜드를 피해 분주히 움직이는 인간들을 쫓았다. 하루 종일 그들을 관찰해서 사라진 젤리들이 어디로 가는지 알아낼 생각이었다.

그들은 정해진 시간이 되자 청소기와 쓰레기통을 들고 어디론가 향했다. 그들이 가는 곳에 답이 있을 터였다. 행진을 눈으로 쫓던 젤리는 가장 마지막에 선 인간의 쓰레기통 밑바닥에 슬쩍 달라붙었다. 가까운 곳에서 인간들이 대화하는 소리가 들려왔다.

"그 소문 알아? 여기 젤리들이 밤이 되면 살아서 돌아다닌대. 좀비처럼."

"젤리가 어떻게 돌아다녀? 게임 캐릭터도 아니고."

"어제 죽은 계약직도 좀 이상했다는데."

"난 여기가 재개장한다는 게 제일 소름 돋아."

바닥을 통해 수십 대의 바퀴가 구르는 소리가 울렸다. 젤리는 떨어지지 않기 위해 밑면에 더욱 몸을 붙였다. 곧 쓰레기통이 어느 한 자리에 멈췄다. 인간이 지루해 보이는 얼굴로 핸드폰을 보는 틈을 타 젤리는 잽싸게 근처의 쓰레기 더미에 숨었다.

인간들은 거대한 수거차 앞에 줄을 섰다. 그 수거차는 인간들보다도 높아서 한쪽 면에 기다란 사다리가 붙어 있었다. 자기 차례를 맞은 인간들은 그 사다리를 타고 올라가 쓰레기통 안의 내용물을 모조리 쏟아부었다. 봉투 안에서는 젤리뿐만 아니라 가방, 시계, 신발, 티셔츠처럼 각종 물건들이 함께 쏟아졌다.

인간들이 모두 돌아가고 해가 지기 시작했을 때쯤 젤리는 쓰레기 더미 밖으로 나왔다. 길의 한가운데 서서 빤히 거대한 수거차를 올려다보았다. 그동안 청소기에게 빨려 들어간 젤리들이 향하는 종착지. 이 수거차가 향하는 곳에 분명 엄마가 있을 것이다. 젤리는 천천히 수거차를 향해 다가갔다.

"가지 마."

등 뒤에서 고양이의 목소리가 들렸다.

15

고양이는 멀게만 느껴지는 젤리의 동그란 뒤태를 응시했다. 젤리는 언제부터 혼자 다닐 수 있게 되었을까. 분명 처음에는 귀찮을 정도로 붙어 있기만 했는데. 차라리 그때로 돌아갔으면 좋겠다. 물론 그럴 수 없다는 것도 알았다.

"나는 떠나지 않을 거야."

결국 지금 이 순간을 만든 건 그 한 마디의 말이었을지도 몰랐다. 한때라도 인간이었던 것의 말을 믿으면 안 됐는데. 그들은 항상 쉽게 다가와서는 쉽게 떠난다. 자신이 할 수 있는 일은 받아들이는 것뿐이다. 그래도 이번엔, 목소리를 낼 수 있어서 다행이었다. 고양이는 까마득한 수거차를 올려다보는 젤리를 향해 다가갔다.

"가지 마."

젤리가 뒤돌았다. 동그란 몸에 동그란 눈까지, 처음 만났을 때와 다르지 않은 젤리였다. 고양이는 말했다.

"네가 행복했으면 좋겠어. 여기서 나와 오랫동안 같이. 바깥은 더 무서운 곳이야. 청소기보다 무서운 게 득실거려."

젤리를 보내고 싶지 않았다. 다시 혼자가 될 자신이 없었다. 그 낡은 벽돌집의 한기를 더는 감당할 수 없을 것 같았다. 아주 오랫동안 잊고 살던 슬픔이라는 감정이 고개를 들이밀었다. 고양이는 젤리를 마주 봤다. 분홍색 젤리는 노을 덕에 주황색처럼 보였다. 분홍색일 때보다 훨씬 단단해 보였다. 젤리가 천천히 입을 열었다.

"미안해, 고양아. 떠나지 않겠다는 약속을 지키지 못해서."

예상했던 대답이었다. 그럼에도 철렁이는 심장은 어쩔 수
없었다.

"하지만 난 가야 해. 엄마가 나를 찾았듯이, 이번에는 내
가 엄마를 찾아야 해."

젤리가 천천히 다가왔다. 고양이는 담담히 젤리를 응시했
다. 젤리가 머리에 달린 핀을 떼어냈다. 작은 팔을 쭉 뻗어 제
몸을 아주 약간 덜어내고는, 고양이의 목덜미에 떼어 낸 젤리
를 놓고 자신의 핀을 붙였다. 핀은 꼭 접착제로 붙이기라도 한
듯 고양이의 몸에 달라붙었다.

"그동안 고마웠어, 고양아."

고양이는 대답 대신 발을 들어 올렸다. 차오른 눈물이 흐
르려는 걸 가까스로 참았다. 그리고 꼭 맨 처음 젤리를 만났을
때처럼, 젤리의 머리를 꾹 눌러 발자국을 남겼다. 자국은 시간
이 지나면 사라지겠지만, 이 기억만큼은 쉽게 사라지지 않길
바랐다.

뒤돌아 수거차로 향한 젤리가 사다리를 타고 오르기 시작
했다. 싸늘한 밤바람에 고양이의 털에 달린 핀이 살랑살랑 흔
들렸다. 고양이는 두 손을 모으고 앉아 젤리가 사다리 기둥을
오르는 장면을 지켜봤다. 젤리는 미끄러지고, 헛디디면서도 수
거차의 꼭대기에 올라섰다. 그 앞에 한참을 선 젤리가 뒤돌아

고양이와 눈을 마주쳤다. 잘 있어. 그렇게 말하는 것 같았다.

16

젤리는 사다리의 난간을 붙잡고 눈앞에 펼쳐진 까마득한 내부를 바라봤다. 수거차 안쪽은 자신과 같은 분홍색 젤리들로 가득했다. 마지막으로 고개를 돌려 고양이와 눈을 맞췄다. 고양이의 빛나는 노란색 눈이 반짝였다. 젤리는 작게 입을 벌렸다. 들릴락 말락 한, 작은 읊조림이 새어 나왔다.

"잘 있어."

고양이는 분명히 들었을 것이다. 젤리는 수거차 안으로 폴짝 몸을 던졌다. 까마득한 어둠을 거치자 자신의 몸과 비슷한 감촉들이 따스하게 전신을 감쌌다. 아주 포근한 기분이다. 젤리는 눈을 감았다.

8

뉴서울파크

◉

　서울시 공무원 연수원엔 어색한 기운이 가득했다. 사람들은 설렘과 어색함이 섞인 상태로 삼삼오오 짝을 지어 이야기를 나눴다. 와중에 한 여자가 화두를 던졌다.

　"이번에 유난히 추가 합격자가 많지 않아요? 원래는 한 자릿수 이상은 잘 안 빠진다는데, 이번에는 무려… 몇 명이야."

　금기에 가까운 화제를 아무렇지도 않게 꺼낸 여자에게 사람들의 이목이 집중되었다. 여자는 미소 지었다. 이 관심을 즐기기 위해 일부러 이야기를 꺼냈다.

　"그러게요. 실종돼서 빠진 사람도 있대요, 왜, 그 사건 때문에."

　조심스럽게 말하는 목소리에 비해 대화의 분위기는 날아

갈 듯이 가벼웠다. 이야기를 경청하던 한 남자가 머리를 긁으며 말했다.

"제가 그 덕분에 합격한 추가 합격자인데요. 1년 더 할 거 간신히 붙었지 뭐예요."

"정말요? 사실은 저도 추가 합격이거든요."

"아, 정말요?"

분위기는 삽시간에 밝아졌다. 오랜 고생을 보상받는 자리인 만큼 사람들은 앞으로 펼쳐질 안정적인 미래를 꿈꾸며 웃었다. 붙었음에도 피치 못한 사정으로 이 자리에 오지 못한 이들을 떠올릴 여력은 없었다. 정면의 벽면에는 대형 플래카드가 걸려 있었다.

"서울시 공무원 합격을 축하합니다!"

사람들은 한쪽 팔을 들고, 한껏 환한 얼굴로 사진을 남겼다.

●

안녕하세요. 하루입니다. 오늘의 주제로 우리 채널이 실검에까지 올랐다고 하네요. 오늘 주제는 알죠? '광난클린 유현경 사장의 정체'!

유현경 사장은 약 2개월 전에 돌연 실종되었죠. 그 사건에 연루된 게 아니냐고들 하는데, 음. 저는 개인적으로 백 퍼센트라고 생각합니다. 그럼 의문이 하나 생깁니다. 유현경 사장은 그날 놀이공원에 왜 갔을까? 그것도 혼자서? 혼자 놀이 기구 타러 갔을까요? 엄청 바쁜 CEO가 주말에?

여러분, 제가 얼마 전에 어마어마한 정보를 구했거든요. 내가 저번에 어떤 사이비 현장 기습 갔었잖아. 그런데 거기 현장에 있던 사람한테 무슨 사이트를 들었거든. 궁금해서 한번 들어가 봤어. 미스터리 하면 나잖아. 가입 절차가 엄청 복잡하더라고. 근데 그 사이트가 무슨 악마 숭배 사이트였던 거야. 좀 이상해. 기분도 나쁘고. 바로 이거. 사이트 화면 보이지?

그럼 여기서 이 게시물을 봐 봐. 가만 보면 여기서 딱 두 명이 거의 떠받들리고 있거든. 일명 네임드. 소독이랑 젤리빈. 닉네임이 되게 귀엽네. 둘이 막 여기서 엄청 싸워. 그런데 둘 다 그 사건 이후로 딱 끊긴 거야. 그래서 또 궁금하잖아. 밤새워서 찾아봤지.

이 중에서 소독이 쓴 게시물들을 검색해 보면… 아, 여기 있다. 이 사진 보여? 이 호텔 방 찍어서 올린 사진. 이 모서리에 TV 모니터 찔끔 나와 있잖아. 잘 보면 여기에 누가 비춰져 있다? 이걸 이렇게 확대해 보면… 자, 유현경 사장이랑 닮은 것 같지 않아?

o

여자는 오랜만의 동기 회식으로 기분이 좋았다. 혀 꼬인

소리를 내며 문을 여니 룸메이트가 반겼다. 여자의 룸메이트는 근처의 중학교 교사로 둘은 노량진에서 만났다. 시험이 끝나면 인사도 않고 헤어지는 학원 동기들 속에서 둘은 드물게 우정을 유지했다.

노량진에서 합격은 이별. 그래서 모두들 이별을 원한다. 임용 고시생 여자 친구가 있다는 같은 반 남자가 1차에 붙은 이후로 바람을 피웠다는 걸 여자는 기억하고 있었다. 이름이 재윤이었나? 그러고 보니 오늘 동기 모임에서는 얼굴을 보지 못했다. 면접에서 떨어진 걸까. 아니면 애초에 서울이 아닌 다른 지역에 붙었을 수도 있겠다.

어쨌든 뭐, 이제 와서 노량진 이야기를 꺼낼 필요는 없다. 자신은 붙었으니까. 여자의 룸메이트는 요즘 스트레스를 받아집에서 늘 캔 맥주를 마셨다. 술을 잘하지는 못하기에 한 캔이면 주정을 부리기에 충분했다. 얼굴이 적당히 달아오른 룸메이트가 자신이 마시던 캔을 흔들며 물었다.

"너도 마실래?"

"그래."

한 캔 정도는 더 마셔도 상관없을 것 같았다. 여자는 냉장고에서 캔 맥주를 꺼냈다. 캔을 따자 시원한 소리가 퍼졌다. 여자는 그 소리가 꼭 파도 소리 같다고 생각했다. 둘은 늘 하던대로 캔을 부딪쳤다. 그리고 모임에서 있었던 일과, 오늘 학교에서 벌어진 일에 대해 시시콜콜한 이야기를 나눴다. 먼저 캔 맥주를 비운 룸메이트가 짜증 섞인 목소리로 말했다.

"오늘 완전 어이없는 일 있었어. 우리 반 애가 핸드폰을 안 내는 거야. 왜, 나 지금 팔자에도 없는 담임 하고 있잖아. 원래 특수 교과는 담임을 안 하거든. 그런데 우리 학교 영어 한 명이 실종되는 바람에 부담임인 내가 임시로 맡았단 말이야. 완전 짜증 나. 나는 애들이 싫다고. 어쨌든 나도 일은 해야 해서 걔가 수업 시간 내내 핸드폰을 보고 킥킥대길래 잠시 뺏었거든. 뭘 보나 했더니 무슨 이상한 사이트를 보고 있던 거야. 막 기분 나쁜 그림 그려져 있고, 인기 게시글이라고 올라온 제목들도 다 이상하고. 그 요즘에 텔레비전에서 몇 번 나온 악마 숭배 어쩌고 하는 거. 무슨 대한민국에서 악마 숭배야, 웃겨가지고. 그런데 그 애가 나를 막 눈을 이렇게 뜨고 흘겨보는 거야. 순간 흰자위가 너무 많아서 소름 돋은 거 있지. 기분 나빠서 그냥 돌려줬어. 요즘 애들 무섭잖아. 무슨 일 저지르면 어떡해."

"언제까지 네가 맡아?"

"아, 이번 주까지만 맡으면 돼. 새 기간제 뽑았거든."

룸메이트는 후련하다는 얼굴로 캔을 입에 탈탈 털었다. 더는 술방울이 떨어지지 않았다. 여자는 무심코 거실에서 홀로 떠드는 텔레비전을 바라봤다. 고깃집에서 보았던 시사 프로그램이 재방송되고 있었다.

"이상하다."

"뭐가?"

"나 저거 아까 고깃집에서도 봤거든. 원래 방송사에서, 이렇게 하루 종일 같은 프로그램을 트나?"

"뭐, 케이블이니 그럴 수도 있지 않을까."

룸메이트의 말에 여자는 고개를 끄덕거렸다. 프로그램의 피디는 뉴서울파크로 향했다. 산속의 놀이공원은 음산했다. 입구에는 "재개장 준비 중"이라는 팻말이 덜렁였다. 룸메이트가 리모컨으로 텔레비전을 껐다.

둘은 각자의 방으로 들어갔다. 여자는 어둠 속에서 노트북을 켰다. 화면에는 시사 프로그램에 자료 화면으로 나왔던 검은 사이트가 반짝였다. 빙글빙글 돌아가는 검은 솥 위로 로그인 창이 떴다. 여자는 자연스럽게 아이디와 비밀번호를 입력하고는 지루한 얼굴로 인기 게시글을 훑었다. 새로 입력된 게시글들이 반짝였다.

[정말 소독님이 광난클린 사장임? 대박]

[아이디도 딱 맞아 떨어지네.]

[유입들이 분탕 쳐서 요즘 사이트 분위기 영 개판. 글도 잘 안 올라오고.]

[오늘 눈팅하는데 폰 뺏길 뻔함. 개빡침.]

[소독님은 그렇다 치고, 젤리빈님은 왜 안 옴?]

마지막 게시글엔 실시간으로 댓글이 달렸다.

"결국 젤리빈님 예상이 맞았네."

"돌아오세요 젤리빈님."

"다음 사바스는 언제일까."

여자는 사이트를 아래에 두고 새 창을 켰다. 그리고 한동안 인터넷 검색을 했다. 사이트로 돌아온 여자는 게시글 쓰기 버튼을 눌렀다. 몇 번 글을 쓰다가 지우기를 반복했다. 곧 새 게시글이 등록됐다. 여자의 작은 책상 위에는 젤리 봉지와 설탕 가루들이 떨어져 있었다.

[나 오늘 ○○역 하수구에서 이상한 거 봤음. 젤리 같은데 움직였어. 완전 징그러워서 도망침.]

그런 건 본 적 없다. 움직이는 젤리라니. 말도 안 되는 소리다. 그러나 게시글에는 간만에 댓글들이 달렸다. 반응이 꽤 좋다. 구라 치지 말라는 글마저 여자를 즐겁게 했다. 여자는 웃는다.

◉

도시에 유행처럼 괴담이 퍼졌다. 괴담은 꼭 감기 바이러스와 같아서 쥐도 새도 모르게 영역을 넓히며 사람들 속으로 파고들었다. 모두들 제각기 다른 괴담을 듣고 다른 모습과 다른 결과를 상상했다. 허나 결국엔 쉽게 잊힌다는 것마저 감기 바이러스와 비슷했다.

하나같이 두루뭉술한 괴담들 중 가장 선명하고 큰 몸체는 스트리밍 사이트에 업로드된 하나의 영상이었다. 저조한 화질의 영상 한구석에서 정체 모를 덩어리가 꿈틀댔다. 그 덩어리는 벌레처럼 꾸물꾸물 기어 수거차의 사다리를 오르고, 이내 스스로 그 안으로 떨어졌다.

영상은 노이즈 입자가 보일 때까지 의문의 젤리 덩어리를 확대하면서 끝났다. 그리고 촌스러운 폰트와 함께 곧바로 인터뷰 영상이 시작되었다. 모자이크와 귀여운 이모티콘으로 얼굴을 가린 남자가 어설프게 변조된 목소리로 말했다. 그는 자신이 뉴서울파크의 외주 업체 청소부였다고 밝혔다.

"한밤에 갑자기 놀이 기구가 돌아가질 않나, 그렇다고 다가가면 또 딱 멈추고. 아주 귀신이 곡할 노릇이었어. 거기서 일하다가 죽은 청년도 있, 아… 이건 말하면 안 되는데. 편집해 줄 거죠?"

동영상 조회 수는 치솟았다. 곳곳에서 움직이는 젤리 덩어리를 목격했다는 사람들이 나타났다. 개인 방송 채널들은 뉴서울파크를 누비는 담력 시험 영상을 필수 코스로 삼았다. 누가 비슷비슷한 내용을 얼마나 그럴듯하게, 즐길 수 있을 만큼 무섭게 만드는지가 조회 수를 결정하는 요인이 되었다.

그중 한 BJ는 다람쥐통 근처에서 발견한 꿈냥이를 쫓다가 놀이공원과 이어진 산에서 길을 잃기도 했다. 이후에 비쩍 마른 남자 귀신을 목격했다는 글이 업로드되었지만 그 말을 진지하게 믿는 사람은 아무도 없었다. 괴담이란 게 원래 그렇듯이.

유행은 퍼질 때만큼 쉽게 사그라져 갔다. 결정적으로, 오지랖 부리기 좋아하는 텔레비전 프로에서 전문가까지 섭외해가며 영상이 거짓임을 밝혀냈다. 영상의 최초 유포자는 절대 그렇지 않다고 호소했지만 인터뷰이인 청소부가 광난클린과 뉴서울파크로부터 명예훼손, 계약 위반으로 고소를 당했다는 기사가 나자 입을 다물었다. 맥이 빠진 사람들은 다른 곳으로 관심을 돌렸다. 새롭고 자극적인 사건들은 매일매일 일어났다. 괴담은 묻혔다.

◦

6개월 뒤, 재개장한 뉴서울파크 앞은 입장하려는 사람들로 인산인해를 이루었다. 흉흉한 사건 따위는 애초에 없었다는 듯이, 혹은 그런 우울하고 말도 안 되는 일은 벌어져서는 안 된다는 듯이 사람들은 활기차고 소란스러웠다.

새로 뽑힌 인형 탈 알바생들이 대기 줄 근처에서 발랄하게 춤을 췄다. 놀이공원 주차장의 대형 스크린에서는 뉴서울파크의 재개장을 축하하는 요란한 광고가 무한 재생되었다. 당연히 그 앞에서도 춤을 추고 풍선을 날리는 꿈곰이들이 있었다.

"재개장 기념 무료 입장!"

폭죽이 터졌다. 아이들은 깔깔 웃고 귀를 막은 몇몇 직원들은 긴장된 얼굴로 오픈 준비를 계속했다. 소형 무대의 양쪽에 놓인 대형 스피커에서 시끄러운 음악이 뿜어져 나왔다. 가까운 지반이 웅웅 울렸다. 무대의 앞쪽에서 나오는 연기, 그리고 가짜 꽃가루와 함께 커팅식이 진행되었다. 입구를 가로질러 묶여 있던 빨간색 리본을 꿈곰이와 친구들이 경쾌하게 끊었다.

와아아 함성 소리가 울려 퍼졌다. 함성 소리는 놀이공원을 넘어 뒤쪽 산에서까지 오랫동안 메아리쳤다.

"입장을 시작하겠습니다!"

그와 동시에 사람들이 개미 떼처럼 입구로 몰려들었다. 오픈 직전의 활기와 흥분은 다른 방향으로 모습을 틀었다. 곳곳에서 밀지 말라는 외침과 욕설이 들려왔다. 뒤쪽에서 좀비라도 나타난 것처럼 사람들은 앞으로 앞으로 나아갔다. 소란에 울음소리가 묻혔다. 누군가 넘어져 다친 것이 확실했지만, 찾을 수가 없었다. 사람에 치이고 발이 밟힌 아이들의 울음소리는 점점 늘어났다. 어디서부터 줄이 꼬였는지 당최 가늠을 할 수가 없다. 스크린과 스피커에서 퍼지는 노랫소리는 여전히 즐겁기만 했다.

그 모습을 가만히 서서 지켜보는 눈이 있었다. 주차장 구석에 머리에만 인형 탈을 쓴 인영 하나가 가만히 섰다. 사람들을 뚫고 들어갈 엄두가 나지 않아 멀찍이 선 아이 하나가 엄마의 옷자락을 잡아당겼다. 심란한 얼굴로 인파를 바라보던 엄마는 한숨을 쉬며 아이를 돌아보았다. 아이가 손가락으로 어딘가를 가리켰다.

"엄마, 저 꿈곰이는 왜 춤 안 춰? 왜 가만히 있어?"

엄마는 아이를 따라 함께 뒤돌았다. 그 자리에는 아무도 없다.

"얘는 헛걸 봤나, 잃어버리면 안 되니까 엄마 잘 잡고 있어."

아이는 미련이 남은 듯 다시 뒤를 돌아보았다. 꿈곰이는 다시 그 자리에 있었다. 아이는 동그란 눈을 깜빡였다. 꿈곰이가 아이를 향해 양손을 발랄하게 흔들었다. 아이는 환하게 웃으며 같이 손을 흔들었다. 꿈곰이의 뚫린 두 눈 너머로는 아무것도 보이지 않았다.

9

미아

유지는 비명과 함께 눈떴다. 서늘할 만큼 선명한 불빛이 시야를 덮쳤다. 식은땀을 흘리는 유지에게 누군가 주스가 담긴 컵을 내밀었다.

　　"경찰서 앞에 잠들어 있던 걸 누가 신고했다. 가출이라도 한 거니?"

　　순경 복장의 아저씨였다. 유지는 그제야 서둘러 주위를 살폈다. 녹아내리는 인간과 비명 소리는 어디에도 없었다. 지극히 평범한 동네 경찰서의 모습이었다. 느리게 눈을 깜빡이자 놀이공원에서 본 광경들이 아득하게 멀어졌다. 어쩌면 꿈이었을지도 모른다. 끔찍한 악몽을 아주 오랫동안 꾸었던 걸지도. 감각의 일부가 아직 깨어나지 못한 것처럼 둔했다. 유지는 떨리는 손으로 자신의 피부를 매만졌다. 에어컨 바람에 오래 노출된 탓에 차갑긴 했으나 물렁이지도, 끈적이지도 않았다. 안도의 한숨이 새어 나왔다.

생각해 보면 말도 안 되는 일이었다. 이상한 젤리를 먹었다고 사람이 녹아내린다니. 무엇보다 엄마와 아빠가 아무리 사이가 안 좋다 한들, 놀이공원에 자신을 버리고 갈 리가 없었다. 유지는 순경이 건넨 주스를 단숨에 들이마셨다. 시원한 음료가 매끄럽게 식도를 타고 흘렀다. 컵을 말끔히 비운 유지의 시선이 어느 한 곳에 멈췄다. 담요 아래로 드러난 자신의 발목 부근에 점점이 튄 분홍색 자국이 보였다. 손가락으로 그 부위를 훑자 끈끈한 것이 묻어 나왔다.

구석에서 텔레비전을 보던 경찰들이 갑자기 소란스레 수근거렸다. 유지는 재생되는 뉴스에 눈을 고정시켰다. 화면 속 아나운서가 흥분된 어조로 속보를 전했다.

「이 분홍색 액체의 정체는 과일 향 젤리로 밝혀졌습니다. 사건 추정 시각 근방의 모든 전자 기기는 먹통이었으며… 놀이공원의 젤리 폭탄과 대규모 실종 사태가 무슨 관련이 있는지는 좀 더 조사를 해 보아야…」

화면에 분홍색 젤리에 뒤덮인 놀이공원의 전경이 비춰졌다. 유지는 멍한 얼굴로 제 살을 꼬집었다. 통증이 느껴지는 걸

4262

보니 꿈은 아니다. 저곳에서 겪은 모든 일이 실제로 일어난 일이라면 한 가지 의문이 남는다. 정신을 잃기 전 마지막 순간까지 자신을 괴롭히던 질문이었다. 엄마와 아빠는 어디에 있는 거지?

"네 부모는 집에 있어."

순간 귓전에서 들려온 목소리에 유지는 주위를 두리번거렸다. 순경 아저씨는 빈 컵을 들고 저 멀리 향한 후였다. 분명 누군가 자신의 귀에 속삭였다. 유지는 마지막 순간에 놀이공원에서 마주한 아저씨를 떠올렸다. 그 탁하고 기괴한 목소리가 돌림노래처럼 맴돌았다. 모든 게 사정없이 녹아내리는 와중에 그 혼자 멀쩡했다. 분명 얼굴을 마주했는데 이상하게도 생김새가 어땠는지 전혀 기억나지 않았다. 머리가 지끈거리며 아파 왔다. 그 안에서 벌어진 일 중 유일하게 선명한 기억은… 주아의 하얀 눈동자였다.

"유지야, 난 이제 엄마와 한 몸이야."

한번 떠오른 눈동자는 집요하게 유지를 쫓았다. 유지는 고개를 마구 가로저었다. 괜찮냐며 다가오는 경찰들을 뿌리치고 경찰서를 뛰쳐나갔다. 놀이공원에서 빠져나왔는데도 악몽은 진행 중이었다.

현관문 비밀번호를 누르고 집 안으로 들어가자 소름 끼치는 침묵이 유지를 반겼다. 서재 문이 열리고 검은 인영이 걸어 나왔다. 아빠였다. 아빠는 얼굴을 찡그리며 유지를 향해 다가왔다.

"어디 갔었어?"

어디 갔었냐니? 그건 자신이 묻고 싶은 말이었다. 유지는 혼란스러운 눈으로 아빠를 바라봤다. 순간 정말로 모든 일이 꿈이었나 싶었으나 경찰서에서 본 뉴스는 진짜였다. 아빠는 약간 피곤해 보이긴 했지만 평소와 다름없는 모습이었다. 뭔가가 이상하다. 아니, 이상한 것투성이다. 사라진 딸을 기다리던 사람다운 초조한 모습은 어디서도 찾아볼 수 없었다. 무슨 말을 해야 할지 몰라 입이 떨어지지 않았다. 곧 안방에서 엄마가 뛰쳐나왔다.

"유지니? 너 어디 갔었어? 놀러 갔으면 그렇다고 말을 해야 할 것 아냐!"

유지는 힘겹게 입술을 뗐다.

"놀이공원에…"

그와 동시에 엄마와 아빠의 얼굴이 끔찍한 것을 본 사람처럼 일그러졌다. 엄마가 유지의 어깨를 붙잡고는 다그치듯이 되물었다.

"아빠랑 같이 차 타고 온 거 아니었어? 거짓말하면 안 돼!"

유지가 작게 고개를 끄덕거리자 엄마는 벌떡 일어서 아빠를 노려봤다. 곧 엄마 특유의 고막을 긁는 듯한 음성이 집 안 가득히 울려 퍼졌다.

"이게 무슨 소리야? 애가 지금까지 놀이공원에 있었다는 게? 당신이 분명히 같이 차 타고 돌아왔다며. 집에 들어왔다가 놀러 나간 거라며!"

"분명 같이 왔어. 내내 부시럭대던 젤리 봉지도 차 안에 떨어져 있었다고. 그거 때문에 신경 쓰여서 같은 길을 몇 번이나 돌았는데?"

"그럼 지금 애가 하는 말은 뭔데? 유지가 거짓말이라도 한다는 거야?"

"난 애가 집 와서 바로 놀러 나간 줄 알았지. 그리고 당신은 뭐가 그렇게 당당해? 막말로 거기서 화 못 참고 먼저 집으로 와 버린 건 당신이잖아! 유지야, 너 그럼 놀이공원에서 어떻게 나왔어. 응? 엄마 아빠한테 거짓말하면 안 돼!"

"애한테 큰소리 내지 마. 유지야, 빨리 말해. 어른들 놀리면 못써."

그리고 침묵이 찾아왔다. 엄마와 아빠의 매서운 시선이 유지에게로 박혀 들었다. 유지는 시뻘겋게 충혈된 두 쌍의 눈을 번갈아 보며 뒷걸음질 쳤다. 자신을 추궁하는 엄마와 아빠의 카랑카랑한 목소리는 줄어들지 않았다. 이런 소리는 듣고 싶지 않다. 유지는 구석에 몸을 웅크리고 귀를 막았다.

　관리실에서 몇 번이나 항의 전화가 온 끝에야 둘은 싸움을 멈추고 안방으로 들어갔다. 유지는 어두운 거실에 덩그러니 앉았다. 소파 앞 테이블에 젤리 봉지가 놓여 있었다. 그리고 봉지 옆에 단정히 놓인 누런색 봉투가 눈에 띄었다. 흰색 종이가 마치 보란 듯이 삐죽 삐져나온 채였다.

　유지는 천천히 종이를 잡아 빼냈다. 모서리에 피처럼 붉은 도장이 찍혀 있었다. 엄마와 아빠의 이혼 서류였다. 그리고 유지는 깨달았다. 저 둘은 이제 테이프 따위로는 붙여 놓을 수 없을 만큼 잘게 찢어져 버렸다는 것을. 한때 둘을 붙여 놓았던 자신은 저들을 갈기갈기 찢어 놓은 하나의 원인에 불과하다는 것을 말이다.

　유지의 손이 젤리로 향했다. 애써 바스락거릴 필요도 없이 봉지는 너덜너덜한 입을 벌리고 있었다. 끈적이는 덩어리를 꺼내 입안에 담았다. 한참을 혀로 굴리다가 이내 꽉 씹어 물었다. 치아 사이사이에 녹은 젤리들이 달라붙었다. 턱관절이 삐걱이며 움직이는 소리, 젤리들이 치아에 뭉개지며 나는 마찰음이 오롯이 귀에 닿았다. 엄마와 아빠가 싸우지 않는 집 안은 참을 수 없을 만큼 조용했다.

　젤리 봉지를 손에 쥔 유지는 느리게 안방 문 앞으로 다가갔다. 문고리를 돌려 밀자 서로를 등지고 누운 엄마와 아빠가 보였다. 교과서에서 보았던 같은 극의 자석처럼 둘은 서로를 밀어내는 것 같았다. 눈앞에 서로를 껴안는 주아와 주아 엄마의 모습이 반복해서 재생되었다. 무서울 만큼 서로를 닮은 둘, 낄 틈이라고는 없이 꼭 붙어 있던 그 모습이 유지를 괴롭혔다. 유지는 입술을 꽉 깨물었다. 비린 맛이 젤리의 단맛에 섞였다.

유지는 매정하게 등진 엄마와 아빠를 보며 둘이 주아와 주아 엄마처럼 붙었으면 좋겠다고 생각했다. 손에 든 젤리를 모조리 입안에 털어 넣었다. 설탕 알갱이들이 우수수 바닥으로 떨어졌고 단내가 코를 찔렀다. 젤리를 머금은 유지가 엄마와 아빠 사이를 비집고 누웠다.

둘 사이에 누운 채로 유지는 천장을 응시했다. 오래된 아파트의 천장 무늬가 기괴하게 일그러졌다. 무늬는 어느새 젤리 아저씨의 녹아내리는 얼굴이 되어 유지를 내려다보았다. 검은 구멍 같은 입이 찢어지며 탁한 그의 목소리가 안방을 메웠다. 유지는 머금은 젤리를 힘껏 씹었다. 달콤함은 혀에서 시작해 전신으로 퍼져 나갔다. 입안의 젤리들이 형태를 잃어 갈 때쯤, 유지는 손끝에서 흘러내리는 손톱을 느끼며 눈을 감았다.

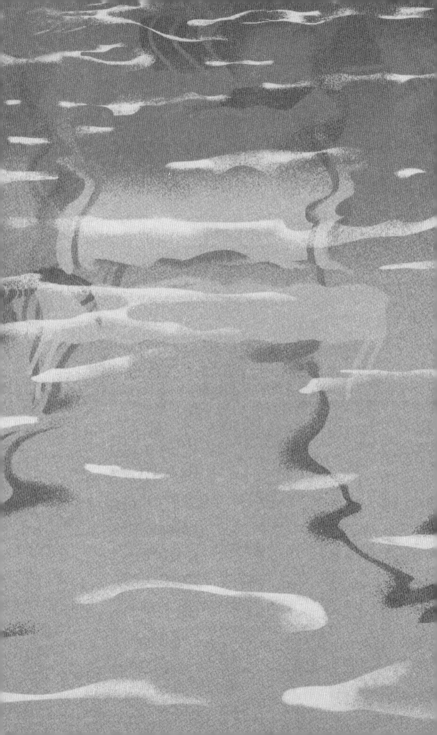

유난히 물이 보고 싶은 날이었습니다. 작은 컵에 갇힌 물이 아닌, 넓게 흐르는 물을요. 멀지 않은 곳에 하천이 있었습니다. 20분가량을 걷자 옅은 물 냄새가 풍겼습니다. 찬바람을 맞으며 다리에 올라 아래를 내려다보았습니다.

거대한 그림자가 있었습니다. 무언가 비쳐서 생긴 그림자, 혹은 가라앉은 바위일 것이라고 생각했습니다. 난간에 몸을 기대고 고개를 숙이자 그것이 잘게 흔들리는 모습이 보였어요. 바위, 혹은 그림자라고 생각했던 그것의 정체는 물고기 떼였습니다.

기묘한 기분에 휩싸였습니다. 도시의 한가운데를 가로지르는 하천에 그렇게 많은 물고기들이 떼를 지어 있을 것이라고는 생각하지 못했으니까요. 지금도 궁금합니다. 그 얕은 물에 물고기들은 왜 거대한 그림자처럼 보일 만큼 빽빽한 밀도로 뭉쳐 있었던 걸까요? 이 글을 읽은 누군가, 그 이유를 안다면 알려 주세요.

저는 꽤 오랜 시간 동안 물고기 무리들을 바라봤습니다. 그렇게 한참 동안 있다가 지루해져서 집으로 돌아왔어요. 이후로도 하천을 몇 번 지났지만 아래는 내려다보지 않았습니다. 다만 남은 작업 틈틈이 그 물고기 떼를 생각했습니다. 이 책 안에 담겨 있는 이야기도, 그리고 책을 만드는 일 자체도 그 물고기 떼와 어딘가 닮아 있다고 느낍니다.

정확히 6개월이 걸렸습니다. 지난 9월에 제의를 받고, 10월부터 기획에 들어가 3월에 원고를 넘겼습니다. 시작은 안전가옥 워크숍에서 완성한 A4 8장짜리 단편소설이었습니다. 지난 여름의 더위가 너무 끔찍해서 쓰게 된 소설인데, 이렇게 겨울이 지나서 작가의 말을 쓰고 있으니 감회가 새롭네요. 그 짧은 이야기에서 저조차도 발견하지 못한 가능성을 찾아낸 안전가옥 덕분입니다. 이미 끝난 이야기를 시작으로 세계를 확장시켜 가는 일은 새롭고 즐거운 경험이었습니다.

글쓰기는 외로운 작업이라는 말을 많이 듣습니다. 저 역시도 막연히, 또 당연히 그렇게 생각해 왔어요. 하지만 이번만은 그리 외로운 작업이 아니었습니다. 중간에 헤매기도 했고, 불쑥불쑥 찾아드는 우울함들이 있었지만 프로듀서 신의 격려와 조언 덕분에 무사히 극복할 수 있었습니다. 이제 와서 말하지만, 좋은 기운이 솟는 건강 주스를 죽 들이켜는 기분이었어요. 앞으로 안전가옥에 들를 많은 창작자들이 건강하고, 외롭지 않게 작업하길 바랍니다.

살다 보면 전혀 생각지 못한 일이 일어나곤 합니다. 저에게는 제 이름으로 책을 출간하는 일이 그렇습니다. 몇 년 전만 하더라도, 저에게 창작자란 아주 먼 세계의 별나고 대단한 사람이었으니까요. 이렇게 작가의 말을 쓰는 지금도 사실 잘 실감이 나지 않습니다.

잘 실감이 나지 않습니다.

이 문장부호를 포함한 열한 글자가 책의 한구석을 차지하게 되면 그제야 믿을 수 있게 될 것 같습니다. 늘 어디에도 없는 이야기를 쓰고 싶다는 생각을 합니다. 가끔 욕심이 정도를 넘어 정말 잡탕 같아질 때가 있어요. 매번 부족함을 느끼지만 아직은 이 욕심을 사랑합니다. 앞으로 쓰게 될 이야기들을 기대해 주세요. 이 책이 나올 수 있게 도와준 모든 분들께 감사의 인사를 전합니다.

프로듀서의 말

2018년 7월, 안전가옥에서는 '死주死알롱'이라는 창작 워크숍이 진행되었습니다. 4주 동안 호러 단편소설을 창작하는 프로그램이었습니다. 조예은 작가는 이 워크숍을 통해 〈미아〉라는 짧은 단편소설을 만들어 냈고, 워크숍의 결과물을 검토하던 저의 마음을 사로잡았습니다.

놀이공원과 젤리와 호러라니!

《뉴서울파크 젤리장수 대학살》의 시작이었습니다.

작업 과정에 대하여

'死주死알롱' 당시의 〈미아〉는 《뉴서울파크 젤리장수 대학살》의 첫 에피소드와 마지막 에피소드가 붙어 있는 형태였습니다. 우리는 그 이야기의 특정 시점-유지가 놀이공원에서 정신을 잃는 장면—에서 자르고, 그 사이에 다양한 이야기를 추가하는 작업을 진행했습니다. 마치 샌드위치의 속을 채우는 것처럼 말이죠.

'젤리장수는 누구인가? 도대체 왜 이런 짓을 하는가?'라는 질문은 처음부터 우리의 관심사가 아니었습니다. 정체를 알 수 없는 젤리장수가 이유는 알 수 없지만 끔찍한 짓을 한다, 뭐 '그렇다고 치고' 시작한 것이죠. 세상은 넓고 이상한 존재도 많을 테니 놀이공원에서 젤리를 통해 세상을 무너뜨리고자 하는 존재가 하나쯤은 있을 수 있다고 생각했습니다. 귀엽잖아요.

오히려 우리의 관심을 끈 것은, 단편소설 〈미아〉에서의 '유지'와 같은 선택을 하는 인간들이 더 있지 않을까 하는 것이었습니다. 누구보다 자신의 욕망에 충실한 인간들 말입니다. 살아남기 위해서, 혹은 짧은 순간이나마 행복해지기 위해서 노력하는 인간들 말입니다. 놀이공원에는 그런 인간들이 모이곤 하니까요. 죽고 싶어서, 불행해지고 싶어서 놀이공원을 찾는 사람은 없잖아요?

안전가옥 3층 회의실의 화이트보드를 가득 메워 가며 다양한 인물들을 떠올렸습니다. 그들을 주인공으로 하는 이야기들을 만들었습니다. 군상극 형태가 어울리겠다고 판단했습니다. 뉴서울파크가 온통 젤리로 뒤덮인 날, 그 사건의 중심 혹은 주변에 있던 인물들의 이야기를 다양하게 담아내고 싶었기 때문입니다.

군상극 구성은 꽤나 까다로운 작업입니다. 하지만 우리에게는 트리트먼트라는 강력한 무기가 있었습니다. 본격적인 원고 집필에 들어가기 전, 트리트먼트 단계를 통해 모든 인물과 사건들의 형태를 단단하게 잡아 낼 수 있었습니다. 최종 원고가 나오기까지 6개월이 걸렸는데, 그중 절반인 3개월을 꼬박 트리트먼트 작업에 매달렸습니다.

이후 원고 집필 과정은 상대적으로 수월했습니다. 초고는 트리트먼트 작업 이후 1개월이 채 되지 않아 완성되었고, 이후 2개월 동안 퇴고 작업을 진행했습니다. 조예은 작가의 작업 속도는 정말 놀라울 정도였습니다. 뛰어난 체력과 집중력에 더해 작업 기간 내내 긍정적인 태도를 유지했습니다. 누군가 '창작의 고통' 운운한다면 고개를 들어 조예은 작가를 보라고 말해 주고 싶습니다.

제목에 대하여

'뉴서울파크 젤리장수 대학살'이라는 제목은 '일리야 라우치' 감독의 단편영화 〈헬싱키 맨스플레인 대학살〉에서 영감을 받았습니다. 총 세 단어의 조합인데요, 첫 단어로 도시 이름을 넣고 마지막 단어로 '대학살'을 쓰는 것이 아주 강렬하고 좋았습니다. 언젠가 《뉴서울파크 젤리장수 대학살》이 영어(혹은 핀란드어)로 번역된다면, 영화 〈헬싱키 맨스플레인 대학살〉의 제

작진과 출연진에게 꼭 선물하고 싶습니다.

장르에 대하여

이 작품의 장르에 대해서는 특별히 할 이야기가 없습니다. 특정 장르를 염두에 두지 않았습니다. 어떤 장르로도 규정되고 싶지 않다는 거창한 선언 같은 것은 아닙니다. 그저 우리가 하고 싶은 이야기를 재미있게 만들기 위해 노력하는 것이 우리의 일이라고 생각했습니다. 《뉴서울파크 젤리장수 대학살》을 무엇이라 부를 것인가에 대한 고민은 온전히 독자 여러분의 몫이라고 생각합니다. 그저 즐겁게 읽으시고, 부르고 싶은 대로 불러 주시면 좋겠습니다.

감사한 분들

이혜정 편집자님, 박연미 디자이너님, 최지욱 일러스트레이터님께 감사드립니다. 안전가옥의 운영 멤버들께ㅡ뤽, 에이미, 쏠, 주디, 클레어, 테오, 썸머, 쿤, 헤이든ㅡ감사합니다. 부족한 프로듀서에게 기꺼이 신뢰를 내어 준 조예은 작가님께 가장 큰 감사를 전하고 싶습니다.

안전가옥 스토리 PD

김신 드림

**뉴서울파크
젤리장수
대학살**

1판 1쇄 발행   2019년 6월 19일
1판 7쇄 발행   2022년 12월 16일

지은이   조예은

기획   안전가옥
콘텐츠 총괄   이지향
프로듀서   김신
         고혜원, 김보희, 신지민, 윤성훈,
         이은진, 임미나, 조우리, 황찬주
퍼블리싱   박혜신, 임수빈
편집   이혜정
일러스트   최지욱
디자인   박연미
비지니스   이기훈
서비스 디자인   김보영
경영지원   홍연화

펴낸이   김홍익
펴낸곳   안전가옥
출판등록   제2018-000005호
주소   04779 서울특별시 성동구 뚝섬로1나길 5,
       헤이그라운드 성수 시작점 201호
대표전화   (02) 461- 0601
전자우편   marketing@safehouse.kr
홈페이지   safehouse.kr

ISBN   979-11-963470-4-8 (03810)
값   15,000원

ⓒ 조예은 2019